懦弱繼母養兒記 1

風文創 896

雲朵泡芙 著

風 文創 896

目錄

序文

雲朵泡芙

我對可愛的孩子沒有任何抵抗力。

寫這篇小說的初衷，就是出於與孩子相處的渴望。我還不是一個母親，卻會幻想如果有一天，生活像小說女主角一樣，突然多了三個孩子是怎樣一種情景。在這個幻想中，老大聰明懂事，老二個性張揚，老三乖巧可愛，他們各有不同，卻和諧地擁擠在身邊。

已經當了媽媽的朋友會笑我——妳想得太簡單了，一個孩子就夠讓人頭疼了，小孩很難管教的，他們就是披著天使外表的小惡魔。

我還是認同這種觀點的，所以在小說中，早熟的老大思慮過重，會因為生母的死因而憋出厭食症。老二聰明，卻太有自己的想法，稍不注意就要變壞。老三本質善良愛撒嬌，卻似乎沒什麼主見，是老二的應聲蟲。

但這些都沒關係，這世間本就沒有完美的孩子，母親正是因此而存在的。

也就是在這樣的情況下，新手媽媽曹覓登場，她只是現代一個畢業不久的大學生，因為穿越撿回了一條命，發誓會替原主照顧好三個牽掛最深的孩子。

從各種意義上看，女主角曹覓趕鴨子上架，似乎完全不具備任何一項成為母親的能力，但她在與孩子的互動中，慢慢和他們培養出感情。她用現代先進思想潛移默化教導著孩子，孩子們為她描繪出一個家的模樣，當母親和孩子之間的羈絆出現，剩下的一切都可以交給時間。

小說中的男主角是三個孩子的父親，他強大有擔當，卻又十足理性。在劇情初期，很難看到他和女主角有什麼浪漫的互動，但他會慢慢被女主角身上不同於當前時代的堅韌吸引，最終墜入愛河。

這可能不符合部分人對愛情的幻想，因為男主角並沒有無條件愛上女主角，但卻是我理想中愛情的模樣——勢均力敵的兩個人齊頭並進，在不斷的磨合和切磋中深深為對方折服。我覺得這種愛情更加穩固與長久，因為雙方身上都有讓彼此迷戀的亮點，這些亮點不會因時光黯淡，是平凡生活中永遠的慰藉。

第一次寫序文，可能沒發揮好，如果你能看到這裡，我真的太高興了！廢話不多說了，如果你對這篇小說有了期待，那馬上開始這段旅程吧！

祝閱讀愉快。

第一章

曹覓醒來的時候，只覺得呼吸有些困難，像是有什麼東西堵在口鼻間，阻止她暢快呼吸一般。

一種莫名的危機感在她心頭升起，迫使她費力從床上起身，一把推開離自己最近的窗戶。

冬日裡，寒冷的空氣隨著敞開的窗戶湧入室內，曹覓大口大口呼吸著，神智越發清明。

當她終於回過神來時，卻被眼前的景象嚇了一跳。

窗戶外，分明是一幅雪壓梅枝的深冬景象，梅樹下有一張石桌並幾張石凳，白雪紅梅青石，足以入畫。

但她此時卻沒心情欣賞這幅景象。

她突然像是意識到什麼，抬起自己的雙手，反覆察看。眼前的手五指纖纖，皎白若美玉，絕不是天生黃皮的她能擁有的；再結合屋內一派古香古色的景象，曹覓可以確定，自己穿越了。

意識到這個事實，她雙手顫抖地環抱住自己，放任淚水肆意流出，痛痛快快地哭了起來，卻又不是純粹的悲傷痛苦，而是隱含著劫後餘生的慶幸與感激。

她本是二十一世紀一個剛畢業不久的大學生，她學的是獸醫，畢業之後便打算回家鄉發展農畜業。沒想到意外比明天來得更快，一次體檢，她的肺部發現了不正常的陰影，一頓檢查折騰下來，最後的診斷結論是癌症晚期。

見慣了生死的醫生拿著診斷書理智地同她談話，曹覓什麼都沒記住，只在最後確認了一下，治癒率不到百分之十。

把所有負面情緒在一週內收拾妥當，曹覓果斷地放棄治療，揹起包來了一場說走就走的旅程，直到感覺死神臨近，她才回到父母親留給她的農家小院中。

穿越之前，她正躺在小院後葡萄藤下的躺椅上，笨拙地翻著一本全家福相冊。將相冊合起的瞬間，她突然感受到一陣久違的清明，那是久病纏身的她很久沒有感受過的輕鬆自在。

雖說已經做好了一切準備，但真到了告別人間的那一刻，曹覓心中還是有太多的不甘。明明人生才剛剛啟航，生命卻戛然而止了。所以，醒來後，發現自己穿越，發現自己重新擁有了一具健康的軀體，她自然無法控制情緒。

收拾好自己的情緒之後，她才將注意力放到腦海中多出來的記憶片段上。

花了一點時間整理，曹覓大致了解了這個軀體如今的情況。

這個軀體的主人也叫曹覓，她的地位不低，是當朝北安王戚游的填房妻子。北安王的上一任王妃則是軀體主人的親姊姊，死於難產。之後，出於親姊姊臨終前的遺願，曹覓就作為續弦被北安王迎娶進門。

兩姊妹雖然在一處長大，但曹覓的性格卻與亡故的姊姊完全不同。小時候，兩姊妹家中遭逢劇變，姊姊扛著風雨長成了端莊大氣的模樣，妹妹則變得怯懦膽小、傷春悲秋，每日裡對著落花都能垂淚。

這樣的原身絲毫沒有當家主母的架勢和才能，想當然在嫁進王府得到掌家權之後，只把前王妃打理得井井有條的北安王府弄得烏煙瘴氣。

這段時間入了冬，原身感染了風寒，本就嬌弱的身子變得嗜睡。這天下午，她同平常一樣喝了藥之後在房中午睡，沒想到醒來卻變成了二十一世紀的曹覓。

想到這裡，曹覓在屋中搜尋起來。

北安王妃的臥房中，一切器具都十足精緻，深色黃梨木的高腳凳連桌腳都雕刻著層層疊疊的飛雲紋；一個青銅炭爐中，炭火已經熄滅，只偶爾能看到一縷細細的煙塵。

曹覓想到了什麼，起身將屋內的幾個窗戶都打開，取過一條濕帕掩在口鼻上，朝著炭爐靠近。

炭爐中，表面的冬炭已經滅得徹底。曹覓取過旁邊的炭夾往炭爐深處撥弄，不出意外地翻出一層被壓在爐子底下、還勉力燃燒著的灰炭。

煤炭在氧氣不充足、不完全燃燒的時候，就會產生一氧化碳，加上原身這幾日因為受了風寒，每日小睡時都會將門窗緊閉。兩相作用之下，原身應該是在睡夢中吸入一氧化碳中毒死去了。

一氧化碳無色無味，因此中毒並不稀罕，曹覓剛醒來的時候，也是靠著心中那股莫名而來的強烈危機感才僥倖逃過一劫。

但這是單純的意外嗎？

北安王妃的院中有專門管理炭火的丫鬟，每日裡會將炭火澆滅或移出房間。在曹覓繼承的原身記憶中，管理炭火的小丫鬟是個老實到有些木訥的婢子，沒有別的長處，勝在心細和盡責。

那如果不是意外……

有人想要謀害北安王府的王妃，還能將手腳動到王妃的寢室中，其中的糾葛必定不小。原身雖然沒什麼掌家的本事，但沒有什麼壞心思，加上王府後院就她一個女主人，根本沒有什麼宅鬥的戲碼。至少在明面上，原身根本沒什麼仇敵。

曹覓思索無果，索性將炭爐復原，裝作什麼都不知道的模樣。

能做下這種事的必定是原身身邊親近的人，在她沒有任何頭緒也沒有任何直接證據的時候，她不想打草驚蛇。

看來即使換了一個相對健康的身體，依舊要面對生死挑戰。曹覓想到這裡，突然輕快地笑出聲。

與病痛對抗的時候，她雖然不戰而退，但也算輸得坦蕩灑脫。如今，若是生存要賭上兩輩子對生命的熱愛和感激——她不會輸。

曹覓在心中默默地唸道：「雖然不知道為什麼，我占據了妳的身體，但從今天開始，我會代替妳好好地活下去。我知道妳的願望與最重要的牽掛，我會盡全力去完成。」

唸完這一句，她心頭莫名一鬆，也不知道是原身留存的一點不甘因她的承諾而消散，還是她的一點心理作用。

曹覓想了想，起身朝屋外走去。

身為北安王府的正妃，平日裡，院落中伺候的婢女就有好幾個，可今天明顯太安靜了。她開窗的動靜不算小，到現在卻沒有人過來查看，明顯與往日不一樣。

來到外間，她正好撞上一個正要進屋的婢女。

來人有張討喜的圓臉，比臉更圓的是她一雙黑黝黝的眼睛。

「桃子？」曹覓依著原身留下的記憶，試探地喊道。

「夫人今日怎麼這麼早就起來了？」名喚桃子的婢女匆匆忙忙對曹覓行了個禮，有些驚訝地問道。

「睡乏了。」曹覓搪塞一句。

桃子進入屋中，將手上的捧盒放到桌上，又行禮道：「都怪婢子不好，婢子方才算著時間，到廚房那邊給夫人取糕點去了。」

曹覓點點頭，學著原身以前的作派，有些虛弱地問道：「其他人呢？」

說到這個，桃子似乎有些生氣。「王爺回來了，管事們領著人到前院幫忙去了。」

「她們都去了？」曹覓眉頭微皺。

這裡就要說到原身的管事能力了。一個沒有威懾、性子又軟的主母，對下人們的約束力根本強不到哪裡去。礙於主僕關係，下人們不敢明面忤逆她，但是一逮到空子，例如她小睡的時候，這些人就敢擅離職守。

桃子回答道：「除了我，還有後院的兩個粗使丫鬟也沒去。」

曹覓點點頭，突然有了主意。「既然如此，我們也往前院去看看吧。王爺難得回來一趟，我本該過去伺候的。」

「那婢子先為夫人更衣。」

於是曹覓轉身帶著桃子回了寢屋。桃子手腳索利，很快為她換好了衣裳。臨出門前，她順手想把曹覓的床鋪整理一下。

但就在她將掀起被子的時候，一個小玩意兒「砰」的一聲掉在地上。

「咦，這是什麼？」桃子驚奇地叫道。

曹覓轉眼看過去，心下一驚。

掉在地上的赫然是她前世臨終前死死握在掌心中的相冊！相冊不大，但那裡面放著好幾十張父母長輩還在世時，全家一起拍攝的照片。這本屬於二十一世紀的相冊，為什麼會出現在這裡？

曹覓心中驚疑，動作卻不慢，搶在桃子之前將相冊撿起來，狀若平靜地說道：「近來淘到的一本新書，我自己來收拾吧。」

原身本也喜歡看書，她這番解釋不算奇怪。

果然，桃子點了點頭，繼續回頭鋪起了床。

曹覓有些緊張地盯著她，就怕她從被子中又翻出什麼奇怪的東西。好在這之後直到桃子把床重新鋪好，都沒有意料之外的狀況發生。

曹覓稍稍放下心，轉身來到房中的多寶槅前，想給相冊找個暫時容身的地方，卻又有些猶豫——

真的要把這本相冊放在這裡嗎？原身在王府中威信不足，如果有人無意間打開了這本相冊，看到了其中的真人相片，那她有千張嘴也解釋不清！

若說最妥當的方法，還是將相冊直接毀掉。可這相冊若沒跟她一起過來就算了，如今她重新得到這意義非凡的相冊，是無論如何也不願平白毀掉的。

如果能有一個妥善的、只屬於自己的地方，能好好藏起這本相冊就好了！

曹覓盯著手中的相冊，一時間沒有了別的想法。

就在這時，相冊就像剛開始出現的時候一般，悄無聲息地消失在曹覓的掌間。

曹覓愣愣地看著掌心。眼前的一切雖然有些神異，但更奇異的是她能隱隱感覺到，相冊不是真的消失不見，而是去了一個只有她能感應的空間。

桃子在她身後請示是不是要出門了，曹覓卻突然轉頭朝她一笑。「我有些乏了，王爺那邊，還是等等……」

她心中有個猜測，需要先確認一下。

可惜的是，她這句話還沒說完，就被一個突然從院外跑進來的婢子打斷了。

那婢子跑得上氣不接下氣，卻喘息著朝她稟告道：「夫、夫人，那張氏母女、出事了！王、王爺震怒，請您到前院書房、去一趟！」

「張氏母女？」曹覓在原身那些記憶片段中搜尋著。

因著這對母女正是原身近來憂慮所在，她很快就找到了答案。

去年，徇州出現叛亂，北安王奉命前往討逆，一去就是一年有餘。兩個月前，北安王終於功成回京，卻帶回來一對母女。他跟當時的曹覓解釋過，這兩人是他一個戰死故交的妻女，暫時找不到去處，想將她們先安頓在府中。

原身表面上自然是答應了，但心中對於張氏母女終究是膈應——那寡母長相可人，女兒則尚在襁褓之中，京城中隱隱有流言傳出，說那對母女根本不是什麼王爺故交的妻女，而是北安王在民間一段風流韻事。

曹覓於是將她們安置在王府中一處偏僻的院落，又有意忽視那邊的情況，不想給自己尋煩惱。

本以為是兩廂無事的境況，卻沒想到在這個時候出了事。

看來暫時的清靜是躲不成了，曹覓將心頭的猜測放到一邊，決定還是按照原先的計劃，先往北安王那邊走一趟。

路上，她詢問起那個報信的婢女。「張氏母女那邊能出什麼事？」

婢女此時正亦步亦趨地跟在曹覓身後，聞言便答道：「她、她們好像差點凍死在宜蘭院中。」

「凍死？府內的冬炭難道沒有及時送過去嗎？」曹覓有些驚訝地問道。

她有意學著記憶中原身的模樣，將語調放得輕柔，又做出一副嬌弱無害的模樣，但她本身雷厲風行的性格確實與原身差距有些大。

那婢女只感覺王妃今日即使是細聲說話，氣勢也不一樣了，但真要她說，她也說不出什麼所以然來。愣了一瞬，她拋開了那些雜念。「這、這婢子就不知道了，不過，王爺好像還把後院的採買嬤嬤和幾個管事都叫過去了。」

曹覓點點頭，又抓著重點問道：「後院中的事情一直就是我在管，怎麼張氏那邊出事，這次居然先鬧到了王爺那邊？」

婢子又回道：「是陳管事直接報到王爺那邊的……他、他說王妃不想理會張氏母女的情況，他看著張氏母女快死了，這才不得已去稟告王爺。」

聽到這話，曹覓皺緊了眉頭。

在原身的記憶中，張氏確實求見過她幾次，但原身本就懷疑張氏和北安王的關係，加上張氏又一直沒說求見到底是因著什麼事，原身以為她是來攀交情的，一直拒而不見。幾次過後，那張氏果然識相不再來了。

雖然原身沒有想著害張氏，但這件事，確實是原身失職了。

得到自己想知道的資訊，曹覓又詢問起了張氏母女如今的情況。那婢子只說王府中已經請了大夫，但她急著來通報，對詳細情形尚不知曉。

曹覓便乾脆地閉了口，專心趕路，過了一會兒便來到前院。

北安王此次回府似乎帶回許多東西，前院有許多人正在忙碌著，其中不乏在曹覓院中聽差的僕役婢女。

幾人見到曹覓，有些緊張地見禮，但見曹覓的表情同以往一般，沒有任何怒色時，又放心地走開。

本來嘛，北安王府主子不多，僕役也比其他權貴人家少，府中一旦有什麼大事，抽調各個院中的人手過來幫忙再正常不過，他們只不過是省略了向主子通報一聲罷了。

曹覓一邊朝眾人點頭，一邊也在觀察著他們面上的表情。

畢竟原身才剛死於一場「意外」，她要趁著這個機會，找到幾個或許知曉這場意外的人。

一路看下來，果真被她發現幾個面有異色的人。

他們分別是後院一個負責採買的管事，她院中兩個聽候差遣的婢女，還有……現在正在她面前的春臨和夏臨兩個婢女。

這五人中，又以春臨和夏臨掩飾得最好。兩人見到她出現的一瞬間，那陣強烈的詫異和心虛只是掠過，曹覓差點以為是自己多疑看錯。

第二章

春臨和夏臨見到曹覓過來，都恭順地放下手中的事情，朝她行禮。「夫人。」

曹覓點點頭，溫聲說道：「這麼多禮做什麼，快起來。」

北安王小時候身邊有四個貼身婢女，名喚春臨、夏臨、秋臨、冬臨。娶妻之後，他便把婢女留給了王妃。

秋臨和冬臨年紀大了，早在原身姊姊還在的時候，被當時賢慧的王妃嫁了出去。大概是當時春臨和夏臨年紀還沒到，就被留了下來。等到原身過門的時候，這兩個婢女便在原身身邊伺候，後來更順理成章地幫助原身處理後院的大小事宜。如今北安王府上下近百個僕役中，這兩人是除了大管事以外地位最高的。

夏臨比春臨大些，卻更為活潑一些。她行完禮後，主動小聲向曹覓示警道：「夫人，王爺因著張氏母女的事發了怒。這事本是後院幾個看人下菜碟的管事鬧出來的，到時候王爺若問起來，夫人推到他們身上便是。」

她語氣熟稔，看來是經常為原身出主意的。

曹覓斟酌著語氣，哀切回道：「終歸是我管教不嚴，王爺若有什麼不滿，我受下便是了。說起來，張氏母女那邊如何了？」

「大夫還在診治呢，但我聽到大夫與王爺說話，說張氏母女的命是保得住的，夫人不用擔心。」

曹覓又問：「到底是哪個管事剋扣張氏母女那邊的衣食用度？」

聽到這個問題，卻是一直沈默著的春臨搖了搖頭，回答道：「回夫人，此事尚未明朗。幾個有牽連的管事互相推諉，都說不是他們的過錯。」

「好，我知道了。」曹覓點點頭。「我先過去見王爺，妳們若是累了，就先歇一歇，事情總是做不完的。」

她這番話十分符和原身的作派，兩個婢女都沒有懷疑，行了個禮便自去忙碌了。

曹覓深吸了一口氣，毅然地朝書房走去。接下來，大概就是穿越過來的第一場硬仗。

穿過前院側廳，曹覓很快來到位於正屋側後方的書房。這裡是屬於北安王的區域，氣氛明顯不同。書房所在的院落裡裡外外都有侍衛把守，這些侍衛個個身高體壯、氣勢逼人，絕不是一般的家丁能比擬的。

好在她身為王府正妃，一路上沒人敢攔她。來到書房前面，她被守在門外等候的大管事領進了房中。

將曹覓領進書房，管事也行了禮，直接退下了。

曹覓看著面前正伏案疾書的男子，行了個禮。「王爺。」

北安王戚游像是終於意識到屋中多了個人似的，抬頭看了她一眼。「不用多禮。」

方才過來的路上，曹覓就將原身記憶中關於北安王的片段重溫了一遍。

在這個朝代，王爺的封號就是他們封地的名字。戚游的爺爺是當時天子最疼愛的小兒子，在確認無法將最寶貴的皇位傳給小兒子後，他精心挑選了北安作為小兒子的封地。北安位於京城的西南方，山環水繞，十分富饒，每年稅收就是一筆豐厚數字。

按說得了這種封地，就該蔭庇後代子孫吃喝無憂了，但事實卻是身懷巨財並不是什麼好事。戚游這一支從爺爺開始就深受當權者的忌憚，幾十年過去，儘管他們行事低調，仍沒有令這種忌憚減弱。

戚游父親早亡，他繼承王位時，皇帝曾以「幼子無為」為藉口，想要收回北安這塊肥肉。但面對這種壓力，年幼的戚游仍舊憑藉自身非凡的本事和後續的赫赫戰功，保住了王位。平庸又善妒的帝王捏著鼻子認下了這件事，卻也清楚認識到自己和北安一脈的能力差距，從此明裡暗裡將戚游視為眼中釘，對北安王府各種刁難。

說起來，曹家姊妹能與北安王府結緣，很大一部分原因也在這裡。朝中稍微知道聖上心意的官員，是萬萬不敢與北安王扯上姻親關係的。

而在原身的記憶中，年僅二十一的北安王一直是個殺神般的人物，冷漠強大，也十足地嚇人。她自小遭遇苦難，嚮往的是溫柔體貼，能與她共話風月的夫君，嫁給氣勢懾人的北安王，心中其實是不願的。但她習慣了聽從姊姊的安排，也習慣對命運屈服，便默默遵從了。

但曹覓第一眼見到的北安王，卻與原身記憶中有所不同。

眼前剛過二十的少年眉目凌厲，臉形卻柔和，軟了面上肅殺的神情；雙唇雖然緊抿著，卻不是冷面男子常見的薄唇，嘴角上揚，是現代萬千少女夢寐以求的微笑唇形。

可還沒等曹覓為美色動搖，戚游便輕嘆了口氣，問道：「本王聽聞夫人近日染了風寒。

夫人本就體弱，府中事務繁雜，還要勞夫人費心，實在不妥。本王欲立一後院總管事為夫人分憂，不知夫人意下如何？」

戚游對於王府中的情況也很無奈。他常年在外，並不擅長處理這些後院的瑣事。亡妻在時，將一切都打理得井井有條，完全不需要他擔心。但遵從亡妻遺願娶了曹覓之後，後院便開始管束不住了。

之前他在王府的時候，下人們還會畏懼他，後院亂不起來。可後來他為了平叛，匆忙離開一年多，再回來卻發現後院已經是一團亂麻。

他知道現任王妃不會管事，但沒想到她失職到這個地步，連他帶回來的客人快凍死在府中都不知道。

但另一方面，戚游也了解原身的性子——原本的曹覓看到一隻不幸被凍死的鳥雀都要默默垂淚幾日，哪裡敢動害人的心思？他知道此事必定不是出於原身的本意，所以心中雖然有怒氣，卻不打算懲罰體弱的王妃，而是準備從實際情況出發，甄選一個後院管事來接手曹覓手中的管事權，將事情從根本上解決。

曹覓聽了這話，心中卻是一緊。

她剛穿越過來，最大的依仗就是原身留下的王妃身分。沒想到一見到北安王，他開口就要收回王妃管事的權柄，這等於直接斬掉她一半的依仗，她怎麼能答應！

但原身確實有錯，這個錯她也得認。

於是曹覓換上了一副原身最常用的哀切面容。「妾身知道，這一次，確實是妾身失職了。」

這句話說完，她的眼角已經濕潤。大概是因為原身本就懦弱愛哭，她作起戲來根本不費勁，只恨自己的演技配不上原身發達的淚腺。

看到曹覓這副模樣，北安王果然頭痛地揉了揉額頭。

畢竟面前是自己妻子，他忍下心中的無奈和厭煩，反過來安慰。「本是下人貪婪，夫人自幼養在深閨，哪裡會懂他們的把戲？」

他習慣了與敵人真刀真槍，對著一個弱女子實在沒什麼主意。

曹覓一看到他這副模樣，心下安定了一半。看起來還是個挺有「紳士風度」的封建直男。

她按了按眼角，乘勝追擊道：「我雖然自小生活在王爺和姊姊的庇護之下，但如今已為人母，也知道犯了錯，便要有善後的擔當。王爺憐惜妾身體弱，但若妾身就此撒手不管，心中哪裡還能安定？」

戚游詫異地看了她一眼。除了這番話並不像王妃會說的，其餘一切表情舉止，皆是王妃的作派。

「那……妳想怎麼辦？」

曹覓勉力收住眼淚，說出自己的打算。「此番確實是妾身失職，才讓張氏母女受此苦難，妾身希望能親自審出貪墨的管事，給張氏母女一個交代。」

她特意將「親自」兩個字咬重，凸顯出自己的決心。

戚游聞言微皺著眉，沒有接話。曹覓接著道：「除此之外，妾身還希望開私庫，往張氏亡夫所在的軍中送些過冬的物資，犒勞那些近年來隨王爺出戰的軍士，也算是略微彌補妾身的過錯。」

她使了一點談話技巧，說完後並不詢問戚游的意見，反而緊跟著問道：「夫君覺得妾身是給軍士們送些過冬衣物好，還是尋人趕製一批厚底的冬鞋好？」

聽完她這番話，戚游深深地看了她一眼。

就在曹覓覺得自己是不是說得太多露了餡，戚游開口道：「如此……妳命人趕製一批冬鞋吧，上個月軍中已經發下了厚襖。」

曹覓暗暗鬆了一口氣。「還是王爺考慮得周全，妾身待會兒便去安排。」

談話到了這裡，戚游果然不再提立後院管事的事情了。曹覓在現代早早失去了父母，養成獨立自強的性子，被病痛折磨的時候都很少掉眼淚。沒想到在這裡竟親身感受了一回眼淚攻勢的威力。

張氏的事情暫時告一段落，她打起了另一個主意。借著戚游此時還算支持她的態度，她小心地問道：「王爺，自您回來之後，府中事務越發繁多，妾身也是方才在前院看到府中下人忙碌的景象，才驚覺府中人手不足。妾身想著，是不是再多採買點人手，補了這些空子？」

曹覓說的理由只是一方面，更重要的是她如今剛剛穿越，卻發現身邊可能有近僕要謀害自己，她心中不安，卻又不知道誰是可以信任的。不如先觀察一陣，從外面重新採買一批新人，自己來親自管教。

戚游聽到這話，也沒有異議，溫和地點頭道：「夫人若覺得有需要，自行安排便是。」他此時比一開始緩和了許多，嘴角也不再緊緊抿著，曹覓看著那張軟和下來的俊俏臉龐，心情也不再那樣緊繃了。

她想了想，說出自己真實的意圖。「主要是妾身長居府中，亦不知道何處能夠尋到可靠的奴僕。妾身之前聽王爺提過，在朝中也負責安排那些軍奴和罪奴的去處，這其中有些犯了小錯的良家子，想來定是比人牙子手中良莠不齊的人更好一些，不知王爺可否……」

果然，聽到她這麼說，戚游便點點頭，直接回道：「如此，我會讓下面的人安排。過兩日讓大管事帶一批人回府，供夫人挑選。」

曹覓欣喜地點點頭。「多謝王爺。」

解決完了心頭兩件事，她又與戚游談起了一些瑣事，正當她準備找個藉口先離開時，守在院外的大管事突然進門稟告道：「王爺、夫人，春臨帶了劉大夫過來。」

劉大夫正是王府請來為張氏母女看病的名醫。戚游點點頭。「讓他們進來吧。」

曹覓想了想，默默地將坐姿端正了些許。

很快，春臨和抱著藥箱的劉大夫便進入屋內。兩人行了禮，戚游便詢問起張氏母女的情況。

劉大夫小心地看了曹覓一眼，躬身回道：「回王爺，那對母女因為近段時間缺衣少食，身體情況都不太好。那母親愛女心切，倒將那個剛滿一歲的女娃照顧得很好，但自己的身體卻多有虧損，以老夫所見，此次是傷及了根本啊……」他略一停頓，捋了捋鬍子又說道：「不過性命倒是無虞，之後若是能寬心，好生調養個三、五年，應當也能補回來。老夫已經留下藥方，七日之後會再次上門為她們複診。」

他說這些話的時候，眼光時不時往曹覓掃過。老大夫醫者仁心，也見過深宅大院裡的骯髒事，自然是看不慣苛待婦孺的主母。

曹覓自己心中也是愧疚。雖然事情是原身辦得不好，但她現在得到了這個軀體，也準備好要接受原身遺留的所有，自然是不管雨露還是雷霆，都得全盤受下。

於是等劉大夫說完，她便細聲接道：「有勞大夫費心了。王府必定用上最好的藥材，配合大夫盡心照顧那對母女。」

她的言辭還算懇切，劉大夫點點頭，連戚游原本聽到病情後微微皺起的眉頭，也重新舒展開來。

知道了張氏那邊的情況，戚游將案上的文書大致收拾了，便要送劉大夫出去。

曹覓帶著春臨跟上去，心中計較著是將他們送到院外就好，還是乾脆將樣子做足，一直送到王府門口。

可就在她跨出大門，還沒想好時，跟在後頭一直沒說話的春臨突然跪下，朝著戚游和曹覓懇求道：「王爺、王妃，婢子有事相求！」

正在出神的曹覓嚇了一跳，回過神來後，看著回頭的戚游和有些尷尬的劉大夫，一時也覺得春臨此番舉動有些不合時宜。

但是春臨作為府中的大丫鬟，既然明知故犯，必定有此刻非說不可的理由。

她將頭埋得很低，繼續說道：「自王爺去年離開之後，大公子衣食不思，近來入了冬後，情況又嚴重許多，瘦無餘肉，肋骨分明，情況比之張氏小女有過之而無不及！劉大夫乃杏林名醫，平日難請，此次也是借著王爺的名義才將人請到府中。所以，婢子懇求王爺王妃准許，讓婢子帶著劉大夫往景明院中，為大公子看診。」

她這話一出，當真是滿場皆驚，連一直注意著要維持作派的曹覓都不由得瞪大了眼睛。

春臨口中的大公子不是別人，正是北安王第一任嫡妻、原身親姊姊難產生下的孩子，是戚游的嫡長子。

之前張氏母女作為無權無勢的客人，在王府中受了點委屈，曹覓還有理可辯。可如今按照春臨話中的意思，竟是連王府嫡長子也在府中挨餓受凍。再細想春臨話中特意提到的，孩子是在北安王去年離開之後才出的事，豈不是……

一時間，曹覓果然感覺到眾人的眼睛都盯到自己身上。連原本對她態度緩和許多的戚游，此時面上又浮起了慍色。

第三章

曹覓強迫自己冷靜下來。此時事情尚未明朗，她不敢貿然喊冤，只能打起精神對跪著的春臨詢問道：「妳所言當真？瑞兒是府中嫡長子，飲食用度最是講究，出了這麼大的事，為什麼之前無人向王爺與我稟告?!」

春臨還沒有回話，戚游就開口說道：「過去看看。」

他回頭朝身後的貼身侍衛交代了兩句，便帶著一行人浩浩蕩蕩往景明院趕。

戚游回京其實已經有兩個月，但這段時間他為了交接和處理後續事務，仍舊甚少回府，連原身都沒見過他幾面，遑論家中的孩子了。

因此他聽到春臨的稟告，在最初對曹覓的憤怒之後，便開始懊悔起自己對子嗣的疏忽。心中有愧，腳步便不由得加快了。曹覓跟得吃力，但也只能咬牙追著。

很快，一行人來到景明院。景明院的大部分僕役也到前院忙碌去了，剩下的四、五個人還不知道發生了什麼事，呆愣愣地對著突然出現的北安王和王妃行禮。

戚游越過他們直接進了裡屋，一眼便發現縮在榻上的孩童。

北安王的嫡長子名喚戚瑞，是第一任北安王妃難產生下的孩子，過了這個年就五歲了。這個孩子長相幾乎就是戚游的翻版，凌厲的眉眼、微揚的唇角，還帶著點嬰兒肥。

他的行為似乎有點遲鈍，聽到動靜後朝著戚游等人看來，之後才慢吞吞地起身準備行禮。

戚游沒讓他下榻，上前一步，直接將孩子抱在懷中。

此時是冬天，孩子穿得多，他們方才一眼看過去，除了覺得孩子兩頰有些削瘦之外，其實看不出別的什麼。

此時戚游將人抱在懷中，感受到輕得嚇人的重量時，才真正意識到春臨口中的話。他甚至不用除衣查看，就知道這孩子必定是一副瘦骨嶙峋的模樣。

想到此，戚游為人父的情感翻湧，一時將方才路上的焦慮和憤怒都壓下去了。他抱著孩子往裡屋走，同時召喚劉大夫跟上。

曹覓深吸一口氣，讓所有人留在外面聽候差遣，若有所思地看了春臨一眼，之後點了春臨和另一個在景明院當差的婢子一起進屋。

她們進去的時候，劉大夫已經在為孩子檢查。裡屋中也燃了炭爐，所以暖烘烘的，並不熬人。

曹覓有意往炭爐和屋中的圓桌看了一眼。炭爐中裝著滿滿的一盆銀絲炭，看著炭燃了卻無煙的狀態，絕對是一等一的好炭。而圓桌上擺著幾盤沒人動過的糕點，分量不多，但是精緻誘人。

從這些細節上看來，排除景明院的人知道他們要來而故意擺樣子。曹覓覺得，這完全不像是主人受到物質苛待的模樣。

劉大夫已經將望聞問切的手段都用過一遍了，轉身朝著戚游行了個禮，這才說道：「小公子脈象平穩，身體也沒有什麼大礙。身形瘦弱，就是單純因為飲食不足。」他說到這裡，沈吟了一下，又道：「依老夫所見，這應當就是常見的小兒厭食的病症，這種病症在冬日裡倒是罕見……待我開幾道開胃健食的藥方，小公子先吃吃看吧。」

聽到劉大夫的診斷結果，戚游和曹覓都鬆了一口氣。若真的是小兒厭食，那倒不是什麼嚴重的事情。

於是戚游便讓人將劉大夫送走，順便往藥房去抓藥。

待到左右婢子都退下，只剩下北安王一家三口的時候，戚游這才上前，擔憂地看了一眼坐在床上的戚瑞。

戚瑞雖然從剛剛開始便被擺弄，但一直沒有反抗。此時乖乖抱膝團坐在床上的模樣，讓人看了有幾分心疼。

戚游問道：「瑞兒感覺如何？」

戚瑞茫然地抬眼看著戚瑞。「父親，瑞兒很好。」

「很好？」戚游嘆了一口氣，叫戚瑞房中的侍女取過來一套戚瑞的衣衫。

接著，他伸手招呼戚瑞。「瑞兒，過來，父親替你換衫。」

一直站在戚游身後的曹覓一下子明白了，此時也上前幾步準備幫忙，並察看孩子的情況。

這種事確實要等到劉大夫這種外人走了才能做。

孩子被曹覓的腳步聲吸引，朝她看了過來。曹覓一面與他點頭微笑，一面在心中暗暗慶幸這孩子看她的眼神雖然帶著些漠然，卻沒有厭惡和恐懼。

借著房中的暖意，北安王很快將戚瑞扒光。他和曹覓的眼神盯在孩子身上，不想放過一絲細節。

四歲的戚瑞確實瘦得不像富貴人家的孩子，但除了右手臂上一道淺淺的條狀胎記之外，全身的肌膚都是孩童特有的粉嫩。戚游和曹覓臆想中可能會出現的傷痕更是無處可尋。

戚游又小心地扶住戚瑞，一路從孩子的手掌輕捏到腳踝，細細地查看一遍，確認孩子身體裡也沒有什麼看不到的暗傷。

做完這一切，他輕呼了口氣。

曹覓識趣地將乾淨的衣物遞上去，又放輕手腳和戚游一起幫孩子把衣服穿好。

穿衣的途中，曹覓的眼神落在戚瑞手臂上的胎記，這才發現，剛才以為是條狀的胎記，竟隱隱是一條龍的模樣，頂端有個標誌性的鹿角，身下五爪踏著祥雲。

她還沒來得及浮現些關於胎記的聯想，突然記起了一件事。

二十一世紀的她偶爾會看看網路小說，記得她看過一本書，書中主角的名字好像就是戚瑞。這個在書中大殺四方一統亂世的人，最明顯的標誌就是右臂上的龍形胎記。

之前只有「戚瑞」這個名字的時候，她完全沒有聯想到這本書。但一見到這龍形胎記，相關的記憶就湧現出來了。書中男主角利用自己的龍形胎記，做過好幾件裝神弄鬼的戲碼以鞏固自己的地位，她可是記憶猶新。

這麼一回憶，曹覓發現很多細節都對上了——那書中男主角就是出身王府，母親難產而死，而且男主角也同樣有一個被幾筆寥寥帶過的繼母。

想到這裡，曹覓有些驚訝地看著面前的孩子。難道她不僅是穿越，還趕了一把穿書的時髦？

可很快，她又埋下頭笑了笑。

就算她真的就在這本書中，可講的是戚瑞爭霸天下的故事，這種事要發生在二十多年之後，與如今的她和北安王府沒有絲毫的關聯。

於是曹覓暗暗提醒自己，一定要與這天命之子搞好關係，但其他的，就順其自然吧！

為戚瑞將衣服穿好之後，戚游退開了一步，曹覓默契地上前坐在床沿，補上了這個空缺。她輕輕捏了捏戚瑞的小手，柔聲問道：「瑞兒，方才大夫的話你都聽到了吧？是近來院中的伙食不合心意嗎？」

戚瑞抬頭看著兩個大人，半晌才開口道：「不想吃。」

曹覓眉頭微蹙。「為什麼不想吃？你同娘親說，娘親吩咐他們去改進可好？」

可聽她這麼問，戚瑞卻不回答了。她又追問了兩個問題，同樣只得到了「不想吃」這三個字。

見孩子這邊再掏不出什麼有用的事，戚游和曹覓便先退出屋子，讓戚瑞好好休息。

他們叫來景明院中所有的僕役，準備問問情況。畢竟，即使院中沒有出現剋扣主人用度的情況，但王府嫡長子食慾不振到這個地步，顯然是有些違背常理。

就在院中的僕役都聚齊，曹覓準備開始問話的時候，一個前院的侍衛匆匆忙忙進來，在戚游耳邊耳語了幾句。

戚游聽完，眉頭蹙起，一副若有所思的模樣。

曹覓善解人意地說道：「夫君若有事要忙，便先去吧。左右瑞兒並無大礙，審問這些下人的事，妾身來做就是了。」

戚游深深地看了她一眼，也不拒絕。「好。」

但他隨後招手喚來一個侍衛。「我不在，怕夫人被刁奴矇騙，戚三是我的近衛，最是擅長審問，我將他留在此處幫助夫人。」

說是「幫助」，其實是「監視」。

曹覓做出一副笑模樣，感激地對他點點頭。「多謝王爺。」

很快，戚游帶著人離開，而曹覓為了防止眾人串供，安排他們一個一個進來問話。

「公子的飲食是誰負責？什麼時候起，公子胃口變小？」

戚瑞的貼身婢女面色哀切。「回夫人話，公子的飲食是府裡大廚房準備的，每日裡會有兩個婢子去取來。公子胃口變小……似乎是半年前，不對不對，好像是更早一些，春天的時候就吃得少了。」

「這種事為什麼沒有稟告我？」

景明院的管事擦了擦額頭上的冷汗。「回、回夫人……小、小人同您說過啊。您還派人請過大夫，當時說是天熱，公子胃口不好，還開了幾帖藥。」

見曹覓無語沈默，管事小心翼翼地請示。「夫、夫人？」

「所以是吃過藥了？但一直沒好？」

景明院的粗使丫鬟點頭。「嗯，那時候還沒這麼嚴重，公子確實瘦了，但身量也見長。請了幾次大夫，都說公子沒病。到了冬天，大家才發現公子瘦得厲害……可這兩月，您染了風寒，王爺那邊又忙，這才把公子的事情耽擱了。」

「最後一個問題，春臨怎麼……嗯，我是說，春臨早知道這件事？」

小廝苦著臉猜測。「這……回夫人，應當是院中管事跟春臨說的。一個月前，春臨也往院中領過大夫，開了些開胃的藥，但公子一直不見好轉。」

挨個兒將下人都詢問過一遍，曹覓有些頭痛地揉了揉額角。「好的，我知道了，你下去吧。」

她一一問過府裡的人，這期間，身後的戚三一直沒有說話。

她自認在審問這方面沒出什麼岔子，但從結果來看，恐怕要付最大責任的還是原身。後院子嗣的成長本就是主母最該關心的事情之一，景明院中的僕役或許有些失職，但最大的原因在於原身的不夠重視。

入冬後，原身倒是見過戚瑞幾次，但小小的孩子穿得渾圓，根本看不出什麼病狀。她也確實記得下人同她說過公子不思飲食的事情，但總覺得就是小孩慣有的毛病，一直沒把這個當成什麼大事。

唉，都是原身留下的債。既然是債，就要琢磨著怎麼來還。

以她目前的了解，環境肯定是沒什麼問題的，廚房因著戚瑞沒胃口，已經連著兩個月變著花樣做東西了，問題必定就出在戚瑞自己身上。

曹覓心中隱隱有些猜測，但劉大夫此前的診斷結果認定是孩子胃口不佳，藥方也已經開了，她暫時也就沒有深想下去。

畢竟她能確定的是戚瑞未來可是會成為統一亂世的梟雄，肯定不會夭折在四歲，也許之後劉大夫的藥一喝，整個人就大好了也不一定。

想通這個，曹覓暗暗吁了一口氣。

她才穿過來一天不到，就遭遇了燒炭暗害、苛待賓客、妨礙嫡長三件事，一顆心整天都沒放下。

此時審問完景明院中的眾位僕役，天色也昏暗了，到了晚膳的時間。

曹覓想了想，對身後一直沒說過話的戚三問道：「天色已晚，想來王爺應該快回府了。戚、戚三是吧，煩勞你往前院一趟，轉告王爺，就說我想請他今晚一同來景明院中陪瑞兒一同用飯，不知道王爺是否有暇？」

開玩笑，害了原身的炭爐還明晃晃擺在寢屋中，曹覓可不想今夜回院中用膳，明日便給新的北安王妃騰出位置。

戚三聞言點了點頭，道了聲「是」便離開了。

北安王大概也記掛著嫡長子，很給面子地過來了。於是廚房將膳食準備妥當，都送到了景明院。

等到真正用膳的時候，曹覓才知道戚瑞所謂的吃得少是有多麼少。

權貴人家餐具精緻，放在他們三人面前的碗不大，戚瑞大概吃了一小碗，就說自己飽了。雖然曹覓不知道一個四歲孩子的正常食量是多少，但絕對不只是這麼一點。

果然，另一邊，眉頭緊鎖著的北安王開了口。「瑞兒，你每膳……就吃這麼點？」

戚瑞點點頭，場面一時僵持了下來。

曹覓開口打破沈默。「瑞兒，難得你父王過來陪你用膳……嗯，就算你飽了，再陪你父王吃一點吧。」

她親自取過戚瑞的小碗，站起身問道：「再喝點魚湯，還是吃一些好消化的菜羹？」

戚瑞愣愣地看著她，最後妥協似地指了指膳桌中央的魚湯，接過曹覓盛好的半碗湯又喝了幾口。

這期間，曹覓能感受到他的抗拒。這個聲稱自己飽了的王府小公子每喝一口魚湯，都像是直接吞嚥了一顆無法消化的石塊。

曹覓和戚游將他的神情舉動收入眼底，都不再勸。

用完膳，兩人一直等到戚瑞乖乖喝下劉大夫開的藥，這才離開。

同路時，戚游與曹覓閒聊。「瑞兒那邊，近來要煩勞妳多費心了。」

曹覓嚇了一跳，連忙回道：「是妾身應該做的。」

戚游點了點頭，放緩了聲音，整個人走在夜幕之中，比白天時少了三分戾氣。「他生母去世得早，但妳們是感情親厚的姊妹，我從來未擔心過……小心！」

原來曹覓扭頭聽他說話聽得認真，一時沒注意到腳下一塊石頭，打了個踉蹌。

曹覓自己沒覺得有什麼，戚游卻反應甚大地一把撈住她，將她摟在懷中。

兩人離得極近，曹覓甚至感受到戚游的呼吸輕輕打在額間。本該是十分曖昧的一個動作，卻讓她狠狠打了一個激靈。

好在她還記得原身的人設，強忍住想將人推開的衝動，紅著臉，半是害怕半是羞怯地問了一聲。「王爺？」

戚游卻沒有立刻將她放開的打算，他看著曹覓的眼睛，似乎想要找出什麼點異樣的東西。「天色昏暗，王妃小心腳下。」

曹覓裝著樣子聽他說話，突然感覺自己的後腰被捏了一下。

後腰似乎是這具身體的敏感之處，曹覓只覺得身體一軟，接著整個人竟微微抖了起來。

看到她這反應，戚游反而鬆開了手，任由她自己站好。

曹覓驚魂未定地站直，卻知道自己剛剛「通過」了一道考查。

戚游見她站直後，突然又說道：「妳今日有些奇怪，與往常判若兩人。」

曹覓白著臉笑了笑，拿出早就準備好的說辭。「夫君離開一年又兩個月，即使回到了京城也久宿在外，難得歸家。」

戚游頓了頓。「本王事務繁忙。」

他面容有些沈重，甚至稍稍皺起了眉。曹覓猜想北安王的職務並不輕鬆，但他語氣裡也隱含著幾絲愧疚，讓曹覓多少鬆了口氣。

「妾身這段時間病了，一直困在房中，也想通了許多事情。」她接著說道：「妾身總活在王爺和姊姊的庇護之下，如今王爺分身乏術，也該是妾身努力為王爺分憂的時候了。以往妾身總想著要做一個寬厚的主子，而今日張氏母女和瑞兒的事情卻讓妾身知道，一味的寬厚便是軟弱。以往種種，確是妾身失職所致，還請王爺再給妾身機會，無論是張氏母女還是瑞兒這邊，妾身都會給王爺一個交代。」

勉力將上面那段話說完，曹覓強迫自己擠出兩滴眼淚，往原身以往的形象靠攏。

好在她的努力不是白費，戚游聽了這番話，確實不再說什麼了。他轉過了頭目視前方，等了好一會兒才說道：「既然如此，那這兩件事就交給夫人處理吧。」

答應了曹覓的請求，他轉而說道：「屆時若是夫人無力解決，本王再派幾個良僕協助夫人。」

曹覓點點頭。「謝王爺。」

第四章

事情總算告一段落，曹覓乾脆尋了個藉口離開。

她對著這位北安王其實十分犯怵，總感覺在他身邊多待一刻，就多一分暴露的風險。

就在她離開之後，戚游卻還站在原地。

不一會兒，戚三上前，在戚游身邊請示道：「王爺？」

戚游微微點點頭。「就按我方才說的，先把事情交給王妃去辦吧，你們……多看著王妃一點。」

戚三點頭領命。

戚游又問：「我去徇州平叛這段時間，府中可有什麼異常？」

戚三回道：「留在京師的人手有限，再加上後院是王妃的地盤，屬下不敢輕易讓人涉足。後院發生的事，細節或有缺漏，但總體上，王爺離開的這段時間，府中並無大事發生。」

「是啊，都是些瑣碎的小事。」戚游迎著夜風往前走了幾步。之後，他閉上眼，輕輕地嘆了一口氣。「但這些小事堆積起來，就變成了讓人措手不及的大麻煩。」

另一邊，曹覓終於回到自己的院中。

她今日剛剛穿越，便為王府中的各種瑣事忙得團團轉，直到此時回到寢屋內，才獲得喘息的時間。

在桃子和另一個婢女的服侍下洗漱換衣之後，她倚在榻上，望著前方冒著點點火星的炭爐發呆。

這一天的遭遇跟想像中的王妃生活相距甚大，王府中暗藏的波濤幾乎是在同一天相繼爆發。不管是偽裝成意外的炭爐，或是張氏母女和戚瑞那邊的情況，完全都是衝著原身來的。

看似一團亂麻的瑣事下隱含著一條極為重要的線索——

若北安王的王妃名聲掃地又意外死去，最終得利的會是誰呢？

目前線索還太少，她胡思亂想一陣，只得到一些似是而非的答案。為了不給自己徒增困擾，曹覓甩甩頭，將這些疑慮暫時拋下，準備好好休息，養足精神。

當然，在揮退了婢女之後，她起身重新檢查了炭爐還有窗戶，確保今天下午的悲劇不會再次重演。

此時時間尚早，她躺回床上，終於能夠偷偷驗證自己下午的猜測。

就在下午時，屬於原身的床上出現了她的全家福相冊；後來，那本相冊又在她掌心消失。她隱隱有種預感，就像其他穿越主角一樣，她獲得了一個隨身空間。

她閉上眼睛，開始靠意識去搜尋那個空間的所在。

這種事放在一個二十一世紀的少女身上，顯得有些滑稽，但曹覓確認自己能感受到與那片空間隱隱的連結。

那種感覺非常玄妙，當曹覓再次睜開眼睛的時候，她的意識已經到了另外一個空間——一個她再熟悉不過的地方，她在二十一世紀的家！

此時，她正站在家中後院，身旁就是她死去前躺著的那張竹製躺椅，躺椅上鋪著柔軟舒適的絨毛毯。

那本突然出現的相冊，此刻就靜靜地躺在絨毛毯上。

環顧著面前這個熟悉的地方，曹覓感覺剛剛整理好的情緒又有些抑不住。

她深吸幾口氣憋回淚意，邁步探索。這個空間的範圍就是她原本的家，周邊籠罩著一層薄薄的霧氣，阻止曹覓出去。但曹覓並不在意這一點，她穿過後院進入了自家的二層小別墅。

起初，她發現一個奇怪的現象，那就是家中的時鐘壞了。但她很快反應過來，並不是時鐘的問題，而是這方空間中的時光好像徹底停住了。

除了她這個「意外來客」，家中所有的一切都停留在她死去那一刻的模樣。

她能將這方空間中的東西拿到外面的世界，也就是北安王府。鬧鐘在拿出去後又滴滴答答地走了起來，而她也能將現實中她身旁東西隨意收入空間中，除了活物。

簡單來說，這方空間就好像是一個超強的保鮮庫，但對於此時的曹覓而言，它的慰藉作用遠遠大過於實際作用。

折騰了好一會兒，將空間大致了解一番之後，曹覓終於輕呼出一口氣。

她任性地停留在空間之中，回到葡萄架下的躺椅上，抱著那本承載著珍貴記憶的相冊，重新入睡。

第二天，曹覓醒來時，那本被她攬在懷中的相冊又跟著一起出來了。

她心念一動，直接將相冊送回了空間中。

確認沒有其他遺漏，她將門外值守的婢女喚進來為自己更衣。她以為進來的會是桃子，沒想到來的居然是夏臨。

曹覓還沒忘記昨日夏臨見到自己時的第一反應。這個看似活潑親人的婢子很有可能就是想要自己性命的人之一，被一個「嫌疑犯」貼身服侍，曹覓後背不由得有些發寒。

但她不敢表現出任何一點不適，不光是要裝成一切都不知道的模樣，還要打起精神準備應付今天的計劃。

更衣洗漱之後，她拒絕了夏臨端上的膳食，接著便領著人趕往景明院。

曹覓決定，在找出那個想要暗殺原身的凶手之前，自己一日三餐都在景明院用了。一方面是保證自己的安全，另一方面也可以關心一下不思飲食的王府嫡長子，在未來的天命主角面前刷刷好感。

一頓早膳吃得很快，戚瑞吃得比昨晚還要少，連帶著一直注意他的曹覓都沒了胃口，七分飽時就撤了膳。

早膳後，有婢女端來熬好的藥水，戚瑞和曹覓一人一碗。

戚瑞喝的自然是昨日劉大夫開的開胃藥。他雖然吃得少，但在喝藥這種事上卻乾脆得很。

而曹覓看著擺到自己面前治療風寒的藥湯，心中卻警惕起來。

儘管知道原身喝了很久，凶手不大可能會在這上面動手腳，曹覓還是決定更小心一些。

她搖搖頭，對著端著藥的夏臨說道：「昨日我小睡醒來，已覺大好，這藥先停了吧。」

夏臨聽了她的話，沒有立刻將藥撤下，反而皺眉勸道：「夫人，風寒易反覆，妳昨日才好，還是再多喝兩帖妥當些。」

曹覓笑得溫和，口氣卻不容拒絕。「撤下吧。是藥三分毒，再喝下來我恐怕也失了胃口。」

她一面與夏臨交鋒，一面在心中暗暗驚訝這位大丫鬟對待原身的態度。

戚瑞喝完藥後，曹覓便嘗試著想與他交流，但這個孩子不知道怎麼回事，總是面無表情，讓曹覓無處下手。

曹覓也不氣餒，自顧自說完幾句話便帶著夏臨離開。

戚瑞的事急不得，她要先去處理張氏母女那邊。昨日是她主動向戚游請命調查，是以她將這件事放在了首位。

她到達後院關押下人的地方時，春臨已經等在屋外了。

這裡先要提到原身這兩個助手的區別。

夏臨的工作多是留在原身身邊，幫助原身決策。所以昨日她一見到原身，就非常主動且習慣地給原身出主意。而春臨負責執行，原身在夏臨的幫助下完成一項決策之後，由春臨指導府內相關的管事去處理。

曹覓卻知道，這可不是原身作主分的工，更像是兩人有意區分的結果。

與春臨會合後，曹覓便在春臨的引導下進了門。

昨日裡，北安王的人已經出面將幾個有嫌疑的管事和僕役都抓了出來，曹覓要做的，就是審出與此事有關的人。

她照例坐好，吩咐人將那些管事一個一個帶上來問話。

經過一晚上的關押，後院的幾個管事看著都有些憔悴，可喊冤的聲音卻一個比一個大。採買的老嬤嬤說自己大半輩子都在府中，支取皆按著原定的章法，沒有貪昧過一塊銅板。廚房的掌事說給張氏的每餐都按著吩咐，府裡的正經主子吃什麼，端給張氏的就是什麼。他們不僅冤喊得中氣十足，甚至會主動要求拿帳本過來對簿，以證清白。

曹覓覺得十分棘手。在她的記憶中，後院支出走的是府中的公帳，每月裡夏臨幫自己對好帳之後，便會交到府中管事那邊去。

管事可是戚游的人，看昨日他自由進出書房的模樣，絕對是一個深得戚游信重的角色。這樣的人如果不是也捲入了此次事件，那就證明交到他手中的帳本沒有問題，至少沒有太大問題。

曹覓扶著額頭，覺得事情可能比想像的更複雜。

管事們一個接一個被帶出來審問，又被重新帶下去，花了大半個早上，曹覓也沒得到什麼有用的資訊。

也就是這個時候，陳康被帶了上來。

陳康是個精瘦的中年人，雙眼狹長，面上還留著兩撇小鬍子，透著一股市儈味。他沒什麼才能，在王府也沒有什麼固定的工作，一般是協助其他管事做些雜活。

張氏來了之後，往那院子分配炭火糧食的工作就交到他手上。所以，這個人便是此次事件中最有可能的嫌犯，也是曹覓有意放在最後審問的對象。

陳康一上來，不像別人一般高聲喊冤，而是端著笑臉，諂媚地向曹覓還有立於她身後的春臨和夏臨行了個禮。

他一副極端配合的模樣，說出的話卻也極端敷衍。

曹覓讓他起身，詢問道：「宜蘭院中的一應供應便是陳管事在安排吧，如果張氏受了委屈，管事可知那院中本該供應的炭火吃食，都到哪裡去了？」

陳康垮了笑臉。「小人不知道啊！小人可一直都是按照吩咐辦事的，會不會、會不會是那張氏母女出身貧寒，吃不慣府中的好糧食，這才把自己給餓著了？」

要不是記著要扮作原身的嬌弱模樣，曹覓都想直接笑出聲。

見她不說話，陳康也不在意，自顧自演得高興。「或者是那張氏有意矇騙了王爺和王妃，想要等著風波過去，好用那銀絲炭去換取銀錢。唉呀呀，當真是可惡至極！可惡至極啊！王爺被那孤兒寡母迷去了心神，夫人可得擦亮慧眼啊！」

曹覓笑了笑。「我也覺得管事說得有道理。」

陳康雙眼一亮，附和著直點頭。曹覓卻發現他的偽笑下，明晃晃在嘲諷當家主母的無能、好糊弄。

欣賞了一陣他的扭捏作態，曹覓施施然轉過頭，對著春臨柔聲道：「春臨，將陳管事方才說的都記下來，待會兒呈給王爺看看，莫教王爺誤會了我們後院的人。」

春臨執筆書寫，一副公事公辦的模樣。「是。」

屋中另外兩人顯然沒料到這個變故，陳康的笑意直接僵在了臉上。

夏臨皺了皺眉，傾身靠近曹覓。「夫人，此事恐怕不妥。」

「啊，有何不妥？」曹覓故作驚訝反問。

「不過是後院的一些小事，何必鬧到王爺那邊呢？」夏臨規勸道：「王爺已經把事情交給夫人，肯定是希望咱們院中自己處理好。再者，張氏可是侯爺親自帶回來的女客，這些話呈到王爺那邊，少不得要惹王爺不高興了。」

「這……」曹覓做出一副六神無主的模樣。「那妳說該怎麼辦？」

夏臨笑了笑，安撫道：「既如此，小事化了便再好不過了。夫人不如帶些禮物去探望張氏，借機將此事揭過。」

「可、可王爺怒氣正盛，這件事肯定是得追究出一番結果的。」曹覓咬著下唇。「今日審問妳也看到了，眾位管事都沒有出錯，帳本是妳對過的，肯定也沒問題。」她兀自糾結一會兒，乾脆嘆了一口氣。「唉，左右我也查不出什麼結果，不如直接讓王爺派人來看看好了，總得給張氏母女一個交代。」

夏臨動作頓了頓。她眼珠子一轉，轉口道：「若真是王爺要求，夫人可得多費費心……」

曹覓按著原身往常與夏臨相處的模式，附和著問：「夏臨，妳是我身邊最得用的丫鬟，妳跟我說說，我該怎麼辦？」

夏臨目光幽深地看了一眼面前的陳康。陳康哆嗦了一下，似有所感。

夏臨便接口道：「天底下哪有不透風的牆，陳管事話中似有隱瞞，夫人不若請上刑具，重新審問。」

曹覓瞪大了眼睛，一副被嚇到了的模樣。「刑、刑具？」原身怯懦，可見不得這麼恐怖的東西。

夏臨正要再勸，還沒開口，便被突然嚎哭出聲的陳管事嚇了一跳。

「夫、夫人饒命啊！」陳康撲通一聲直接跪下。「都是小人的錯！夫人莫上刑具，小人都招了！都招了！」

曹覓轉頭看去。這陳康大概真有些作戲的天分，方才演得誇張，此時號哭起來也是繪聲繪色。

「都、都怪小人不好，小人看那張氏狐媚，想替夫人把這口氣出了，這才、這才……小人糊塗啊！」

「這……」曹覓皺著眉，似乎不明白陳管事怎麼突然改了話風。

夏臨皺眉喝問道：「好你個自作主張的陳康！就算是為了夫人打算，誰准許你做下這等錯事？這兩個月來，張氏院中的一應供應都是被你給昧下了？」

陳康跪在地上涕泗橫流，聞言慌忙點頭認罪。「正、正是小人所為，夫人英明，可不需驚動了王爺那邊啊！」

看著兩人一唱一和間直接將事情捋清楚了，曹覓心中一陣無語。

原身這得是多麼單純好騙，才教這兩人連鋪墊都省了，直接就把戲唱上了。可現在，她成了原身，這齣戲還得她來收場。

曹覓整理了一下思緒，不敢置信地看著陳康，問道：「這……陳管事，這件事當真是你做的？」

陳康認罪的態度堅決。「就是小人，小人也是為了夫人，小人糊塗啊！」他一邊認罪，一邊還要強調自己的「犯罪動機」，倒顯得曹覓才是真正的「主謀」一般。

曹覓定了定神，看向旁邊的夏臨。夏臨也及時湊上前。「夫人，依婢子所見，現下事情已經明朗，我們便對王爺那邊有個交代了。夫人看，咱們是把陳管事直接交給王爺那邊，還是……」

陳康一聽到這話，嚇得往前膝行了幾步。「不！不能將小人交給王爺啊！」他號哭道：「小人、小人也是為夫人出氣，夫人，若、若王爺知道了，小人這條賤命，往後怎麼為您驅使啊！」

從見面直到現在，曹覓才終於從陳康面上看出一點真實的情緒來。看來北安王確實是尊煞神，府裡不論內外都不敢在他面前造次。

「你自作主張，若是輕易放了，才教我無法對王爺交代！」曹覓扶著額頭，有些為難地說道：「先下去吧，我得好好想想。」

陳康本待繼續求饒，卻突然往曹覓身後看了一眼，隨即安靜下來，溫順地重新回到關押的地方。

曹覓將這整齣鬧劇盡收眼底，心中冷笑一聲。

此時已經到了正午，她轉身帶著人又回到了景明院用膳。

雖然一整個早上只看到夏臨和陳康耍了一通花槍，但她又不是軟弱可欺的原身，誰是猴誰是看客還未可知呢！

第五章

曹覓心情不錯地回到景明院，就連對上冷著一張臉的戚瑞都沒有折損她的好心情。

用膳時，她心血來潮耍了個心機，指著一盤自己叫不出名字的青菜胡亂編造。「冬季的青菜就是不養人，我聽王爺身邊的侍衛說，這段時間他們軍中好些人因為吃多了這種菜，個個都瘦成個骷髏樣，當真是愁人。」

冬季青菜難得，普通的軍中哪裡能看見這樣的東西？但她這番經不起推敲的話，對於她想要哄騙的對象卻是足夠了。

身邊的婢女們不思對錯，直接便順著她的話附和，而往常八風吹不動的戚瑞，也把目光盯到了那盤菜葉上。

這一日午膳，他多吃下小半碗的青菜。

吃完午膳，曹覓回到自己的院落稍微休息，準備下午去張氏母女那邊看一看。

按說，她早就該去探望這對因原身過失而受委屈的母女，但曹覓覺得得先將事情審出個大概，否則去了兩人也是大眼瞪小眼，徒增張氏對自己的怨懟。

但她午睡剛起，還沒出門，就聽到桃子進屋請示。「夫人，兩個小公子過來同您請安，是否讓他們直接進來？」

曹覓將準備吩咐出門的話暫時壓下，欣喜道：「那是當然，快叫他們進來！」

之前一直沒機會想起，但她一直記著，原身是有自己的親生孩子的。這個怯懦的小姑娘唯一受上天眷顧的，大約就是子孫運了。兩年前，她平安地於王府誕下一對雙胞胎；一胎雙子，成功地奠定了她北安王妃的地位。

曹覓在穿越之初就承諾過，會完成原身未竟的牽掛，而這兩個孩子就是原身的執念之一。

很快，她就看到來人出現在廳中。

梳著婦人髻的中年女人一手抱著一個兩歲大的男孩，腳步輕快地走了進來，身後還跟著兩個年紀不大的婢女。

曹覓從記憶中稍稍翻找，知道這個中年女子便是原身兩個孩子的乳母，府中人一般喚她為「陳氏」。兩個孩子斷了奶之後，她又成為孩子院中的管事，專門伺候兩個孩子的起居日常。

陳氏來到曹覓面前，先將兩個孩子放下，接著便朝曹覓行了一禮。「夫人貴體安康，福壽綿長。」

曹覓朝她笑著點了點頭。中年女子又輕輕推了推兩個孩子。「安哥兒、然哥兒，快向王妃請安啊。」

已經湊在一起小聲說話的兩個孩子這才向曹覓看了過來，歪歪扭扭地行了個禮。「娘親。」

看清兩個孩子的模樣，曹覓在心中暗暗感嘆這位陳氏乳母會養人。

原身的兩個孩子被她養得有些圓潤，但一點都不顯肥膩，活像年畫上喜人的金童。孩子年紀小，還未長開，說不清更像誰多一些，但光憑兩人的朗目翹鼻，曹覓肯定這兩個孩子絕對也是準美男子。

曹覓光是看著他們彆扭行禮的模樣，心中不由得就升出些難言的歡喜與感慨。到底是親生的，與這具身體有些天生的感應。

她笑了笑，像原身以往一般，召喚兩個孩子上前。「安兒、然兒，快到娘親身邊來。」

沒想到，戚安撇了撇嘴。「我才不要。」戚安是雙胞胎中的哥哥，以「安」為名，性子卻並不安分。

曹覓還沒回過神來，就見他轉身靠到陳氏身上，伸手要抱。「乳母，我們去院子裡玩雪，我要堆這麼大的雪人！」

老三戚然聽到哥哥的話，也跟著湊過去。「我也要，我也要，我要堆得比哥哥的更大！」

「唉呀，兩個公子，外面天冷，現在哪能玩雪啊！」陳氏有些無奈。她蹲下身，徐徐誘導道：「公子們前兒個心心念念的小木馬就在王妃寢屋中呢，咱們到屋裡玩小木馬。」

戚安被陳氏喚醒了記憶，喊了一聲「小木馬」，直接便往曹覓的寢屋裡跑。反應永遠慢一拍的戚然愣了一下，又馬上追了上去。「小木馬是我的！」

曹覓的笑容差點僵在臉上。

她壓抑著心中的異樣，跟在孩子後頭回了屋。

正廳不便於孩子玩鬧，寢屋中有一張寬敞的軟榻，便是為了這兩個孩子準備的。軟榻旁擺著許多收拾整齊的玩具，曹覓曾好奇把玩過一、兩個，從現代人的眼光來說，這些玩具雖然可玩性有限，但其金貴程度絕對是罕見。

兩個孩子在她屋中毫不生疏，曹覓進到屋裡的時候，他們已經玩開了。原本收拾整齊的玩具被弄得亂七八糟，還有幾個直接被丟到了地上。

曹覓隨手將腳邊的一隻布老虎撿起來，坐到兩個孩子身邊，看著他們爭搶一把小木劍。兩人僵持一會兒，戚然明顯搶不過哥哥戚安。他看著已經被戚安拿在手中的木劍，突然嚎啕起來，轉身便往陳氏那邊哭訴。「乳母，我要……嗚嗚，我要小木劍……」

曹覓這會兒已經對他們這種反應免疫了，正裝著樣子看著陳氏小心地安撫戚然。

其實小孩子最是公平，誰與他們相處得久、誰對他們好，他們也就更喜歡誰。陳氏作為兩個孩子的乳母，戚安和戚然與她親近是常事，但曹覓怎麼也想不到，這兩個孩子會被她養到只知乳母不認親娘的程度。

雖然原身因為精力不濟和身體原因，陪伴孩子的時間少，但曹覓相信，如果陳氏做好身為僕役的本分，時常向兩個孩子提起親生父母的存在，這兩個孩子也不會對自己漠視到這個程度。

更可嘆的是，原身以前竟然完全沒有發現問題。

看到兩個孩子親近陳氏，她雖然有些吃味，但總覺得等孩子們長大一些，自然就知道一個僕婦和親生母親之間的差別了。

曹覓這一想就入了神，直到戚然拉了拉她的衣袖，她才回過神來。

「然兒，怎麼了？」曹覓問道。

雙胞胎長得有七分像，但老三戚然右眼角下有一顆淡淡的淚痣，所以區分起來還算容易。

「娘親，」戚然癟癟嘴。「陳管事去哪兒了，我想叫陳管事給我騎大馬！」

「陳管事？」曹覓心道，正題來了，故作為難。「娘親、娘親也不知道陳管事……」

「騙人！」戚然氣得一跳。

這小胖子鼓著兩頰的嬰兒肥，氣得跳腳的模樣嬌憨得讓人生不起氣。「乳母說，妳知道陳管事在哪兒的！」

曹覓動作頓了頓，轉頭去看陳氏。明明一刻鐘前還逗著孩子笑的陳氏，如今面上已經爬滿了淚痕。

「怎、怎麼了這是？」曹覓無措地問道。

陳氏哽咽的聲音已經壓不住。「嗚……夫、夫人，求求您看在小人，這麼多年來沒有功勞也有苦勞的分上，保一保、保一保陳家最後的根吧……嗚嗚……」

曹覓正待繼續陪她作戲，就看到兩個本來自顧自玩著的孩子，似乎被陳氏的哭聲嚇到，竟跟著一起哭了起來。

他們伸長了手往陳氏那邊爬。「乳母……嗚啊……乳母……」

曹覓連忙抱起孩子安撫，卻完全沒有效果，只能抽空對著那陳乳母說了一句。「有話好好說，哪裡就需要這般了？安兒、然兒，別哭了，陳氏，快來幫幫我。」

陳氏聽到她的吩咐，暫時收住眼淚。「好了，安哥兒、然哥兒，王妃是個心善的主母，不會為難我的，你們別哭了。」

兩個孩子聞言，竟真的相繼停下了哭聲。

曹覓表面上鬆了口氣，一顆心卻擰得緊緊的。恐怕這兩個被養歪了的孩子，一點都不比疑似患有厭食症的戚瑞好收拾啊！

不管曹覓內心怎麼想，陳氏那邊已經開始訴說委屈了。「我聽後院的管事說，我那個不成器的弟弟因為擅作主張替夫人出氣，被夫人關了起來。他自小是莽撞了些，但絕沒有什麼壞心思，夫人可否看在他也是忠心為主的分上，饒過他這一回？」

陳氏口中的「弟弟」，自然就是早上曹覓剛剛見過的陳康。

她還以為夏臨打的是「棄卒保車」的主意，原來他們連一兵一卒都不想損失啊！陳康將所有事情都攬在自己身上，又有陳氏帶著兩個孩子為他打點，按照原身的性格，這件事鐵定會被輕輕揭過了。

於是曹覓輕嘆了口氣。「唉，這又是何必呢？難道是我想懲處他嗎？此事是王爺親自吩咐的，我總得對王爺有個交代。」她嘆完，不等陳氏繼續哭訴。「但妳也無須擔心，我如今將他關押起來，也是想著等過幾天，王爺那邊或許淡忘了這件事，才好讓他再出來。我原本就打算下午去看看那張氏，安撫住她，將事情揭過。」

她從來就沒想過直接對陳康動手。沒了這個卒，怎麼知道夏臨想保的究竟是哪個

「車」？

陳氏聽到她這樣說，果然平靜下來，連連道了幾聲「王妃仁慈」。

曹覓搖了搖頭，轉頭又將注意力放到孩子身上，但過沒一會兒，陳氏便尋了個藉口帶著孩子離開了，大概是怕耽誤她去安撫張氏。

曹覓臨到她離開前，開口吩咐了一句。「從今日晚膳起，以後安兒和然兒的膳食都到景明院去用。」

陳氏和兩個孩子都愣住。

戚安直接撇了撇嘴。「為什麼？我才不要。」

戚然原本沒什麼反應，聽到戚安的話，不甘示弱地接了一句。「我也不要！」

曹覓無視他們的作亂，對著陳氏淡淡笑道：「瑞兒這幾天胃口不好，讓這兩個小傢伙過去陪陪他，也許瑞兒能吃得多些。」

陳氏聞言點點頭，安撫住兩個孩子便直接離開了。

曹覓揉了揉隱隱作痛的額頭，將雙胞胎的事情暫時放下，喊來夏臨和桃子往宜蘭院走去。

來到宜蘭院門口，曹覓沒有直接進屋，而是喊來院裡的嬤嬤詢問。「張氏可醒著？妳們三個怎麼都在屋外？」

院中僅有的三個下人搖搖頭。年紀最大的那個嬤嬤大著膽子向曹覓解釋道：「夫人，我們一般都在屋外做些粗活，張氏不允許我們隨意到屋中去。」

曹覓有些詫異。按說這種帶著孩子的母親，正是需要幫手的時候。她嚥下心中的疑惑，笑了笑，朝著老嬤嬤道：「那這樣，妳輕輕到門邊去，就說我來探望，問問張氏是否方便讓我進去。」

老嬤嬤愣了一下，點點頭離開了。

桃子在曹覓身後有些不平。「夫人來看她是她的福氣，怎麼還要詢問她讓不讓我們進去？」

曹覓順口答道：「總歸是我們之前理虧，謹慎一點為好。」

桃子嘟著嘴，顯然還是不太高興，連夏臨也補了一句。「夫人前個兒身體不好，雖然確實虧待了張氏，但也不至於便要讓她爬到頭上去。」

曹覓搖了搖頭。「看在王爺的分上，我也該給她幾分面子。對了，待會兒若她方便，我一個人進去就行了。如今她正在病中，我們這麼多人，怕是一不小心就衝撞了她。」

桃子和夏臨自然不願，但都被曹覓淡淡壓下。

很快，那個老嬤嬤便出來了，恭敬地請曹覓入內。

進到屋中，曹覓便見到張氏一人站在門邊，朝她行禮。「王妃貴安。」

曹覓笑了笑，上前將她扶起。「怎麼就下床了？身體大好了嗎？」

張氏抬頭，漠然地看了她一眼。

要說原身懷疑張氏與北安王可能有一腿，真不是毫無依據。這張氏只是中人之姿，如今剛遭了場大病，面色有些慘白，原本只得六分的長相又被削去了三分。但她的眉目間，居然隱隱有些原身親姊姊端莊大氣的味道。

此時她身為被苛待了的女客，面對曹覓時卻儼然是一副不卑不亢的模樣。沒有因為受了委屈而自憐自怨，也沒有因為遭遇不平對待便憤世嫉俗。

曹覓拉著她在廳中坐下，詢問了一下這兩天的狀況，她都淡淡回了。曹覓又提起自己此次到訪與帶來的補品布料，她也只是淡淡點頭，不見喜怒。

一番交鋒下來，尷尬的居然還是曹覓自己。

終於將客套的流程走完，曹覓說起正事。「剋扣妳院中供應的事情，我已經查出些許眉目了。是後院一個管事貪婪，擅自昧下了本該送過來的冬炭和衣食。我已經將人扣下了，不知妳……」

她刻意在這裡停了停，張氏果然善解人意地接過口，道：「小人惶恐，此事全憑王爺和王妃作主便是。」

曹覓心中稍安，又道：「畢竟是妳們母女受了委屈，總是要給妳們一個交代的。對了，除了供應上的短缺，妳這兩個月來在府中，可有受到些別的苛待……」

曹覓還沒說完，突然聽到裡屋傳來一陣女童的號哭。

第六章

女童似乎剛醒，發現母親不在便驚慌哭泣。

聽到這個聲音，原本十分鎮定的張氏突然慌張地站了起來，草草向曹覓告罪一句，便直接到屋中去了。

儘管知道有些失禮，但曹覓還是跟在她後頭，一起進了裡屋。

她很想知道，這個被張氏藏著掖著的女童，身上到底有著什麼秘密，又或者只是自己猜錯，她不讓下人進屋只是單純地排斥外人。

屋內，張氏已經將孩子抱了起來，護在懷中安撫著。女童十分懂事，看到母親之後，聲音也從號哭轉為哽咽，漸漸平靜下來。

她剛過一歲，窩在嬌小的張氏懷中正合適。很快，她察覺到站在門口的曹覓，朝她的方向看過來。

曹覓與女童對上眼，心中大概知道是怎麼回事了。

女童的眼窩較深，一雙眼睛是淡淡的琥珀色，與曹覓這樣的中原人很是不同。結合原身的記憶，她大概能夠猜測這個女童應該是北方戎族的後代。

北方戎族與現在曹覓身處的盛朝，可是敵對的關係，可能這就是張氏一直不敢將女童暴露在人前的緣故吧？

很快，安撫好女童的張氏發現了曹覓的目光，面上已然浮現出絕望。

曹覓想了想，上前安撫道：「王爺可從來沒有同我說過，要將妳們好好藏在府中，不讓外人看到。」

張氏聞言，明白曹覓的意思，也漸漸冷靜下來，但面上還是哀切。「王爺是個仁慈的主子。」

「以我對王爺的了解，既然他已經決定要保住妳們，便也沒什麼可顧忌的。」曹覓嘗試著靠近她，見她沒有躲避，便也大膽了些。「妳大可不必將自己和孩子都鎖在房內。」

張氏嘆了一口氣。「雖然王爺仁慈，我們也不能給王爺添麻煩。」

曹覓笑了笑，沒理會張氏的話，而是看向她懷裡的女童。

女童窩在母親懷中，愣愣地看著她，琥珀色的眼中帶著些恐懼和羞怯，但更多的是見到陌生人的好奇。

曹覓能感覺到她雖然一直被母親鎖在屋中，但因為一直被保護得很好，對外面的世界充滿著純粹的好奇心。

有了前面那三個糟心孩子作對比，這樣一個可愛的女童，在曹覓眼中當真像個仙子一樣。

她抬起頭看向張氏。「我知道妳在擔心什麼。王爺畢竟是男子，沒有察覺到妳的不便。今日我看到了，便不能置之不顧，不然便是我們北安王府待客不周了。」

張氏張了張嘴，似乎想說些什麼，但最終沒有開口。

曹覓便自顧自安排道：「這樣吧，我重新選擇幾個信得過的婢女，過兩天便給妳送來。妳如今身子還虛弱，自己一個人可照顧不了她。」

張氏抿著唇不說話。

小女童發現曹覓與自己母親在溫聲說話，似乎確認曹覓無害。她傾著身子，往曹覓伸出手。曹覓小心地伸出食指，小女童便緊緊攥住，然後抬頭看著自己的母親，嗤嗤地笑起來。

「妳看，」曹覓看著女童，話卻是對張氏說的。「她也不想一直被鎖在屋子裡，對不對？雖然現在可能還出不了王府，但是至少讓她看看院子裡的天空，讓她知道不僅有屋內的炭爐，還有漫天的飛雪。」

女童已經抓著曹覓的食指想往嘴裡塞了，張氏有些尷尬地抱著她退開幾步。

她踟躕了一陣，輕輕地點了點頭。

曹覓便笑了笑。她心中其實有些喜歡張氏。來到這個世界之後，她遇見的女人，要麼是桃子那樣沒什麼心機的，要麼是春臨夏臨那樣各有算計的，只有張氏，既有為母的剛強，也不乏母性和柔情。與這樣的人相處，不用怕她會拖自己的後腿，更不用怕她什麼時候會突然反過來捅一刀。

所以，如果真的有機會，曹覓很願意與她交好。

眼看已經安撫住張氏，她便直接尋了個藉口離開，讓張氏自己冷靜想想。

唉，別看方才承諾給得輕巧，真要她立時給出幾個口風緊又信得過的婢女，她一時半會兒還真找不出來。

冬日裡日光短，從張氏那邊出來沒多久，已經將近晚膳。曹覓沒回自己的院子，直接往景明院趕。

到了景明院，尚未到晚膳時間，曹覓看見戚瑞正坐在屋中，看著一盤圍棋發呆。

曹覓直接上前，在戚瑞面前坐下。還不到五歲的孩子淡淡地看了她一眼，又把目光放到棋盤上。

「瑞兒會下圍棋？」曹覓率先開口打破沈默。

戚瑞一個字也不願多說，只輕輕點了一下頭。「嗯。」

曹覓有些疑惑地詢問道：「平常你都與誰對弈？」

王府中的幾個公子年歲都小，再加上父親一直在外奔波，還沒有為他們延請啟蒙先生。

戚瑞頓了頓，回答道：「父親偶爾會來。」

「所以你平時都是自弈嗎？」曹覓饒有興趣地問。

戚瑞又抬頭看她，面上神情似疑問，又似相邀。曹覓搖搖頭。「這個太難了，娘親可不會。」

戚瑞收回目光。「不難……」

「不過，我會另一種棋子。」她笑了笑，問道：「你願不願意陪我玩玩五子棋？」

「五子棋？」戚瑞問。

曹覓一面觀察他的反應，一面與他介紹起了五子棋的規則。戚瑞並不抗拒，這也讓曹覓鬆了口氣。

她已經大概能確定，這孩子就是單純的心理厭食。

五子棋的規則簡單，可玩性也非常高，很快，兩人便一白一黑落起子來。

曹覓輕鬆贏下兩盤之後，戰局變得焦灼起來。

雖然曹覓讓著對方是一個四歲孩子，有意鬆懈，但這麼快被戚瑞逼入僵局，也是始料未及的。看來能成為主角的人，果然是自小不凡。

兩人一來一往地沈浸在戰局中，一直到陳氏帶著雙胞胎過來才暫熄戰火。

屋中已經掌起燈，天色也已經黑下，不知有意還是無意，遲到良久的陳氏湊到曹覓面前道：「夫人恕罪，天冷，兩位小公子不願出門，這才耽擱到現在。」

曹覓笑了笑，看著各拿著一把小木劍比劃的雙胞胎，只淡淡道：「無妨，開始用膳吧。」

陳氏自下去收拾了，曹覓卻先轉過頭對著戚瑞說道：「瑞兒，你吃得少，每次吃完便先走了，娘親一個人在飯桌上，總感覺有些孤單。」她琢磨著未來主角的性子，有意示弱道：「待會兒，你陪著娘親吃完再離開，好不好？」

削瘦的男孩嚴肅地思考了一會兒，最後輕輕點了一下頭。

曹覓悄悄鬆了一口氣。

很快，膳食端了上來，曹覓和三個孩子一起到飯廳中用飯。

戚瑞吃得少，而戚安戚然兩兄弟精力旺盛，被限制不能出膳廳，於是便一人拿著一把小木劍，繞著餐桌打鬧，而陳氏還有另外一個小婢子，就拿著飯碗和勺子追在後面餵食。

曹覓就是在這樣的氛圍中，一邊在心中默唸「原身親生的原身親生的」，一邊把自己塞了個囫圇飽。

此時，陳氏手中的飯碗才只下去了一小半。

曹覓從桃子手中接過溫熱的濕帕，優雅地擦了擦嘴，突然提高音量，對著旁邊始終一言不發的戚瑞問道：「瑞兒，你見過真正的刀槍嗎？」

戚瑞不明所以地看過來。

「真正的刀槍用精鐵製成，刃上閃著寒光，一出鞘就能把敵人嚇得膽寒。」曹覓繼續說道：「檢驗刀槍是否為好武器的辦法是取一根毛髮，放在刃上輕輕一吹。好的刀槍能直接借著風，將這縷毛髮斬斷。」

戰得正酣的雙胞胎不知什麼時候停下了，好奇地朝她看來。

曹覓恍若沒有察覺到一般，自顧自對著戚瑞講述。「這樣的兵器，別說是廳中一人合抱的木梁了，就連王府門口的石獅子都能輕易劈碎。但即使這樣，這些兵器也不能被稱為『神兵』。這世間只有一把神兵，在它的面前，所有的武器都像是小孩子手中的木劍一樣，就是個笑話。」

已經瞪著眼睛往曹覓這邊靠攏過來的老三戚然忍不住了，激動地開口問道：「什麼神兵？」

曹覓對著上鉤的魚兒溫柔一笑。「它叫……如意金箍棒。」

「如意金箍棒」這個名字一出，在場眾人都愣了一瞬。

曹覓佯裝沒有發現。「很久很久以前，如意金箍棒還不叫這個名字，它的主人，也還不是齊天大聖孫悟空。那個時候，齊天大聖還只是花果山上一塊佇立了千萬年的大石頭。在一個電閃雷鳴的雨夜，一束雷電劈到了這塊大石頭上，一隻猴子便從這塊石頭裡蹦了出來。

「其他的猴子從來沒見過從石頭裡蹦出來的猴子，就叫那隻猴子『石猴』。石猴漸漸長大了，和其他的小猴子們住在一起，卻吃得比其他猴子都差，每天分到的都是些已經快爛掉的，其他猴子看都不看一眼的酸野果。這一天，他終於生氣了，為什麼我跟其他猴子吃得不一樣呢？於是他就問起了一隻抱著蜜桃啃得歡快的棕毛猴子。棕毛猴子吸了口桃汁，美滋滋地告訴石猴說：『這有什麼奇怪的，你沒有父母，當然吃不到這些好東西了。』」

曹覓的食指在戚然小鼻頭一點，滿意地看著他瞪大了眼睛。

她繼續說道：「石猴撓撓頭，看著手中已經腐爛了一半的野果子，又問：『什麼是父母？我們吃的東西，難道不都是守在洞裡的那隻老猴子拿給我們的嗎？』聽到這句話，所有的猴子都笑了，告訴石猴，才不是這樣子呢！

「每隻猴子生下來就有父母，就跟人一樣，一生下來就有父親和母親。父親強壯勇敢，每天在花果山的山頭守衛，如果遇到了膽敢闖入花果山，想要破壞小猴子生活的壞蛋，就會拿起石塊，勇敢地戰鬥。小猴子們雖然很少看到自己的父親，卻知道沒有父親，就沒有自己現在安定的生活。

「而母親則負責小猴子的食物。花果山山高水深，甜甜的果子都長在懸崖峭壁上，猴子母親每天要在懸崖上攀爬，冒著一不小心就摔下深淵的危險，給小猴子們摘來最新鮮的桃子和香蕉。而洞裡每天給他們分食物的老猴子呢，其實什麼本事都沒有，只能留在山洞中給小猴子餵飯。」

曹覓有意控制著自己的語速，這句話剛說完，陳氏就把一勺肉粥餵到了老二戚安面前。

戚安看著送到嘴邊的小勺子，轉過頭看了一眼滿面皺紋的陳氏，一言不發地把肉粥吞了下去。

「小猴子們告訴石猴，你沒有父母，能住在這裡都是花果山的猴子們發了善心，當然只能吃所有人都不要的酸果子。石猴聽完非常傷心，但心中其實不相信那些小猴子的話。所有人都是有父母的，只有父親和母親會給自己的孩子最無私的愛，即使我是從石頭裡蹦出來的，我也一定有父母！」

曹覓很有講故事的天分，她模仿石猴的語氣表演之後，周圍的人都被石猴的情緒感染了。就連一向冷漠的戚瑞都抿著唇，重重地點了一下頭。

「他覺得其他小猴子都不懂，才說他沒有父母，於是他找到花果山一隻年紀最大也是最有見識的老猴子。『猴爺爺，你知道我的父母是誰嗎？』老到毛髮都白了的猴子其實也不知道，但想了想，告訴石猴說：『你是從石頭裡蹦出來的，只有神仙才知道你父母是誰！』這其實只是一句玩笑，勸告石猴不要再探尋這個沒有答案的問題了。但石猴卻把這句話牢牢地記在心裡，暗暗發誓，總有一天他要離開花果山，找到神仙，好好地問問，自己的父母究竟是誰。」

說到這裡，曹覓突然轉頭，看向已經趴到自己大腿上的老三戚然和站在旁邊伸長了脖子聽故事的老二戚安。
「安兒和然兒很幸運，不用問神仙，也知道自己的父親和娘親是誰，對不對？」

第七章

兩個孩子沒聽出曹覓的意思，乖巧地點著頭回答道：「對！」

「於是，石猴等啊等，兩年後，他終於長大了。在一個春暖花開的日子裡，他收拾好東西，離開花果山，踏上了尋找神仙的第一步。」說完這一句，曹覓微微一笑，在眾人越發期盼和好奇的目光中，砸下了一個平地驚雷。「好了，石猴齊天大聖的故事太長了，今天就先講到這裡。」

眾人一頓，根本沒有反應過來，等到想明白曹覓話中的意思，沮喪地低下了頭。

僕役們不敢對曹覓說什麼，穩重如戚瑞也只是悄悄收起期盼的神色。而無法無天的雙胞胎自然不幹，在哥哥戚安的帶領下，兩兄弟號哭不已。

「娘親，講下去，我要聽石猴！」戚安鬧道。

「不行，不過明天早膳吃完，娘親會再講一段。石猴下山後遇到了更多有趣的事情，明天的故事一定會更好聽。」曹覓安撫。

老三戚然哀號道：「不！我現在就要聽，現在就要！」

「不行。」曹覓緩緩收了臉上的笑容。

兩個孩子繼續糾纏，曹覓直接將他們交給陳氏，吩咐陳氏好好照顧他們，便直接帶著人離開景明院。

兩個孩子也聰明，看到正主走了，也漸漸停止鬧騰。
戚然湊近陳氏，突然說道：「乳母，我渴了，我想吃桃子。」
陳氏還端著飯碗，一臉為難。「小公子，這大冬天的，乳母哪裡去給你找桃子啊！」
旁邊，聽到戚然問話的戚安突然點點頭。他上前，對著弟弟說道：「傻！你忘了嗎？老猴子沒有桃子，桃子都是娘親摘的。」
戚然了然，愣愣地將目光轉向曹覓離開的方向，含著手指點點頭。「那我明天找娘親要。」
景明院中後來發生的一切，曹覓不知道，卻很滿意自己今天的即興改編。
她希望透過自己改編的《西遊記》，讓兩個孩子了解親生父母的地位。
但當然，這個事情才剛剛起步，暫時不能著急。
第二天早膳後，她果然履行承諾，又給孩子們講了一段《西遊記》。這一次，她以搞笑為主，杜撰了幾個石猴在人間尋找神仙時遭遇的趣事。估摸著時間到了，她又及時停下，跟孩子們約定了下一次講故事的時間。
早膳過後，王府大管事尋到曹覓。「前日，夫人同王爺提過的，要給府中找些新的僕役。小人已經將人領到了府上，夫人是否親自過去看看？」
曹覓壓抑心中的喜悅，點頭微笑道：「嗯，有勞管事。」
這位老管事不愧是戚游信重的人，曹覓到了前院時，發現他已經將待選的人分成了兩批，安頓在兩個不同的院落中。其中一批是些目不識丁的粗使僕役，這些人已經被初步挑揀過，送到曹覓面前的都是些性子老實、身體健康，又沒有家庭牽掛的上好人選。另一批則是些識字的人。這些人外表收拾得比第一批人好上許多，看著皮肉也嫩，都是沒幹過粗活的模樣。

曹覓十分滿意，她如今身邊缺人，便一口氣將所有人都留了下來。

她正在那批識字僕役的院中詢問身世遭遇的時候，一個婢子進來，匆匆將她叫走了。

曹覓臨走前，對著滿院的人說：「從現在開始，你們就是我的人了。我現在有些要緊事，你們先留在此處，等我回來。到時候，我再親自安排你們的去處。」

眾人應是，曹覓便滿意地離開。

她這一去就是大半個時辰，這些人在院中等得有些焦躁的時候，桃子進到了院中問道：「你們就是新來的僕役吧？跟我來，我先與你們說說王府的基本規矩。」

眾人一愣，下意識便準備跟她出去。

突然，人群中冒出一個聲音。「請問這位姊姊，您讓我們出去，是夫人吩咐的嗎？」桃子看過去。「怎麼，不是夫人吩咐的我就請不動你們了？」她皺著眉。「夫人一時半會兒回不來，你們在這裡也是乾等著。待會兒我要說的規矩可是關乎到你們在王府中的未來，快跟上。」

她這話一出，有幾個人卻遲疑著停住腳步。

最終，沒有隨桃子離開的人只有三個。

曹覓將他們和另一個她原本就看好的人留在自己院子，其他人則打亂，分到後院的各處院落中。

為奴者沒了姓名，曹覓給留在自己身邊的四人重新命名，為了好記，便取「東南西北」四字，分別喚作東籬、西嶺、南溪和北寺。

東籬和南溪是女子，東籬性子直爽潑辣，當初就是她在院子中出聲詢問桃子的命令是不是曹覓所下。

西嶺和北寺是男子，兩人表情不多，看著比較忠厚老實，而北寺是四人中唯一一個當時被桃子「騙」走的人，曹覓卻覺得他另有可塑之處。

將人定下來之後，曹覓又找到管事，希望他幫自己尋幾個匠人。

「木工或者石工都要，最重要的是手藝要好。」她說著自己的打算。

管事愣了一瞬，答道：「王府內自有匠人，夫人若有什麼東西需要添置，直接吩咐下面去做便是了。」北安王府到底是皇親，府中自然養著一些技藝高超的匠人。

曹覓笑了笑。「只是偶爾突發奇想，想做點小玩意兒。而且府中的匠人大都得了王爺的吩咐，有自己的任務，倒不必打擾他們。」

管事點點頭想了想，突然記起一事。「身家清白的手藝人比較難尋，夫人若是想要，還需等上幾日。但是老奴突然想起一人，或可為夫人所用。」

「哦？」曹覓轉頭看他。「願聞其詳。」

管事於是介紹道：「那人喚作劉格，原本是在軍中做著保養兵器的活計，木工和石工俱佳。但是他此次隨王爺前往叛亂，在叛軍攻入後方時，被歹人砍斷了右腿。」說到這裡，他嘆了一口氣。「以他的身體狀況，已經不適合留在軍營中。王爺將此人交給我，本打算再讓我找機會託人送他還鄉，若是夫人不嫌棄，或許可用他一用？」

在這個時代，身有殘疾者即使有些手藝，也很難過活。人們覺得這樣的人本身就不幸，很可能給自己也帶來災厄，會自覺地遠離。這個劉格回鄉之後，或許餓不死，但總歸是不會過得太好了。

曹覓點點頭，直接將人定下來。「王爺治軍嚴謹，這人能進入王爺麾下，想來也是個好的。這樣的人哪裡因為失去了一條腿，就要遭受世人冷眼。」她笑了笑。「還請管事儘快將人送來。」

管事點點頭。「若是夫人同意，我過會兒便能讓人領他過來。這些要送回鄉的人都被王爺安頓在城外的一處山莊，離府中很近。」

曹覓滿意地點頭。「如此，當然最好。」

院外，跟著曹覓跑了好幾天的夏臨遠遠看著她與管事對話，心中突然一陣怪異。

她左右看看，沒尋到熟悉的春臨，便抓著旁邊的桃子問了起來。「桃子，妳有沒有覺得，夫人這幾日有些不一樣了？」

桃子瞪著一雙圓圓的大眼睛，奇怪地反問道：「什麼不一樣？」

夏臨輕蹙著眉。「我也說不好，但就是覺得……夫人比起以前更有主意了些。」

「這不是好事嗎？」桃子想起什麼，突然嗆了一句。「夏臨，妳是不是巴不得夫人一直都聽妳的？」

夏臨一愣，隨即冷笑一聲。「我從來都是聽從夫人的命令，給夫人出主意，怎麼在妳眼中，變成夫人一直聽我的？」

「呵。」桃子瞪她一眼。「夫人就是聽了妳的，才將張氏分配到這個偏僻的院落，才會在前兒個引得王爺發怒！」

「昨日是妳跟著夫人去了書房對吧？」夏臨突然想起這事，像是想到了什麼，急急問道：「夫人……王爺是不是對夫人說了什麼？」

「我怎麼知道！」桃子嘟著嘴。她絲毫沒有察覺夏臨的心思，只抱怨了一句。「但我知道，夫人肯定是受委屈了，她從書房裡出來的時候，眼角都是紅的呢。」

夏臨聞言，若有所思地點點頭。

到了晚膳時分，曹覔照例來到景明院，同三個孩子一起用膳。

雙胞胎惦記著故事，這一次來得十分早，曹覔到時，發現他們已經等在廳中。膳食還未端上來，兩人便纏著她繼續講故事，連原本坐在榻上擺弄棋盤的戚瑞，都將小腦袋轉了過來。

曹覔將扒在自己身上的兩個孩子抱到榻上，一邊吩咐僕役們上菜，一邊抓著時間跟戚瑞來了一局五子棋。

面對搗亂的雙胞胎，她態度堅定地拒絕。「故事要等用完膳之後再講。」

之後，不管戚安和戚然再怎麼胡鬧，她都視若無睹，只小心確保他們安全地待在自己眼皮子底下。

好在沒等多久，膳食就布好了。

戚瑞照例吃得少，曹覓面對這些貧瘠的古代菜色也沒什麼胃口，簡單用了點，便在雙胞胎期盼的眼神中，講起了新的情節。

「石猴整整在人間流浪了十幾年，這才在一位樵夫的指引下，來到了靈臺方寸山的斜月三星洞。傳說這裡住著一位法力無邊，長生不死的老神仙——菩提祖師。石猴上了山，很快便尋到了這位神仙。菩提祖師問他是哪裡來的，石猴便誠實回答道：『從東勝神州花果山來。』

「菩提祖師一聽便十分生氣，因為花果山與方寸山相隔萬里，不相信石猴能千里迢迢從那裡趕過來。他想要把石猴趕走，然而石猴求得了一個解釋的機會，他詳細說了自己從哪兒來，經過了哪些地方，又遭遇過那些艱辛。石猴說得認真，話裡的內容又十分詳細，菩提祖師這才對他另眼相看。

「原本，神仙是不輕易收徒弟的，但是菩提祖師見石猴心思單純，又有求道之心，最終還是將他留下了，收作自己的弟子，並依據入門的輩分，給石猴取名為『孫悟空』。」

小胖墩戚然還沒忘記石猴的名號，聽到這個名字，他瞪大眼，不顧陳氏餵到嘴邊的菜羹，激動地喊了一句。「齊天大聖孫悟空！」

曹覓笑著提醒道：「石猴現在只是得了個名字，還不是齊天大聖呢。」

她解釋完卻話一轉，繼續講了起來。「可是啊，孫悟空雖然成功拜入了菩提祖師的門下，並不得師兄弟的喜愛。這是因為孫悟空只是一隻石猴，他生於山林間，行為習慣都十分粗鄙，竟然連碗勺都不會使用！在三星洞中，人人都是自己吃飯穿衣的，孫悟空什麼都不會，他們嘲笑孫悟空說：『你連自己吃飯都不會，還想跟著祖師學習法術，當真是癡人說夢！』」

她說著，意有所指地看了看雙胞胎。雙胞胎顯然也意識到了什麼，互相看了一眼。

曹覓將他們的反應看在眼裡。「孫悟空聽到他們的嘲笑，心中十分生氣。他也知道自己確實不會使用碗筷，但是只要肯學習，一切都不算慢。這一天，在三星洞中，孫悟空勇敢地拿起了碗，開始嘗試著自己吃飯。」

邊說，她邊動手舀了一小碗還溫熱著的魚湯，放到了戚瑞面前，又轉過頭看著雙胞胎，說道：「你們瑞哥哥已經能自己吃飯了，安兒和然兒也不會比孫悟空更差，對不對？」

「對！」老二戚安還嘟著嘴有些不情願，心思單純的戚然已經高聲附和道。

曹覓見目的達成，便用眼神示意旁邊的婢女將碗勺放到桌上，讓戚安和戚然自己嘗試。

戚然一把握住了勺柄舀了粥糜，就往自己嘴裡塞。戚安也不甘示弱，默默地動起手來。雖然兩人「鏟」到碗外的比送進嘴裡的還多，但曹覓心中還是浮現些歡喜。

雙胞胎總算有了可喜的變化，不枉她這幾天將西遊記改得面目全非，活生生將一個關於抗爭和成長的神話故事變成了育兒教材。

而兩個孩子原本最依賴的陳氏，此時有些手足無措地站在一邊，似乎完全找不到自己的位置。

曹覓看了她一眼，突然開口道：「還是陳氏乳母教得好，在我還不知道的時候，安兒和然兒都學會自己吃飯了。」

陳氏面上有些尷尬，踟躕地回道：「不……嗯，都是奴婢該做的。」

曹覓便朝她溫和地笑了笑。「這麼說可不對，做得好便該賞。我院中還有幾疋新布，正好予妳做幾件新衣裳。」

她說完，不等陳氏反應，笑盈盈看著戚瑞面前已經空了的魚湯，溫聲問道：「瑞兒，再喝點嗎？」

已經被她哄騙著吃下好些東西的戚瑞面色堅定地搖了搖頭。曹覓笑著，用手帕擦去了他嘴邊不小心沾上的魚湯。

第八章

強調主人身分，並不只能透過懲罰威壓，有時候，一份不容拒絕的賞賜，更能表現地位的懸殊。

透過這些天的觀察，曹覓發現這個陳氏其實並沒有太多壞心思，除了沒認清戚安戚然的身分，本分之內的事情倒是做得極好。否則，雙胞胎也不會被她養成如今白白胖胖的金童模樣。至於性格上的缺陷，其實是原身和陳氏太過溺愛的關係。

所以，對於她，曹覓以敲打為主。

但對於另一些人，敲打已經並不足以起效了。

這一天清晨，已經成為曹覓新貼身婢女的東籬上前，告知事情已經準備好了，她便喚人喊來了夏臨。

夏臨不明所以，進來時還主動與她提起府中當月的各項置辦。

曹覓嘆了口氣，打斷了她的話。

她垂下眼眸，故作悲傷。「夏臨，妳一直是我身邊最得力的丫鬟，這一次，我只能依靠妳了！」

夏臨一頓，見曹覓神色哀切不似作假，這才正了臉色問道：「夫人，發生了什麼事？」

曹覓捂著心口，回憶起了那一段痛苦的往事。「前幾日，王爺因張氏的事情發怒，喚我到書房中訓斥。我自知失職，便同王爺許下了承諾，願意用自己的私庫銀兩，為張氏亡夫所在的軍中添置冬鞋。」她回憶完，又懇切地看著夏臨。「如今事情已經查明，犯事的正是我們後院的陳管事，我顧念主僕之情，沒有重罰他，那於送鞋償還一事，便不能不更盡心些了。」

夏臨隱約猜到了什麼，卻不敢坐實，只能順著曹覓說了一句。「夫人……夫人所言極是。」

「我本願意親往繡坊監督此事以表誠意，但昨日同管事提起，卻被管事攔下。」曹覓用手帕按了按發紅的眼角。「也是，如今瑞兒還在病中，我身為母親，總不好貿然離開。所以，我同管事商量了一下，只能委派妳代替我前往繡坊，監督這批冬鞋的製造。」

夏臨一愣，心中不好的預感成了真。她有心挽回，支吾道：「夫人，府中尚有許多工作——」

「我都知道。」曹覓溫柔地打斷了她。「我知道妳安排不下，所幸昨日已經來了一批新人，剛好讓南溪先幫妳頂一陣。這一陣其實不忙，等妳回了府，便能開始準備年節的節禮和宴席，時間尚算充裕。」

夏臨還想說些什麼，但曹覓完全不給她找藉口的機會。「管事那邊的人已經在後院偏門等著了。哎，也是我糊塗，昨日一忙起來便忘記提前通知妳，妳現在快回房收拾一下，直接同他們離開。」她放柔了聲音，說出的每字每句卻不容拒絕。「去吧，別讓他們久等了，否則，王爺那邊又要問罪了。」

曹覓將戚游都搬了出來，夏臨張了張嘴，終於妥協。「是。」

曹覓便笑著點點頭，隨手招來了身邊的兩個婢女。「桃子、東籬，夏臨走得急，妳們過去幫她收拾一下。」

夏臨被這突如其來的變故擾亂了神思，此時也顧不得拒絕，只看似溫馴地向曹覓行了個禮便匆匆離開。

一直等到東籬回來，告知夏臨已經上車離開，曹覓才完全放下了心。

終於把這隻老虎調離，現在這座山頭中的事，就不是夏臨能夠干預的了。

她又迅速找了藉口重新安排院中的人事，將南溪等新人安插進了夏臨原本負責的工作中。這一下，整個後院各處緊要崗位上便都有昨日新進府的，獨屬於曹覓的人了。

其實這些人進府的時間太短，曹覓也不想這麼快就做這樣的布置，實在是她每日裡生活在威脅中，時刻警惕著不知何時會再次出現的意外，已經沒有時間浪費在考查新人這種事上了。

所幸這批新人的賣身契都握在自己手中，而即使這些人有問題，也只能是管事那邊做的手腳。管事是北安王的人，曹覓想得通透，如果想殺原身的人是北安王，那她又能掙扎什麼？

這廂事情剛告一段落，管事就領著一個斷了腿的男人過來求見。那人正是昨日管事提起過的殘疾軍匠——劉格。

這個匠人身上有一種剛毅氣質，曹覓聽說牛車載著他進了城後，他便一個人揹上行李，靠著一根自己削製的枴杖走完了剩下的三里路。

曹覓也曾經受過病痛的折磨，她覺得眼前的人做的，比當初那個自以為慷慨赴死的自己要好，心中也油然生起敬佩。

管事離開後，她便與劉格攀談起來。稍稍了解過此人的來歷之後，便在後院尋了一處院子，又給劉格撥了兩個力氣大的僕役打下手。

身家清白又願意賣身為奴的手藝人太少，曹覓還要靜待管事那邊的消息。所以兩天後，當劉格帶著人將她吩咐的石磨和篩網送來時，曹覓心中極為詫異。

她讓人去廚房取來麥子，桃子便在一旁小聲問：「夫人，這個是要做什麼？」

曹覓簡單解釋道：「這是石磨，可以把麥子和豆子磨得更細一些。」

桃子有些奇怪。「廚房裡那個石磨磨出來的還不行嗎？」她不明白劉格一個匠人在院子裡折騰好幾天，就弄出這樣一個常見的東西究竟有什麼用。

很快，麥子送了過來，一個跟著劉格的僕役接過麥子，開始研磨起來。

最初的麵粉還是不夠細膩，但是多磨了兩、三遍，大概也就及格了。之後用密密的篩網篩過一遍，盆中留下的便是細膩的粉末了。

曹覓看到成果，心中終於高興了些。

她穿越過來的這個時代名為盛朝，科技和生產水準十分低下，這從北安王府的膳食中就可見一斑了。

如今雖然是冬季，能端上桌的食物不多，但堂堂一個王爺的府邸，主子們每日吃的大都是麥飯豆餅一類的主食。曹覓一開始對這些粗糧還頗有興趣，畢竟健康，但吃了幾天，便對粗糙的口感有了意見。再加上如今王府中還有三個孩子，她對食物便存了些不滿。

她的空間中有一臺現代石磨機，但是這種東西又不能直接拿出來，於是那天她依葫蘆畫瓢，按照那臺石磨機的模樣，提醒劉格可以改良現有石磨的磨齒和把手。劉格帶人熬了幾夜，直接將她要的東西趕製出來了。

「他初到此處，大概是想穩固一下這個容身之地吧。」曹覓自語一句，吩咐桃子給劉格一些賞賜。

之後，她喊來廚房的幾個管事，細細說了甜包子與肉包子的做法。

當天晚膳，她便如願吃上了包子。

精磨出來的麵粉細膩非常，已經十分接近現代麵粉的質地。而古代的麵粉麥香更甚，配上甜豆沙或者醃製過的肉片，味道十足美味。

戚安和戚然兩兄弟啃了一口包子之後，難得地沒有鬧著要先講故事。

看著他們自己捧著包子吃得歡快的模樣，曹覓心中也吁了一口氣。自從兩兄弟開始自己吃飯之後，因為不太能熟練使用餐具，兩人有些氣餒。而包子這種能用手捧著吃的食物無疑是個過渡期，能幫兩兄弟建立「自己動手吃飯」這個習慣。

曹覓一邊吃包子，一邊琢磨著要將餃子一類的美食送上飯桌了。

此時，吃下一個包子的戚瑞已經放下碗筷端坐著。曹覓估摸著他能感覺到今天吃的包子分量不少，不肯再吃點別的了。

而兩個已經把肚皮撐得渾圓的孩子，還吵著鬧著要再吃一個。

曹覓給雙胞胎擦了臉和手，抱到了榻上開始講故事。

在她天馬行空的改編中，孫悟空在三星洞中學法術的日子少了幾分神話色彩，反而帶上了幾分現代理念。故事中的妖與人、神之間並沒有明顯隔閡，他們各異卻平等。

三個孩子現在可能感受不到其中的力量，但這些影響會日積月累，幫他們窺見封建時代之外的文明光彩。

此時，戚瑞抓著曹覓故事中的一個漏洞，詢問道：「蹴鞠不是用腳踢的嗎？為什麼他們的球賽要『投籃』？」

曹覓本能地想找個藉口糊弄過去，但看著三個孩子期盼的目光，頓了頓，還是誠實回道：「嗯，這種球和蹴鞠不太一樣。」

「那是什麼樣的？」戚安撐著小下巴問。

曹覓想了想，乾脆承諾道：「是你們之前沒見過的。明天我讓劉師傅做一個給你們看看？」

雙胞胎興奮地驚呼起來，就連少有表情的戚瑞都隱隱一副期待的神色。

就在三個孩子其樂融融的氛圍中，另一邊，針對夏臨的調查也有了進展。

夜裡，曹覓回到院中之後，南溪交給她幾本帳本。

夏臨原本的工作中，除了給原身出主意，就是幫助原身處理各種她不想費神的帳本。而南溪拿來的這些帳本與北安王府全然無關，是原身名下的陪嫁鋪子。

說起來，其實原身姊姊倒是知道原身的性子，所以當初為原身準備嫁妝的時候，根本沒加什麼需要經營的東西。但她自己亡故之後，名下的所有鋪子就歸到了原身手中。

這些年來，原身每月只大略聽一聽鋪子的盈利虧損，其他的便都交給姊姊在世時的那些老人。

看到南溪拿上來的帳本時，早就隱隱有所猜測的曹覓不太驚訝。夏臨這些人知道北安王的厲害，不敢把歪心思打到王府身上，如果想要做手腳，必定就是從軟弱的原身下手。

但就算察覺了帳本中的異樣，曹覓等人也沒找出什麼實質證據。

「奴婢其實也不敢肯定。」南溪彙報。「王妃名下的幾間鋪子，總體而言還是盈利的，但是較之兩年以前，盈利卻大大減少。可奴婢花了幾天將五年內的帳本悉數對比，卻沒發現異樣。」

「哦？」曹覓挑眉。「妳沒發現任何破綻？」

南溪為難地點點頭。「是。各間鋪子貨物的進價與出價與幾年前都相同，即使偶有波動，亦在正常範疇之內。似乎就是莫名其妙間，從兩年前開始，各家鋪子就慢慢地賣不動東西了。」

曹覓聽完，頷首示意自己知曉了。

「既然帳本上找不出問題，便需要找人去實地考察了。」她想了想，對著身邊的東籬吩咐道：「找個理由將北寺調到採買那邊去，讓他趁著出入便利，往我名下的幾家鋪子探探情況。」

東籬行了個禮。「是。」

「對了。」曹覓又想起一事。「西嶺最近跟著春臨做事？春臨那邊有沒有發現什麼不對勁？」

東籬搖頭。「沒有。從目前來看，春臨與夏臨不同，從來都是恪盡職守，未曾有半分逾越。」

「這樣嗎？」曹覓若有所思地點點頭。「那妳明日傳我的命令，將還關押在後院的陳康放了，然後找兩個機靈一點的暗中看著他，一旦發現有什麼異狀，便來告知我。」

後院的暗流無聲湧動著，但明面上，一切似乎沒什麼變化。

兩日之後，劉格那邊將籃球和籃球架做好了，曹覓甚至抽出時間專門陪著三個孩子玩。

她讓人在景明院清出一小塊空地，劉格指揮著人將籃球架穩穩地立到空地上。為了配合三個孩子如今的身量，這個籃球架只有一公尺高。年紀最大的戚瑞奮力一跳，大概能摸到籃框下的布條。而籃球也做成了縮小版。

曹覓知道劉格沒辦法做出真正的籃球，於是便只簡單提了兩個要求，一是一定要輕，保證孩子們即使不小心砸到對方也不會出現什麼危險，二是儘量增加其彈性。

最終，劉格用竹篾編出了球的形狀，再用獸皮和獸筋做出表層。

由於材料限制，這款籃球可玩性自然不如現代籃球，整個遊戲更像是古代投壺的變種。玩法還是將手中的道具投擲進目標地點，不過是將投壺使用的箭枝換成獸皮球，又將壺換成了籃框。

但即使是這樣，這個新玩意兒也受到孩子們的一致好評。

籃球架搭好之後，曹覓小心將三個孩子全副武裝起來。

她早吩咐過繡娘，按著三人的尺寸做了一批護膝、護肘和手套。王府中的繡娘手藝過人，交出一批兼顧了保暖輕便的成品，曹覓很滿意，轉頭便打賞。

於是，在這個冬日裡難得的大晴天，她一邊小心地為老三戚然繫上手套下的腕帶，一面叮囑著三人切勿在雪地中推搡。

已經全副武裝好的戚安一直看著手上新奇的手套。他閒不住，一會兒摸摸木桌子，一會兒甚至過來掐住戚然的小胖臉，感受著隔著手套觸摸的新奇。

戚然被他的舉動激得發怒，才剛穿好手套就拉著四歲的戚瑞去尋仇，三個人便在景明院的空地上鬧開了。

曹覓悠閒地坐在廊下看他們嬉鬧著的模樣。

陳氏和幾個婢女就在周圍張著雙手，像幾隻急著護崽的老母雞。一看到三個孩子碰在一起，就恨不得直接上前將人抱開。

「夫人，這天氣這麼冷，公子們都經不起凍。」陳氏面上的著急不是偽裝的。「您還是下令讓他們回來吧！」

一遇到玩樂這種事，她也拉不住雙胞胎，只能寄望曹覓同意用強硬的方式將孩子們喊回來。

曹覓卻老神在在，並不當一回事。「沒事，悶在屋子裡很久了，出來曬曬太陽跑一跑也好。」

這段日子看顧著幾個孩子，曹覓擔心三人被保護得太好了。

陳氏見勸說無果，皺著一張臉「保護」孩子去了。劉格還沒走，留著確認一下籃球和架子不會出問題。

曹覓偶然發現他看著三個孩子的眼神中，不經意洩漏的羨慕。

「劉師傅，你沒想過給自己做一副假肢嗎？」她突然問道。

「假肢？」劉格一愣。

曹覓點點頭。「你可以把它想像成一條綁在腿上的枴杖，用木頭或者精鐵做出一條腿，上方用布包裹，繫於大腿上。如此只要熟悉之後，便不需要再仰賴枴杖行路。」

劉格頓了頓，便立刻發現這其中的難點。「仿出一條腿倒是不難，只是膝蓋與腳踝的兩處關節……」

曹覓便笑了笑。「世上無難事，只怕有心人。我只是覺得此法可行，你不若試試。」

劉格按捺著心中的激動，點了點頭。

知曉他心中有了想法，曹覓不再留他，任他早些回去試驗。

劉格的手藝超出了她的預期，她有意想培養一下他的創造力。

又過了好一陣，玩累了的三個孩子這才往曹覓這邊聚集過來。

老三戚然最與人親，一回來便撲到曹覓懷中撒歡。曹覓看他喘得厲害，也不嫌棄他滿身汗，只靜靜餵他喝了兩小口鹽水。

她轉身正待關心一下戚瑞和戚安，卻發現戚安的狀況同戚然差不多，也是喘得正起勁，可向來吃得少的戚瑞卻已經將近呼吸平緩了。

她不得不在心中感嘆，主角就是開了金手指，光這心肺能力就遠超常人了。

等到三人心跳都正常了，曹覓便著人將他們帶下去。

第九章

三人離開後，曹覓對著一位景明院中的老僕突然感慨了一句。「瑞兒的身體真是好，雖然還在病中，但看著還算康健。」

那老僕笑著附和。「夫人說得是，要不是今年瑞公子不知為何沒了胃口，瑞公子的身體向來是最壯實的。」

「哦，是嗎？」曹覓笑了笑。「我也記得，瑞兒從小就是個敦實的孩子。」

那老僕點頭。「可不是，大公子可是生下來就有七斤重呢！」

「七斤？」曹覓有些驚訝。這種事倒是原身不知道的。

「是啊，當年景王妃懷孕的時候非常健康，只……呃，只是可惜了。」她話說到一半，似乎突然意識到了不對勁，半途轉了口。

原身的姊姊叫曹景，也就是老僕口中的景王妃。老僕雖然及時轉了口，但曹覓卻敏銳地發現其中問題。

她原本只是有些懷疑，覺得戚瑞健康得不像是難產的孩子，這下幾乎可以肯定，當年的難產一事中，存在著某些原身並不了解的內情。

於是她有意引導話題。「要不是姊姊當年不幸難產，如今瑞兒可能也不會受這種罪。當年生產之前，姊姊明明狀態極好，怎麼會……」

聽到她這樣問，老僕卻不敢再回，只敷衍道：「小人也不知道。」

之後，無論曹覓再怎麼旁敲側擊，老僕都不肯再說下去。

曹覓大膽猜測，當年或許並不是什麼難產，老僕應該是出於某些命令或者忌諱，才不敢深談。

她將這件事記在了心裡，想著一定要找時間調查一下。

這天黃昏，久未出現的北安王戚游居然回府了。

他風塵僕僕地出現在景明院中，顯然是一回來就往這邊趕了。曹覓帶著三個孩子朝他行禮，心中想著這位冷面的北安王其實也有關愛子嗣的溫情。

但三個孩子明顯跟他不親近。戚瑞還好，四歲已經知禮，但戚安和戚然兩個才兩歲左右的孩子，一年多沒見過父親，對於這個突然出現的男人，眼中還只有陌生和一些畏懼。

戚游似乎並不在意，他拒絕了上前準備服侍的婢女，自己動手脫下外袍，又取過濕帕淨了手臉。

趁著這段時間，曹覓已經幫三個孩子，尤其是雙胞胎回憶了一下父親的英姿。

大概男孩子心目中都有些英雄情結，知道自己父親是上陣殺敵的英武大將軍之後，雙胞胎看著戚游的目光中多了幾分崇敬。

戚游來到榻上時，對上的就是三雙仰望的目光。他愣了一瞬，狀若無意地往曹覓瞥了一眼。

戚然見他靠近，興奮地往前一滾，曹覓沒能及時拉住他，直接滾進了戚游懷裡。

小胖子窩在父親懷中，雙眼亮晶晶地盯著戚游。「爹爹，你是大將軍，你是不是比齊天大聖還厲害？」

戚游一頭霧水，曹覓卻是嚇了一跳。

她剛才之所以向三個孩子們提及戚游，想消除他們之間的陌生感，是因著北安王畢竟是一家之長，跟他打好關係，對孩子們十分重要。可如今三人的反應超過預期，她並不知道戚游是不是喜歡孩子們這樣親近。

好在戚游似乎並不反感，他反手掂了掂戚然的重量，欣慰地說道：「然兒身體強健，將來也能建功。」

曹覓輕吁了一口氣。

戚游將孩子放下，戚然高興得手舞足蹈，一扭屁股又鑽進了曹覓懷裡，似是害羞了。

老二戚安見弟弟被抱過，「噌」地一下站了起來。

這個最有主意的此時卻傲嬌起來了，只直挺挺地站著，也不說要幹什麼。

戚游與他相對一會兒，也伸手將他抱起來，誇讚了一句。戚安這才滿意地坐回曹覓身邊。

曹覓看著膩在自己身邊的雙胞胎，嘴角忍不住上揚。

這些日子以來的努力沒有白費，再加上母子血緣天性，兩個孩子終於知道誰是他們最重要的親人了！

最後，自然是年紀最大的戚瑞。

戚游在榻上坐下，摸了摸戚瑞的頭。如今的戚瑞雖然依舊削瘦，但比前陣子已經有了起色，凹陷的頰上浮著一層淡淡的紅潤。

戚游這些日子雖然在外奔波，但也知道劉大夫留下的藥沒有什麼作用，如今的好轉倒是在意料之外的。

他轉過頭，淺笑著對曹覓讚揚了一句。「聽說夫人這幾日都到景明院陪瑞兒用膳，夫人有心了。」

他人高馬大，剛坐下就給曹覓很大的壓迫感，可偏生他淺笑時因著唇形，顯得極為單純與真摯。

曹覓一時間被這種反差擾得有些遲鈍，過了片刻才答了一句。「都是妾身該做的。」

戚游和三個孩子都沒有發現她的異狀，久未歸家的戚游開始問起孩子們的近況，三個孩子像接受首長檢閱的士兵一樣，答得有板有眼。

當他問起「齊天大聖」的來歷時，三個孩子竟然你一言我一語，磕磕絆絆地將孫悟空的身世說了個大概。

在曹覓的故事中，孫悟空為了探尋父母的消息上了天庭，發覺自己被戲弄之後已經大鬧過天宮，隨後不敵從西天來的如來佛祖，被壓到了五指山下。

老三戚然說到這裡，有些喪氣地垂下小腦袋。「大聖輸了……」

「哼，大聖才不會輸！菩薩說了，很快就會有人來救大聖！」戚安反駁，他轉頭尋求曹覓的認同。「娘親，對不對？」

曹覓控制著不要露出尷尬的表情，有些僵硬地點了點頭。

她這個故事拿來糊弄孩子和院中沒讀過書的僕役們還過得去，就不知道這個北安王能聽出些什麼來了。

戚游聽完，竟然饒有興趣地也向曹覓看來，問道：「哦？後來呢？真的有人來救大聖嗎？」

曹覓正僵著臉準備回話，老大戚瑞突然提醒道：「爹爹，現在不能說。」

戚游挑眉，有些疑惑地看著他。

老二戚安也想起了這事，解釋道：「娘親說了，要等吃完飯才能聽故事，現在還沒用膳呢！」

「對！」最小的戚然也驕傲地附和。

戚游看著曹覓的目光從饒有興趣轉為了詫異。

曹覓急中生智，說道：「下午孩子們玩了一陣，如今也都該餓了。桃子，妳下去吩咐廚房，讓他們直接開膳吧。」

桃子領命離去，屋中的話題也被她轉到別的地方。

就這樣，北安王府今日的晚膳，比往常早了一陣。等膳食都上齊，戚游和三個孩子們間原本的陌生也消弭無蹤了。

其實今天和孩子們的互動，也帶給戚游很大的震撼。

上一任北安王對待自己唯一的繼承人十分嚴格，父子之間只有冷酷教導，缺少溫情交流。戚游也不覺得這樣有什麼不對，所以雖然已經有了三個兒子，但心中打的也是同父親一樣的育兒方式——先把人養活養大，然後給予嚴酷的考驗磨礪，孩子們自然會長成下一任北安王該有的模樣。

所以，剛才戚然直接撲進他懷裡，他當真是嚇了一跳。

但也是從這麼一抱開始，很多東西便順理成章地改變了，三個孩子在他心中的形象逐漸豐滿起來，不再是冷冰冰的「繼承人」三字。

此時，幾人圍坐到膳桌邊，話題已經轉到了食物上。

得益於改良後的石磨，北安王府中最近的膳食有了極大的改變。這一日，晚膳的主角是餃子。

下人們經過這段時間，已經默契地不再圍在膳桌邊伺候，曹覓親自將已經稍微晾涼的餃子挾到三個孩子的碗中。

年齡還小的雙胞胎用手試了試餃子的溫度，就用手抓著吃了起來。戚瑞則小心地使著一雙特意為他製作的小筷子，熟練地挾起餃子往嘴裡送。

只有身為一家之主的戚游，望著碗中的餃子發了一會兒呆。

曹覓一邊吃著東西，一邊暗自注意戚游那邊的情況。戚游踟躕一陣，終於將餃子送進口中。

北安王府畢竟是權貴之家，於吃食上並不吝嗇，這頓被送上主人家膳桌的餃子個個皮薄餡大，咬破了細膩的餃皮，便看到裡面鼓鼓的肉餡和溢出來的湯汁。

很快，這種俘虜了三個小公子的新食物，也牢牢抓住北安王的胃。

一時間，膳桌上沒了別的動靜，五個人埋頭專心享用晚膳。

飯後，曹覓隨口杜撰了齊天大聖被壓在山下後，一對爺孫經常去照顧他，給他摘些桃子吃。但大聖不老不死，一直等孫子都長成了白髮蒼蒼的老者，大聖依舊還是那副模樣。

孩子們聽得津津有味，恨不能自己親自去餵孫大聖吃桃子。

見即興講的故事也得到孩子們的歡迎，曹覓悄悄鬆了一口氣。

她這幾天一直關注著夏臨。北寺暗中到原身名下的鋪子中調查，果然發現了些許異狀，因此曹覓暫時沒有精力去回憶《西遊記》後面的情節。

故事講完之後，曹覓照例同戚游離開。

一段時日不見，大概是幾個孩子變化甚大，戚游竟主動開口。「這段時間，夫人獨自在府中照顧三個孩子，辛苦了。」

曹覓連忙回道：「不敢。與王爺在外奔波相比，不算什麼。」

「嗯。不過瑞兒的事，妳也不須過分擔心。」戚游放慢了腳步。「我知道劉大夫的方子沒什麼作用，前幾日聽聞胡神醫出現在京城附近，我已經派了人過去相請。胡大夫醫術聞名天下，等他過來，瑞兒必能有所好轉。」

曹覓咬了咬唇，心中壓著一團迷霧，使得她一時間忘了回話。

「怎麼了？」戚游察覺到她的異樣，詢問道。

曹覓思慮良久，終於開口道：「妾身恐怕瑞兒此番……是心病。」

經過這段時間的相處，這三個孩子與她已經親近許多，她做不到剛穿越過來時，像個局外人冷靜地看著這一切。

如今，她似乎抓住了些許線索，不想輕易忽略，把希望寄託於不知道有沒有用的大夫身上。

「心病？」戚游眉頭緊擰。

曹覓點了點頭，走近路旁一處擋風的亭臺，便將這些日子以來戚瑞的種種反應提了提。

「……就是如此，瑞兒不是不願吃飯，他應當是很害怕自己長得太好。」

進入了亭臺之後，戚游一直緊抿著唇，並不回話。

半晌，他才說了一句。「我知道了。」

曹覓並不想就此放過，她想起下午遮遮掩掩、不敢答話的老僕，突然上前一步，大膽地詢問道：「當年，姊姊難產的事情中另有隱情，對不對？」

戚游深深地看了她一眼。「看來，瑞兒院中確實有嘴碎的下人。他們都與妳說了？」

曹覓愣了一瞬。

她不想連累別人，便搖搖頭。「下午的時候，我發現瑞兒身體還算康健，並不像難產而出的孩子，是以心中才有了疑問。」

「原來是這樣。」戚游的聲音緩和了些許。

「當年究竟是怎麼回事？」曹覓抓住機會再次詢問。

戚游深吸了一口冬夜的涼氣。「也不是不能與妳說。」

他低下頭，似乎陷入了那段往事。「妳姊姊那時候確實非常健康，甚至連分娩的時候都沒受到太多苦痛，從接生婆進去到瑞兒降生，大約就花了兩、三個時辰。那時候，瑞兒平安降生，所有人都以為生產順利、母子均安的時候，她……妳姊姊卻突然出現了大出血。大夫和產婆全力施救，卻沒能挽回她的性命……」

曹覓呼吸微窒。

即使在科技發達的現代，生產依舊有風險。分娩並不只是把孩子生出來那樣簡單，產婦在生完孩子之後，還要留下來觀察一段時間，確保沒有其他異狀。

按照戚游的說法，原身的姊姊應該就是死於某種產後併發症或意外。

「事後，他們與我說是瑞兒個頭太大，出生時足有七斤，這才使得他母親……」戚游嘆了口氣。「那之後，我曾下令所有知道此事的人不准將事情說出去，就是不希望瑞兒聽信這樣的緣由。」

曹覓點點頭。「看來，瑞兒應該知道了。」

算起來，戚瑞應當是在大約一年前意外得知了這件事。她猜測，一開始，他可能只是傷心，影響了胃口。但後來沒得到及時的開導，自己鑽了牛角尖，漸漸就把自己折騰成現在這副模樣。

戚游又說道：「若是這樣，藥石可能罔效，還需旁人細心開導。」

曹覓贊同道：「正是。」

她這陣子與戚瑞相處，已經差不多摸清了這孩子的脾氣。如今知道了他厭食的緣由，便可以「對症下藥」，嘗試著與他交流一下，解開他的心結。

戚游看她似乎有了打算，想了想道：「這陣子我會留在府中。胡神醫那邊還是得請過來，讓他為瑞兒診治一番。畢竟即使是心病，瑞兒餓了這麼久，身子可能也有所虧損。至於其他……這陣子妳做得很好，我看今晚瑞兒的食量，比起之前已有變化。妳若有什麼想法，盡可與我說，我會儘量配合妳。」

曹覓點點頭。「是。」

戚游肯配合真是再好不過，畢竟父母是孩子們最重要的依靠，他即使不做什麼，只要願意陪在孩子們身邊，對孩子們而言，都是無可替代的存在。

解開了這一樁疑惑，曹覓也輕鬆許多，她看了看已經昏暗下來的天色，對著戚游行了一禮。「天色已晚，妾身先告退了。王爺難得回府，也請早些休息，保重身子才是。」

「告退？」戚游頓了頓，卻突然擺了擺手，笑道：「嗯，不用，我們一起走吧。」

他說著，直接離開亭中，拐進前往曹覓院中的那條路，又回頭示意她一起跟上。

「今晚，我去妳房中過夜。」

第十章

曹覓一愣，當即就想拒絕，隨後又反應過來自己沒有拒絕的權力。

說起來也是她有意無意間忘記了，原身那個院子其實就是北安王夫妻的居所，一年多前，戚游還沒外出平叛的時候，就是和原身一同住在那裡。

實在是他離開一年有餘，回來之後又因為事務繁忙，一直宿在前院，這才讓曹覓忽略了這件事。

想到這裡，她差點打了個踉蹌。

戚游眼疾手快地扶住她，末了還體貼道：「雪天路滑，妳小心些。嗯……算了，我扶著妳走吧。」

北安王神情溫和，加上蒙著一層冬夜的淺白月光，銳氣減到了最低。但被他這樣看著，曹覓只覺得自己喘不過氣來。

心思恍惚地回到院中，直到戚游隨手將外袍交給了春臨，轉身到東廂去沐浴時，她才回過神來，急得胡亂扯著手邊的桌布。

她確實想過要繼承原身所有的一切，但這不包括幫原身履行夫妻義務啊！

東籬見她神思不屬，有些擔心地上前。

「夫人怎麼了？」

「東籬！」曹覓突然想起什麼，像抓住最後一根救命稻草般吩咐道：「妳、妳去景明院將瑞兒抱……不，不僅景明院，還有鴻鵠院那邊，反正就是把三個孩子都給我接過來！」

東籬愣在原地，看了看外面的天色。「夫人……如今已經……」

「我知道。」就這一會兒功夫，突然發現此法可行的曹覓已然淡定。她笑了笑。「我有主意的，去吧。對了，記得給他們多穿幾件再出來，路上涼。」

聽到曹覓這麼說，東籬自然不再勸，下去安排了。

曹覓坐在廳中等待，內心隱隱有些焦灼。恰好東籬和桃子分頭去帶孩子了，她便抓著還候在門邊的春臨閒聊，想要轉移一下自己的注意力。

「春臨，近來院中還好嗎？新來的那些下人沒添什麼亂子吧？」

春臨點點頭。「回夫人，一切都好。新來的人做事確實不如老人熟練，已經慢慢在教導了。」

她的身影在燈下顯得有些許單薄，曹覓突然有些愧疚。

別看春臨在王府中資歷頗深，其實也就是個還不到二十的小姑娘。就是這樣一個在現代還沒讀完大學的女孩子，在原身無能的情形下，硬是盡力將王府上下打點得妥當。

她呼出一口濁氣。

「唉，夏臨恰巧在這個關頭替我到繡坊那邊監工，院中的大丫鬟如今只剩妳一個人，所有的事都要勞妳看著，倒是辛苦妳了。」

春臨搖搖頭。「夫人言重了，都是婢子該做的。」

「那也不能這樣折騰自己。」曹覓笑了笑。「今夜好像不是妳值夜？妳別站在這裡了，快些回去休息吧。」

春臨恭敬地回道：「東籬和桃子都不在，房中無人，婢子合該留在這裡伺候著。」

「三個孩子住的地方都不遠，算算時間，差不多快回來了。」曹覓撐著下巴。「再說，廳中還有幾個粗使丫鬟呢，我有事讓她們去忙就是了。妳昨天才值過夜，今天需得早些休息。」

「伺候王爺和王妃本是春臨的本分。」春臨仍然堅持。「婢子精力好，夫人不用擔心。」

她低下頭，曹覓看不清她的表情，不過，這不妨礙曹覓有些奇怪。

春臨性子清冷，往日裡似乎未曾這樣殷勤過啊⋯⋯

但不等她多想，門外，剛沐浴完，換成一身日常裝束的戚游走了進來。

春臨取過一條巾子，便想上前服侍，但戚游朝她一抬手，示意她退下，自己接過巾子擦了肩上不小心殘留的水漬。

過後，他吩咐道：「妳們都先下去吧。」

廳中眾人聞言行了一禮，陸續離開，春臨走在最後，將門直接關上。

曹覓後背一寒，直接僵在了椅上。

戚游似乎沒有察覺，他上前，牽過曹覓的手。

「這麼涼？」他轉頭看了看廳中的炭爐，有些疑惑，隨後又釋然。「走吧，回寢屋去，被子裡面總該暖和了。」

最後一句他說得很輕，平白添了些曖昧的意味。

曹覓被眼前的美色晃得眼暈。但這樣一幅美人相邀的情景放在眼前，她只想老老實實地做一隻安靜的鵪鶉。

可現實並沒有給她選擇，她只能邊跟著戚游回房，邊在心中大聲呼喊著三個孩子的名字。

其實她心中還存有幻想，也許戚游只是單純想睡個覺呢？夫妻一起蓋被睡覺本就是常事，頻率甚至遠遠大於蓋被但不睡覺。

不過很快，她的最後一絲幻想也破滅了。

戚游將她牽到床上，雙手一左一右撐在她身側。「妳好像很緊張？」

曹覓扯出個僵硬的笑臉。「我……妾身沒、沒有啊。」

戚游噗哧一笑。「所以，妳在緊張什麼？」

他微微俯下身子，呼吸淺淺地噴在曹覓面上。

曹覓強忍著將人推開的衝動。「王、王爺……」

話還沒說完，外間突然傳來門被推開的吱呀聲，雙胞胎人未到，聲先到。

「父親、娘親，我們來啦！」這是老二戚安的吶喊。

「來啦！」這是應聲蟲戚然。

曹覓眼中閃過希望的光彩，只覺得原本僵住的身體都活過來了。

她靈活地從戚游懷中鑽出，邊疾步往外，邊對著呆住的戚游解釋道：「唉呀，王爺久未回府，想必三個孩子都想念您得緊！」

她將寢屋的門打開，從陳氏懷中接過雙胞胎，又示意戚瑞跟上。

回到戚游面前，她又一邊加快手腳為孩子褪去外袍鞋子，一邊對著戚游道：「王爺，看在孩子思念父親的分上，今夜且與他們一起睡吧！」

戚安已經自己將鞋子蹬掉，滾到床上撒歡了，戚游就是想反對也要考慮孩子們的身體。

其實曹覓心中也是愧疚，她一邊幫戚然脫鞋，一邊還摸著戚瑞的臉關心道：「是不是凍壞了？」

戚瑞搖搖頭。

戚然被包成湯圓的模樣，曹覓解了好幾層才看到真正的「內餡」。他縮在曹覓懷中，糯糯地回應道：「不凍啊，外面的月亮好大好大，比我晚膳吃的餃子還大。」

曹覓被逗得發笑，方才與戚游對峙的緊張已經完全消散，又偷偷注意著戚游的情況。

老二戚安就揪著自己父親的頭髮在玩，戚游正與他說話，見曹覓餘光瞥過來，淡淡地回視一眼，看不出什麼情緒。

曹覓嚥了口口水，將戚然也放到床上，看著他爬去戚游懷裡。

戚瑞已經除下了自己的斗篷，看著床上的雙胞胎，後知後覺地發問道：「今晚我們都睡在這裡嗎？」

曹覓朝他點點頭，哄道：「嗯……你們父親好不容易回來一趟，瑞兒陪陪他好不好？」

戚瑞懂事地點點頭。「好。」

曹覓自己進到了床的最裡面，將三個孩子安置在中間，戚游靠坐在床沿，低頭看著他們。

北安王夫妻的床榻非常寬敞，一家五口睡在一起也不覺擁擠。

「爹爹，你離開這麼久，是去打壞人嗎？」戚安詢問道。

戚游點點頭。「嗯，徇州叛亂，我去剿滅叛軍。」

「爹爹好厲害！」最小的戚然嘻嘻地笑起來。

「平叛要做什麼？」戚瑞接著發問。

戚游笑了笑，溫聲講起這一年來的遭遇，略去了那些血腥內容，只挑了一些趣事講。好在三個孩子都很給面子地安靜聽著，隨後慢慢進入夢鄉。

曹覓自己也昏昏沈沈的，實在是戚游刻意放低的音色太過溫柔繾綣，安撫效果遠遠高於他無聊的行軍故事。

就在她將睡未睡的關頭，戚游突然停下講述，轉而嗤笑了一聲。

她嚇了一跳，本能地朝戚游看去。

英俊的北安王終究沒做什麼，只無聲對她做了個口形。「睡吧。」

第二日，曹覓醒來的時候，發現戚安的小腳正蹬在自己臉上。

她將腳挪開，這才看到吵醒自己的罪魁禍首。

小胖墩整個人掛在戚游的手臂上，看著還沒完全清醒，口中卻委屈地嘟囔著。「爹，你要去哪兒？」

戚游有些無奈，卻不敢甩開他。「我去武場。」

他察覺曹覓已醒，突然有些惱怒地朝她瞪過來一眼，之後才對著戚然勸道：「時間還早，你們再睡一會兒。」

曹覓有些莫名其妙，根本不知道大早上的怎麼招惹他了。

另一邊，戚然點點頭。「武場啊……」他說著，便輕輕鬆開了手臂，但鬆到一半，卻突然清醒，轉而抱得更緊，大聲道：「我也要去！我也要去！」

他自己興奮還不止，邊喊還邊用自己的小短腿踢蹬著還沒醒來的戚瑞和戚安。

曹覓這才反應過來，卻挽救不及。

半個時辰後，北安王一家五口出現在演武場上。曹覓被迫和三個孩子留在場邊，等待著瞻仰北安王練武的英姿。

很快，戚游從場邊的武器架上挑了一把長槍，往曹覓和三個孩子這處看了一眼，便徑直按照往常的習慣練起槍法來。

他長得俊，身材也頎長精瘦，拎著一把比自己還高的紅纓槍，舞起來虎虎生風，煞是好看。三個孩子還從來沒見過這樣的陣仗，邊看邊興奮地喊叫。

曹覓卻覺得背後發涼。

實在是戚游的神情有些不對勁，雖然她沒見過尋常人練武是個什麼模樣，但戚游明顯太凶了些，一揮一刺間，宛若真有什麼大敵當前。

而且她總覺得這北安王就是衝著自己來的，有好幾次，那長槍明明狠狠劈到地上，眼神卻是往她身上瞥。

曹覓心虛地縮著脖子，琢磨了一陣終於反應過來。慾求不滿的男人當真是難以用常理揣測。

好在看他這副模樣，應該很快就能自我發洩完畢了。

思緒一想到這裡就停不住，曹覓突然想到，以她這段時間對戚游的了解，再加上原身的記憶，這個正當少年的北安王不是那種會在外面亂搞的人。倘若是這樣，在他們夫妻分開的這段時間，戚游應當禁慾了一年多。

要不要乾脆幫戚游納個妾？這個想法不知道從哪裡蹦出來，但一冒出來，曹覓就直接掐掉了。

雖然她和戚游只是名義上的夫妻，但是真的做不出主動幫丈夫納妾這種事。而原身做了這麼久的北安王妃，也沒見戚游自己提過啊！

曹覓嘆了一口氣，準備先將事情放到一邊去。反正船到橋頭自然直，她暫時還有三個孩子作為「免死金牌」呢！

另一邊，戚游已經舞完一套槍法，汗水從額上滑落，他整個人看起來像冒著熱氣。三個孩子朝他圍了過去，七嘴八舌地同他說話。

過了一會兒，戚游先回去更衣，曹覓本欲帶著三個孩子往景明院用早膳，但三個孩子還兀自激動地在武場上跑著，根本聽不進她的話。

戚安這個最皮的領著自己的雙胞胎弟弟，直接跑到了場邊的兵器架旁。這裡的武器可都是真傢伙，一下把兩個沒見過世面的孩子吸引得挪不動腿。戚安看得眼饞，甚至還動手想要從武器架上取下一把長刀。

曹覓魂都要被他們嚇出來了，邊喊邊朝他們跑過去。「戚安！你給我放下！」

兩個孩子還懵懂著，絲毫不知道架在他們頭上那把長刀只需要一個意外，就能輕易奪去他們的性命。

好在武場上還有戚游的人，旁邊一個侍衛已經上前將兩個孩子抱了起來，將他們送到遠離武場的位置。

曹覓趕到他們面前時，他們正在同那個侍衛發脾氣，說什麼都要再去看看那些兵器架。

看到他們這不讓人省心的模樣，她原本滿腔的擔憂緊張都轉為怒火。

她克制著想要罵孩子們的慾望，吩咐陳氏和另一個婢女去抱人，準備直接離開。兩個孩子當然不願，哭著喊著在下人的懷裡直掙扎。

曹覓揉了揉不住跳動的太陽穴，狠著心，一言不發地往前走。

戚安這孩子心眼多，腦子轉得也快，他邊哭邊觀察曹覓的臉色。

他心中有些奇怪，往日裡他這樣哭，母親絕對受不了，無論什麼事都會妥協。可是近來母親好似換上了一副鐵石心腸。他年紀小，說不清其中的差別，卻很有眼力地明白不管自己怎麼哭，都不可能回到演武場了，如同之前不管他們怎麼鬧，曹覓都不會再多講一句故事。

於是出了演武場，他便收了哭聲。

最小的戚然最單純，沒了帶頭的老二，也漸漸收住了哭聲，紅著臉直打嗝。走到半路緩過來了，又掙扎著要曹覓抱他，似乎完全忘記了剛才那回事。

曹覓不動聲色地將人抱了過來，但心中知曉輕重，並不打算將這件事輕輕揭過。

於是，等戚游換好衣服，回到景明院中時，便看到兩個小兒子對著牆角在面壁。

曹覓領著戚瑞朝他行禮，戚安和戚然卻不敢動，眼角含淚怯怯地喊了一聲。「爹。」

「這是怎麼了？」戚游有些無奈。

曹覓便將早上的事與他大致說了，戚游聽完也點點頭。「是該讓他們長點記性。」

見戚游並不反對自己這麼教孩子，曹覓心中也鬆了口氣。

她估摸著懲罰也差不多了，便讓兩個孩子回來，抱在懷中，細細講了今早的事。「娘親不是不讓你們玩，只是擔心你們會有危險。演武場中任何一把兵器都有十幾斤重，砸到你們頭上，你們當場就得頭破血流！到時候，娘親哭都沒地方哭去，你們明白嗎？」

戚安認慫地點點頭。「我知道了。」

他其實非常聰明，只要靜下來慢慢與他交流，他大都聽得進去。

另一邊，老三戚然也點點頭，瞪著一雙大眼睛委屈地看著曹覓。

曹覓摸了摸他們的頭，轉頭對戚游說道：「王爺，演武場還是太危險了，我怕幾個孩子早上去過之後，心裡還惦記著那地方。我記得景明院旁邊的臨風院還空著，若是王爺沒有其他用處，我著人收拾出來，給孩子們專門做個活動的地方？」

戚游自然是點點頭。「嗯，妳安排便是。」
曹覓點頭謝過。
解決完了這件事，一家人終於用上了早膳。

第十一章

早膳後，照例開始故事時間。

戚游這陣子似乎真的閒下來了，也跟著一起留在景明院。

「還記得之前我說過，菩薩對大聖說，會有一個高僧經過五指山，將他救出來嗎？」曹覓問。

戚安搶著回答道：「記得！」

曹覓笑了笑。「大聖還在五指山下苦等著，今天，我們來說一說這個高僧的故事。高僧的法號叫玄奘，年紀輕輕，卻已經是大唐境內德高望重的國師。二十年前，一個小寺廟的方丈下山化緣，途徑汴河時，突然看到一個順水而下的小木盆，盆中還傳出奇怪的響動。老方丈覺得有些奇怪，將木盆打撈上來，沒想到盆中居然躺著一個剛出生的小嬰兒。

「他於心不忍，便將這嬰兒帶回了寺裡。而這嬰兒似乎天生有佛緣，一學會說話便能誦經，一學會寫字便能布道，還未成年的時候，佛名就傳遍了四方。等到長大後，更是直接被國君封為國師。這便是後來的玄奘法師。法師長大之後，老方丈覺得不應再瞞著他，於是將他的身世悉數告知。玄奘聽完竟毅然決定辭去國師之位，探尋自己的身世。

「國君苦留無果，只能為他留著國師之位，並暗中囑咐人保護他，便放他離開。玄奘便沿著汴河，一路往上流的方向尋訪。但事情已經過去幾十年，他花費了一年多卻找不到什麼線索。這時，大多數人都不知道玄奘離開是為了尋找父母，只以為他四處遊歷。有一天，當他途經一座城鎮，城中的太守邀請他上門，為自己患了瘋病的妻子傳道。

「太守與妻子有一段相當傳奇的經歷。太守夫人年輕時是一位名氣極大的美麗姑娘。姑娘待嫁時卻對父母挑選的夫婿不滿意，於是決定拋繡球招親。到了拋繡球那天，正要赴任的狀元郎恰巧路過，兩人一見鍾情，姑娘的繡球便直直砸到了狀元郎懷裡。成完親後，這對神仙眷侶便告別家中父母，繼續往北地赴任。

「往後，狀元郎便一路高升，如今坐上了太守的位置，前途無量。可惜世事難兩全，姑娘卻在到了北地後不久患上了瘋病，終日渾渾噩噩。玄奘聽完這段往事，也覺太守夫人可憐，便同意了前往。但他心中對喚回太守夫人神智一事也沒有底，只是想著盡人事聽天命。哪裡想到他一進門，原本雙目無神癱坐在床的太守夫人，突然渾身一震，兩行清淚便直直從眼中落了下來。」

孩子們聽得認真，曹覓也不賣關子，繼續講道：「玄奘法師按著章程誦完經，太守夫人突然屏退左右，獨留他一人在房中說話。過了一會兒，太守夫人問：『法師可曾聽過太守夫婦的故事？』玄奘見她神智清明，並不似外界傳的那般得了瘋病，便認真地應道：『是。』夫人聞言，似哭似笑地嘆了一聲，等到稍微平復，才繼續道：『那故事其實還有一個鮮為人知的後續，不知大師願不願意聽一聽？』

「玄奘自是頷首。夫人便道：『姑娘與狀元郎北上，途經汴河，他們便找了一位船家載他們渡河。哪裡想到夜裡那船夫起了歹念，竟直接將狀元郎殺死，棄屍河中，又霸占了那位姑娘。姑娘眼見夫君慘死，正待追隨而去，卻想起自己懷了身孕。她肚中的孩子是狀元郎唯一的子嗣。』玄奘聽到這裡，似乎已經預感到什麼。太守夫人垂著淚，自顧自講述著。

「原來那時，殺人的船家發現狀元郎留下的東西，他惡念一轉，決定偽裝成狀元郎，依舊去北地赴任。他垂涎姑娘的美貌，於是對姑娘說：『妳若敢留下這個孩子，我便將妳也一同殺了！但妳捨了孩子好好跟我，我保證，狀元郎能給妳的，我也一樣能給，絕對讓妳好好當個富貴的官夫人。』」

說到這裡，三個孩子害怕地瞪大了眼睛，只有戚游嘆了口氣。

曹覓摸了摸戚瑞的頭，四歲的孩子懵懂地問道：「可是後來，孩子沒死，那夫人也活下來了。」

曹覓點點頭。「嗯。」她想了想，繼續講道：「姑娘原本存了死志，是這個孩子給了她活下去的勇氣，她自是無論如何都要保住孩子的。於是，她忍辱偷生，打定主意，孩子一出生就要將他送走。這段時間是姑娘這輩子最難熬的時候，她一邊忍受著夫君慘死的悲痛，一邊還要在仇家面前曲意逢迎。只有夜深人靜的時候，她才能細聲與肚中的孩子說話……」

曹覓突然摟緊了懷裡的戚瑞。

「她說，孩子，娘親對不起你，沒辦法陪在你身邊，看著你慢慢長大。我們或許這輩子都不會相見，但你一定要知道，娘親有不得不離開的理由。無論娘親在什麼地方，也不論我們之間的距離有多遠，你永遠是娘親心中最牽掛的人。不要怨恨娘親的無能，好好照顧自己。」

戚瑞有些茫然地抬頭看她。曹覓對他笑了笑，突然問：「他會怨恨她嗎？」

戚瑞動作一頓，慢慢垂首，半晌後搖了搖頭。

曹覓摸著他的髮頂溫聲說道：「玄奘法師也不會。這個世界上，每個母親都希望自己的孩子能夠健康長大，即使這個孩子曾讓她面臨死亡的威脅。」

周圍一片沈默，曹覓嘆了口氣，將故事的結局補完。

「玄奘法師長得與狀元郎太像了，他一進門，太守夫人便認出他是當年自己放進木盆的親生孩子，於是才講述起了當年的故事。玄奘法師聽完後，已經全然明白了真相，上前握住了老夫人的手，卻不敢說什麼，只相對沈默了一會兒，便離開了。之後，他尋到官府，揭發了那位太守的惡行。惡人終於得到了應有的懲罰，玄奘法師也找回了自己的母親。」

戚瑞突然抬頭，愣愣地問：「後來他們一直在一起嗎？」

曹覓一愣，最後點了點頭。「是啊，最後玄奘法師的父親被龍王復活，他們一家得以團聚。」

她這個故事是專門講給戚瑞聽的，此時見他若有所悟，心中欣慰。但她也知道適可而止的道理，沒有繼續深入，只道今日時間到了，便停止講述。

之後，眾人各自散去。

曹覓回到院中，找來劉格，說了臨風院的改造事宜，將她自己印象中的滑梯、鞦韆還有單槓雙槓這些比較簡單的東西與他講了一遍，想做了給孩子們活動，免得他們總掛念著演武場。

將劉格送走，北寺那邊又帶來了一些新消息。曹覓將眾人屏退，獨留東籬和北寺在房中。

只見北寺行完禮後，恭敬地稟告道：「回王妃，小人近來探訪了王妃名下的幾間米鋪與布坊，並未發現異樣。但小人打探到，幾家利潤減少的鋪子都在差不多兩年前，更換了一次供應商。」

「更換過供應商？」曹覓皺眉。

她細細回憶，記起那時候的夏臨確實跟原身提過此事。那時原身剛生產完，哪裡有精力思考這種事情，糊塗間便應下了。

「可曾查到供應商是什麼人？」曹覓又問。

北寺愧疚地搖搖頭。「只知道是近幾年才來到京城的商賈，似乎是姓李。」

曹覓點點頭。「你待會兒去找南溪，讓她將幾家鋪子的進貨單詳細與你說明，你這幾日探訪時，注意一下店中出售的貨物與進貨單是否一致。至於那個李供應商那邊……你且先不要打探了，我再想想辦法。」

北寺點點頭，領命退下。

曹覓又詢問東籬。「陳康那邊，可有什麼新的發現？」

東籬點點頭。「監視他的小廝發現陳康往城中一家賭坊去了一次，他偷聽到陳康與賭坊的管事說話，陳康信誓旦旦地保證道：『半個月內必定還錢。』」

「半個月內？」曹覓突然想到什麼，確認道：「夏臨要回來了吧？」

東籬回道：「快的話，十天內便能回來。」
「十天？」曹覓點點頭。「我明白了。陳康那邊，妳繼續盯著。」
東籬恭敬應道：「是。」

第十二章

冬季日短，時光飛逝，十天之後的清晨，夏臨回到北安王府。

東籬上前回稟道：「夫人，夏臨回來了，正在院中。」

曹覓聞言，點了點頭。「嗯，妳傳我的吩咐，就說她這段時間在外累著了，讓她先休息幾天，不用急著做事。」

東籬點頭離開。

過了一會兒，曹覓便帶著三個孩子到景明院用膳。

這幾日，戚瑞的胃口儼然好了許多，原本凹陷的雙頰多了層軟肉，看得曹覓十分歡喜。她總盼望著哪一天也能將他養得白白胖胖的，這大概就是身為一個母親最強烈的責任感吧！

於是，見戚瑞吃完了碗裡的粥，曹覓又給他挾過一個包子。

四歲孩子學著他父親生氣時候的模樣，鼓著兩頰，瞪圓了眼睛同碗裡多出來的包子對峙。

曹覓偏著頭問他。「飽了嗎？」

戚瑞轉了轉眼珠子，似乎沒想好要怎麼回答，曹覓便輕聲與他說道：「我總想著，你母親拚了命也要給你一副好身體，可如今因為我的疏忽，又讓你如此削瘦，娘親心中一直都很愧疚。」

戚瑞聞言，一時愣住，呆呆地看著曹覓，張了張嘴，卻沒有言語。

曹覓也無須回應，徑直與他約定道：「如今她不能陪在你身邊，你和娘親一起，接過她這份未竟的願望，將小戚瑞好好照顧，好嗎？」

戚瑞突然低聲問道：「她……她希望我長得好嗎？」

「那是自然。」曹覓摸摸他的頭。「這可是她拚了命都想做好的事啊。」

戚瑞沈默一陣，半晌點點頭，咬了一口面前的包子。

正埋頭喝粥的戚安突然抬起頭來，嘟著嘴教訓道：「娘親，食不言，寢不語！」

正為解了戚瑞心結而開心的曹覓笑著點點頭，一副受教的模樣。「嗯，娘親錯了，還是安兒和然兒做得最好。」

戚然聞言也從碗裡抬起頭，傻傻地笑了起來。

曹覓看著三個孩子，只覺內心無比充實。她在現代時只是一個剛畢業的單身大學生，沒想到一朝穿越，不僅丈夫有了，連孩子都能跑會跳了。

但經歷了最初的不適，這三個孩子又帶給她無盡的溫馨與滿足，讓她重新感受到家的滋味。

可惜生活並不只有溫馨幸福。到了夜裡，消失了兩天的北安王又突然出現，一家五口正在榻上閒聊消食時，夏臨突然進入屋中。

她紅著眼睛，直直走到曹覓面前跪下。

「罪奴夏臨，特來向王爺、王妃請罪。」

曹覓被她嚇了一跳，轉頭瞥了眼戚游的臉色。

夏臨和春臨本是他的貼身丫鬟，在府中還是很有幾分臉面的。夏臨專門挑著戚游在的時候發作，應該是準備讓戚游給自己「作主」。

戚游卻沒什麼反應，只喊來三個孩子的乳母，將他們各自抱走。

孩子離開後，曹覓問道：「夏臨，發生了什麼事？怎麼說這樣的話？」

夏臨又磕了個頭，顫聲道：「罪奴愚鈍，還想不通自己犯下了什麼過錯，但總歸是惹了王妃不快，請王爺、王妃責罰。」

曹覓又問：「是不是誤會了什麼？清晨妳剛回來，我不是叫東籬讓妳好好休息幾天嗎？怎麼就惹我不快了？」

夏臨答道：「奴婢本是王府的下人，哪裡敢放著王府的事務不管，自去休息？下月便是新歲，奴婢惦記著府中安排，晨間休息過後，晌午便想著到後院搭把手，清點一下各項採買。可南溪拒絕了奴婢，說……說院中已經沒有奴婢的位置！奴婢離開王府近月，為王妃往繡坊監工，當真是不知自己犯下什麼過錯，令王妃直接捨了奴婢。但奴婢肯定是錯了，是故不敢拖延，特來請罪。」

其實她這番話說的大多是事實，在她離開的這段時間，曹覓已往院中安插自己的人，接過了她的職權。如今雖然夏臨已經回來，可曹覓是不準備再讓她管事的。

但她已經想好對策，此時便好笑地上前，將夏臨攙扶了起來。「傻姑娘，妳怎麼會想到那裡去呢？」

她握著夏臨的手，對戚游說道：「王爺，妾身正想同您說這件事呢。」

戚游挑了挑眉。「嗯？」

曹覓道：「夏臨過了年就二十了，妾身倚重她，但也不願把她留成一個老姑娘，便想著該安排她出府尋個好人家了。」

戚游點點頭。「嗯，夏臨確實該出府了。這件事妳安排就是。」他想了想，又道：「明日，我讓管事將她……將夏臨和春臨兩人的賣身契一起帶過來。春臨過了年也該十九了，王妃一起將此事辦了吧。」

曹覓自然是頷首準備應下。

但她還未開口，原本侍立在一旁的春臨突然跪下，口中急道：「春臨不想出府，春臨願意一輩子伺候王爺和王妃，還請王爺不要將春臨趕走！」

曹覓聞言一頓，隨後笑道：「春臨是個護主的，我都記著呢。只是若一味將妳們留在府中，就顯得我和王爺太自私了。妳別怕，妳們二人的婚事我必定好好斟酌，必定不會教妳們給先出府的秋臨和冬臨比下去。」

春臨的頭磕在地上，一動不動，卻沒有再回話。

倒是原本曹覓以為會很難對付的夏臨居然笑著謝恩。「謝王爺、王妃。」

曹覓連忙將兩人扶起。「快別拜了，都起來！妳們自小跟著王爺，王府自是不會虧待妳們。」

接著，她乾脆拉著夏臨，詢問起了前些日子繡坊監工的事。等到夏臨離開，將事情暫且理順的曹覓回過神來，才發覺時辰已晚。

廳中伺候的婢女已撤下大半，戚游安靜地倚在榻上，翻看著一本兵書。

曹覓覺得有些奇怪，朝身後的東籬詢問道：「三個孩子呢？」

東籬回稟道：「王妃放心，方才王爺已經命人將三位公子送回各自院中。」

曹覓一時愣住。

另一邊，戚游放下書，吩咐道：「妳們退下吧。」

房中僅剩的婢女聞言行禮，便離開了屋子。

只剩他們二人，戚游看了眼一動不動的曹覓，突然挑唇輕笑，轉身先行回了裡間。

今夜，房中居然只剩下她和戚游兩個?!

曹覓心頭紛亂，踟躕了好一陣，才咬牙跟著進了房。

她來到裡間，小心揭開床帳，卻看到戚游已經在床的外側躺下。借著不甚明亮的燈光，她發現北安王雙眼合著，胸膛有規律地一起一伏，似乎已經睡著了。

於是曹覓放輕手腳，打算從他身上越過去到裡側。

早前一家五口在這張床上一同睡了好幾日，戚游一直無比規矩。夜裡三個孩子突然醒來，睡在最外側的戚游總能第一時間醒來，然後處理好。

有好幾次，曹覓還是白日間聽孩子們提起，才知道夜裡戚游給他們餵過水把過尿。

所以雖然此時床上躺著一個大男人，曹覓居然沒有自己想像中的那樣不適和害怕。

可就在她爬上床，右手剛剛撐到戚游身體另一側時，他突然睜開眼睛，略帶嘲諷地問道：「怎麼不去將三個孩子抱過來？」

曹覓僵在當場。她試著想要先越過戚游，到床裡側去，但戚游直接屈膝，阻擋住她的動作。

曹覓只能維持著懸在他上方的姿勢，尷尬地笑了聲，硬著頭皮回道：「王爺說笑了。天晚了，再把孩子抱來，怕是孩子受不住折騰。」

「原來是這樣？」黑暗中，她很難分辨出戚游面上的表情，卻能從他微微上揚的語氣中，判斷他如今心情似乎……還不錯？

曹覓呵呵陪笑了兩聲，想著乾脆下床吧。

可是戚游一手攬上她的腰，阻了她的退路，令她一時間進退不得。

「王妃不睡嗎？」他又出聲。「這麼晚了？妳還想到哪兒去？」

「不是……」曹覓被他噎得說不出話。

她如今直挺挺地懸在戚游上方，想要進到裡側，要麼戚游放下腿讓她過去，要麼她就免不了要貼著他的胸膛和大腿越過去。

僵持了這麼一會兒，曹覓決定乾脆破罐子破摔。貼著就貼著吧，也指不定是誰占便宜呢！

她心一橫，也不管戚游的長腿了，直接撐起身體，貼著他就翻到裡側去。

哪裡想到北安王根本不想放過她，曹覓一躺下，他也順著曹覓的力道，直接翻身覆到了她上方。

曹覓直接僵住，正要將自己早先在廳中想好的藉口說出，就被北安王先發制人地捂住唇。

「妳在調查夏臨？」

雙唇被按住，曹覓只能輕輕地點了下頭。

「管事重新查了一遍帳，府裡的支取收益沒有太大的問題。」戚游頓了一下。「她動了妳的東西？」

曹覓認命地又點了一下頭。她知道自己的行動可能瞞不過他，但沒想到戚游連這種事都知道了。

過了一陣，他又道：「這件事妳如果想自己查，我這邊暫時就不插手了。不過妳在京裡的鋪子捨了也好。妳且記著，開春後，我們就要離京了。」

曹覓愣了一瞬，再顧不得唇上的桎梏，開口問道：「離京？」

「嗯。」戚游點頭，輕聲解釋。「就封。」

「回北安？」她試探性問道。北安王封地自然就在北安。

但聽到她的話，戚游卻搖了搖頭，情緒驀地有些低落，低聲道：「北安……回不去了。」

曹覓愣住，下意識追問道：「不是北安？那我們要去哪裡？」

話出口之後，她終於後知後覺地想起來，在之前看過的故事中，戚瑞一家確實不是居住在北安。只是書中的主線劇情發生在好幾年之後，對於戚瑞父輩的事情大多也只是一筆帶過，沒有詳談，她忘記這些細節也屬正常。

現在看起來，不管是書中的劇情還是她現在經歷的時空裡，戚游都沒能成功回歸北安，而是被打發去了另外的地方。

她驚詫過後，暗暗嘆了口氣，倒也接受了這件事。

皇帝平庸又小氣，偏生北安王府這一家子男人個個都優秀非凡，哪裡看起來都比他那一支更適合坐上皇位，他不忌憚才是怪事。

收回北安封地只是第一步，後續肯定還有行動。

可如今曹覓身為北安王妃，心中難免怨懟，感覺這割肉的刀子也落到了自己身上。

旁邊的戚游翻過身，躺回自己的位置，不再開口。

四周安靜下來，曹覓略微屏息，就在她以為戚游不會再開口的時候，他突然輕輕回了一句。

「還不知道，但很有可能要去北邊。」

雖然看不到他的面容，曹覓卻能想像他低落的神情。

有那麼一瞬，她居然想把手放上戚游的頭頂，像安慰三個孩子一樣，安慰一下這個無堅不摧的戰神王爺，告訴他不要生氣，咱們家的戚瑞才是天命之子，將來他會把皇帝一家打得嗷嗷叫，替你出了這口氣。

但她終究沒有這個膽量，只低聲應道：「好，我們一起去。」

寂靜的冬夜裡，身旁的男人靠得極近，身上是一股冷香，但冷香之下，又隱隱帶著一絲晚膳時在她勸說之下，勉強喝下的牛乳香氣，危險又香甜。

男人似乎愣了一瞬，半晌後，似有若無地呢喃道：「嗯……一起去。」

第十三章

隔天清晨，曹覓醒來的時候，戚游已經離開了。她後知後覺地意識到，自己居然真的跟一個成年男子在一張床上睡了一晚。

值得慶幸的是，什麼事都沒發生。曹覓後怕地拍拍胸口，這才起身準備洗漱。

到了下午，她喚來東籬，問起了夏臨那邊的情況。

昨晚得知曹覓決定將她放出府後，夏臨似乎真的放下了府中的事。她甚至主動找到南溪交接事務。

曹覓皺著眉頭。「昨晚我聽她說，她在王府外有一個一直在等她出府的竹馬，想來，她是早就做好了出府後的安排。」

東籬點點頭，附和道：「是，奴婢看著，夏臨是真的希望早日出府的。」

曹覓便點頭提醒道：「既然如此，那她必定會在離開之前與陳康那邊做好了斷。陳康與賭坊約定的半月之期還剩不足三日，妳吩咐那邊的人，這幾天一定要盯好了。」

東籬行禮領命。

第二日，陳康那邊果然出現異樣。東籬來報，有人撞見陳康與夏臨在府中偏僻處說了好一會兒話，約莫一刻鐘後，陳康捧了個精緻的木匣離開。

曹覓知道機會來了，便隨口杜撰了個藉口，要直接上陳康房中搜查。

她帶著東籬一行來到陳康房門外時，他正阻在房門口，不讓北寺等人進入。見曹覓到了，陳康臉色大變，忙隨著眾人俯身行禮，掩飾自己面上的錯愕。

曹覓讓眾人起身，對著還懵著的陳康與夏臨等人解釋了一句。「我房中丟了一盒子首飾金銀，正派人找著，卻聽人說陳管事今早手中便捧著個精緻的木匣子？」

陳康身子一抖，急忙跪下辯解。「王妃明察，小、小人的木匣怎、怎麼可能是王妃的首飾盒子呢？」

曹覓點點頭。「我也是如此想的，所以才急著過來，想要還陳管事一個清白。」

「這、這……小人……」大冬天裡，陳康的額頭上居然出了汗。他失了言語，只知呆呆地重複。「小人確實是清白的。」

曹覓笑了笑。「我知道，那陳管事便讓開，好教北寺進去將那木匣拿出來，讓大家看個明白。」

夏臨皺著眉上前，勸道：「夫人……陳管事是府中的老人，哪裡可能做出偷竊的事情？這幾日在您房中伺候的也就是桃子和東籬這些人，奴婢覺得，還是儘快派人往婢女的院子裡去——」

「那邊我已經叫人過去了。」曹覓轉頭看她。

夏臨此時面色有些慘白，再不復往日的鎮定。這也讓曹覓確定，今日的行動是真踩到他們的痛處。

有了曹覓坐鎮，陳康跪在地上不敢動彈，北寺順利地破門進入。房中霎時傳來翻動東西的響動，過了好一陣子，北寺捧著一個精緻的木匣子回到院中。
夏臨見他出來，馬上說道：「這種粗糙的東西，怎麼會是王妃房裡的東西？」
曹覓直接吩咐道：「打開。」
北寺答了聲「是」，直接將蓋子拉開。
眾目睽睽之下，只見那兩掌長的木匣子中，居然乾乾淨淨，什麼東西都沒有！
周圍的人都屏著呼吸，一時忘記了說話，只有跪在地上的陳康哭著膝行了幾步，涕泗橫流地喊道：「王妃、王妃，小人糊塗啊！」
曹覓還未回過神來，只聽到夏臨喝了一聲。「好你個陳康！沒事在屋中藏個空木匣做什麼？累得王妃平白跑了一趟！」
這句話聽似斥責，實際上提醒了陳康——匣中是空的。
陳康愣了一瞬，隨即反應過來，直接轉口道：「是小人糊塗！小人平時就喜歡這些好看的東西，看、看這個匣子別致，就、就直接藏下了！」想明白後，他的聲音中暗藏著一種劫後餘生的暢快。「小人有罪啊！竟勞動了王妃大駕，小人有罪啊！」
曹覓胸中怒火翻騰，差點維持不住面上的表情。
她深吸了一口氣，道：「看來是下人沒看清楚，就稟告了上來。不過經過這番查探，倒把陳管事的罪名洗脫了，也不算白跑。這樣吧……」她想了想，道：「南溪，妳到前院請個大夫過來為陳管事看看。今日他受了驚嚇，別害了什麼病才好。」
此時陳康癱坐在地上，慘白著一張臉，面上又笑又哭，看起來倒真像害了瘋病一般。

南溪上前行禮。「是。」

曹覓點點頭。「其他人隨我回院中再找找吧。天網恢恢，我就不信真能讓那碩鼠跑了不成？」

她說完，當先轉身出了院子。原本聚集在此的下人們也跟在身後，紛紛退出。一時間，原本擠下了好幾十人的房前，又變得空空蕩蕩。

夏臨心中似乎藏著事，拒絕了一個想要過來攙扶她的婢子，一個人走在後面。

拐進長廊之後，她突然停下，倚著廊柱對著拐角後的身影嗤笑了一聲。「呵，這些年來，無論我如何旁敲側擊，想要拉妳入夥，妳都無動於衷。我原想著妳是真的無欲無求呢，怎麼今日居然願意出手幫我？」

她頓了頓，像是想起一個笑話般，又道：「莫不是終於記掛起我們多年的姊妹情分了？」

身後的人顯然不願與她多說，見她堵在長廊入口，乾脆繞路離開。

臨走前，她冷冷留下一句。「蠢貨。」

夏臨站在原地，半晌捂著嘴冷笑了一聲。

直到日頭西斜，守著陳康的南溪才接到曹覓傳來的新命令。

她用眼神示意身邊的婢女將早就熬好的藥給陳康灌了下去，便帶著人往曹覓的院子去。

等到進入廳中，陳康才發現後院裡所有叫得上名的下人齊聚在廳中。他們垂著頭，似乎專門在等候他。

到了此刻，他的心跳漏了幾拍。

南溪帶著他穿過大廳，一直來到曹覓面前跪下。陳康無意中抬頭，正與曹覓沈靜的眼眸對上，害怕終於像附骨之蛆，一點一點纏上他的脊柱。

曹覓並沒有當場發難，而是擺手讓他們起身，又狀若關心地問了一句。「陳管事可好些了？」

陳康僵著臉扯出一個笑顏。「小人命賤，輕易死不了，勞王妃掛心了。」

「嗯，看起來比晨間是好了許多。」曹覓點點頭。「那陳管事應該可以解釋解釋這些帳本究竟是怎麼一回事吧？」

她從身後東籬的手中接過幾本帳簿，隨意翻閱了起來。「七月十三，入帳白銀三十兩。九月十五，白銀四十兩……」

廳中安靜，一時只有書頁翻動聲和曹覓清冷的音色。

陳康愣在當場。「這、這帳簿……」

曹覓笑著解釋道：「是北寺早上進屋找木匣子的時候，順手拿來的。」

其實她早與北寺通過氣，讓北寺進入陳康房間之後，除了找木匣，一定要注意其他重要的東西。北寺在房中折騰了好一會兒，把陳康的屋子翻了個底朝天，除了木匣，還搜出帳本和金銀首飾若干。

只是當時他無法看出帳本的蹊蹺，這才沒有當場拿出來。

之後，曹覓帶著人離開，暗中派了人把守住陳康的屋子，就是想打一個時間差，讓夏臨等人不知道陳康屋中的東西已經被她搜到。

之後，搜到的帳本被東籬帶人細細核對過，找出了其中的罪證，曹覓這才讓南溪帶著陳康過來對峙。

陳康見事情敗露，呆滯了片刻，回過神來，突然發了狂地喊道：「王妃明鑑，這些帳本根本不是小人的！」

曹覓冷笑一聲。「從你屋子裡搜出來的東西，不是你的？」

陳康咬死。「小人確實不知道！小人只是僕役，根本沒有記帳的習慣，這東西小人看都看不懂，更別說是小人的。至於帳本為什麼會在我房間中……府中上上下下那麼多人，只要有心，往小人房裡塞點東西根本不是難事。」

曹覓卻笑了笑。「也是，雖然東西是從陳管事房中搜出來的，但也不能證明就是陳管事的東西。」她頓了頓，突然轉口道：「不過這些東西，陳管事要怎麼解釋？」

她話音剛落，北寺便上前從懷中取出幾張欠條。

「稟王妃，這是小人在城北來財賭坊中拿到的，陳管事今年在賭坊中的欠條。上面不僅有陳管事的簽字，更有陳管事按壓的指印。」

曹覓點點頭。「取印泥來，看看那指印到底是不是陳管事的。」她溫柔地瞥了一眼陳康，補了一句。「免得又冤枉了陳管事。」

聽到她的吩咐，東籬等人很快行動起來，押著陳康按了指印。

果不其然，經過對比，欠條上的指印就是陳康本人的。

東籬將兩份指印遞給曹覓，又道：「稟王妃，帳本與陳管事在賭坊的欠條金額恰好能對上。這些帳本，就是陳管事的！」

曹覓點點頭，又審問道：「陳康，你還有什麼話說？這些錢財，絕不是你一個小小的王府管事能擁有的，到底是誰予你的？」

陳康自從被強壓著按了指印，就知道大勢已去，此時面色慘白癱坐在地，聽到問話也不回應，似乎已經失了所有的力氣。

曹覓也不需要他的指認，她環顧周圍，又道：「陳康一介管事，沒有能耐犯下這樣的罪行，我已經查出了事件原委，主謀若願意主動束手認罪，我將念在這十幾年情分上，從輕發落。」

她這句話是對著廳中所有人說的，視線卻直直落在夏臨身上。

但廳中一片肅靜，所有人都低垂著頭，噤若寒蟬。

曹覓等了一陣，見廳中無人願意主動承認，便嘆了一口氣。

「夏臨，妳沒有什麼要解釋的嗎？」

夏臨聞言越眾而出，來到曹覓面前跪下。「不知王妃所言何事。」

她似乎有些緊張，出口的話有些顫抖，卻強撐著沒有低頭。

曹覓便道：「清晨，有人看到妳與陳康在西邊廂房私會，臨走前，妳還給了他一些東西……」她皺著眉道：「陳康的錢都是妳給他的，對吧？」

夏臨身子一抖。「奴婢、奴婢……」

「我說過了。」曹覓步步緊逼。「只要妳主動承認，我會從輕發落。」

她這話一出，夏臨似乎終於下定了什麼決心，對著曹覓一拜，道：「回王妃，陳康的錢，確實是奴婢給的！」

曹覓聞言，一時有些詫異。她沒料到夏臨會這樣輕易坦承。

但下一句話，卻直接打破了她的幻想。

夏臨顫聲補充道：「但是，奴婢一直是被他威脅的！」

「威脅？」曹覓有些好笑。「妳是說，他威脅妳給他錢？可是，妳一個小小的丫鬟，每月的月例雖然不少，但也不至於能輕鬆拿出幾十兩銀子吧？」

夏臨吐了一口氣，從頭解釋道：「王妃容稟。奴婢賣身到王府之前，在家中有個定了婚約的男子。後來家中貧困，不得不賣女求生，奴婢以為，這輩子與那人有緣無分，便斷了念想。沒想到，三年前那男子竟發了跡，積累了一些身家，還找到了奴婢。久別重逢，奴婢沒忍住……便私下與他見了幾回。後來，奴婢與人私會的事被陳康撞破，奴婢當時昏了頭，為了掩飾，便……便受了他的要脅，每隔一段時間給他一些銀兩。銀兩有一部分是奴婢的月例，但大多是、是我那未婚夫給的。」

她說到動情處，抹了抹眼角的淚花，像極了一個受了極大委屈的單純女子。

但曹覓的眉頭卻越皺越緊。

事實上，她真的沒有抓住夏臨的罪證。也許是因為夏臨的帳做得太好，至今，曹覓手下的人都沒能從帳簿中查出什麼異樣。而早在夏臨離開往繡坊監工的時候，曹覓就派人秘密地搜查過她的屋子，同樣沒有找到任何把柄。

但種種跡象和直覺又告訴她，夏臨與利潤連年降低的鋪子脫不了干係，她與陳康的關係，絕不像她說的那般簡單。她在整個事件中，扮演的也絕不是什麼受到要脅的無辜女子。方才她讓人主動認罪，實則是想詐一詐夏臨。沒想到夏臨的段位較之陳康高了不知多少，一點都沒被她唬住。倘若曹覓不能拿出其他關鍵證據，那麼夏臨此番，是能夠自圓其說的。

曹覓想了一下，又轉頭去看陳康。「陳康，夏臨說的這些，是否屬實？」

已經知道自己性命堪憂的陳康像是失了所有的生氣，他聽到曹覓的話，張了張嘴，卻終究沒有發出任何聲音。

那模樣，竟是直接默認了夏臨的說辭。

第十四章

曹覓眼見局面到此僵住，心中暗暗提醒自己千萬不能操之過急，免得亂了陣腳。她深吸一口氣，吩咐道：「如此，將陳康和夏臨帶下去，分別關押起來，待之後再細細審問。」

北寺領命將兩人帶了下去。

這時候，廳中眾人似乎才反應了過來，三三兩兩聚在一處小聲討論。

曹覓凝神聽了片刻，發現大多數人已經相信夏臨的說法，此時正在可憐夏臨的遭遇。

不得不說，夏臨這個故事編得好。她身為王府婢子，與府外親人私下見面其實只是小錯，後來受陳康威脅，更是將自己擺到了受害者的位置上。

這種遭遇恰恰最能引起同樣沒有自由身的僕役同情。

想通這一點，曹覓輕咳一聲，將所有人的注意力轉移到自己身上。

她嚴肅道：「夏臨的事，我自會調查清楚。若她有罪，我不放過；若她清白，我也不會錯怪。但事到如今，陳康的罪行已定，只要認真拷問，總能問出點有用的東西。」說到這裡，她話音稍頓。「各位且記住，我原先說的話還有效，主動束手認罪的人，從輕發落。能提供相關證據的，罪名再減一等。你們且先散去，各自好好斟酌吧。」

廳中眾人不敢再造次，紛紛行了禮，陸續離開。

待所有人都走了，曹覓再維持不住那副運籌帷幄的模樣，用手揉了揉額頭。

她其實有些焦慮——如今人也抓了，蛇也驚了，這一次如果不能一舉打倒夏臨，反讓她脫了身，那之後再想調查怕是難上加難。

東籬見她頭疼，小心地上前勸道：「王妃放心，北寺已經重新帶了人到夏臨的屋中搜查，也許很快便會有消息的。奴婢瞧著時間也差不多了，是不是直接往景明院那邊去？」

曹覓突然想到什麼，抬頭詢問東籬。「安兒和然兒那邊可有哭鬧？」

早在陳康的事情暴露之後，她便找人去將兩個孩子的乳母陳氏帶了出來。

兩個孩子和這個乳母親近，曹覓一整天都在忙著調查，還不知道孩子們那邊的情況。

東籬斟酌了一番，道：「當時帶走陳氏時，只說是王妃的吩咐，兩位公子並無哭鬧。但他們應該不知道陳氏是回不去的……」

曹覓點點頭。「這件事我來同他們兩個說。走吧，到景明院去。」

她心情不好，來到景明院時已經是黃昏，膳食已經開始擺上了。三個孩子留在榻上等她，見她過來，一齊喊了聲「娘親」，曹覓才覺得自己心情開朗了些。

這些日子，她處心積慮地琢磨著夏臨那邊的事，其實沒多少時間陪伴幾個孩子，但每日過來用膳時，看到三個孩子可愛的模樣，總能讓她生出些新的勇氣。

這三個原本她以為原身留下的「債」，終究也成為她的牽掛。

很快，北安王也到了，眾人聚到一起用餐。

晚膳後，曹覓又抱著三個孩子到榻上說話，氣氛正好的時候，她突然問雙胞胎。「乳母離開了一天，安兒和然兒能照顧好自己嗎？」

兩個孩子一愣。戚然沒發現什麼不對，急著邀功道：「當然！我一整天都很乖！」

戚安卻皺了皺眉，直接說道：「有個婢子說，乳母不會再回來了。」

聽到他的話，戚然才突然瞪大了眼睛，後知後覺地重複道：「不會回來了？」

曹覓沒打算瞞他們，於是點了點頭。「是。我對陳氏有些另外的安排，從今日起，她恐怕無法再照顧你們了。」

戚然終於反應過來她的意思，小嘴一癟，當即就要哭鬧起來。「乳母……哇，我要乳母……」

倒是最先發現不對的戚安癟了癟嘴，點點頭示意自己知道了，便又掉頭玩起了榻上的「金箍棒」。

曹覓發現，小兒子戚然心思單純，是個極為念情的人；老二戚安十分聰明，卻天生有些叛逆和冷漠。

她將號哭的戚然放到一邊，轉向戚瑞。

四歲孩子正是發育的時候，戚瑞恢復食量之後，經過這段時間，已經被曹覓餵得稍胖了一些。

曹覓小聲問：「瑞兒，如果母親處置的是你院中的人，你會如何反應？」

戚瑞偏著頭，反問道：「她犯錯了嗎？」

曹覓簡單說道：「不，她本身並沒有太大的錯誤，真要論起來只是被牽連。但娘親觀她的心性，怕她之後會因愚昧行報復之事，所以便提前將她遣走了。」

戚瑞又問：「那娘親打算之後如何安置她呢？」

曹覓笑了笑。「這些年來她也算恪盡職守，我準備將她安排到郊外的一處莊子，讓她能安度晚年。」

她一直覺得陳氏其實不壞，這幾年照顧兩個孩子也算盡心，所以不準備為難她，反而認真為她打算。

聽完她的話，戚瑞點點頭。「我覺得娘親的所為都合理。」

「嗯？」曹覓挑眉，知道他必定還有後文。

「不過……」戚瑞在她的眼神下果然堅持不住，又開口道：「如果是我院中的人，我希望能知曉原委，然後自己發落。」

這個四歲的孩子正嘗試著向曹覓宣告自主。

曹覓揉了揉他的頭，笑道：「好，娘親記下了。但希望瑞兒院中切莫發生這樣的事情才好。」

旁邊的戚安聽到了他們的對話，放下「金箍棒」湊了過來。「我也要自己發落！」

曹覓看了他一眼，熟練地問道：「那你覺得，是該將她送到城西的安陽山莊，還是送去城中的繡坊？」

她不想打擊孩子的思考，卻知道許多事無法與他們說清。在這段時間的相處中，她已經能夠靈活地運用類似的方式，既滿足自己的需求，也給孩子們保留一定的決斷權力。

果然，戚安隨便挑了一個，便又回去自己玩了。

另一邊，哭累了的戚然見沒人搭理自己，猶豫著止了哭聲，朝曹覓懷裡鑽來。

曹覓抱著他，承諾道：「娘親再為你們找一個嬤嬤，到時候然兒過去自己挑，好嗎？」

戚然抽噎著，將臉上的鼻涕眼淚一同蹭上曹覓的衣裳，悶著頭不動彈。半晌後，終於用帶著哭腔的聲音道了聲「好」。

接下來，曹覓的人開始調查夏臨的罪證。

夏臨被捕之後，很多事情已經無法干預，曹覓順著她這條線，找到了許多足以證明夏臨貪昧銀兩的罪證。

但她並沒有在第一時間揭發夏臨，而是按兵不動，以這些罪證為線索，揪出了夏臨埋在府中的好幾顆棋子。

夏臨年幼入府，在府中整整經營了十數年，她的勢力當然不止陳康一個人。可越往下揪，曹覓就越有些心驚。

北安王離府一年有餘，原身又是個諸事不管的軟和性子，在這一段沒有約束的時間裡，足夠夏臨這樣的聰明人在府中勾結助力。

當東籬將一份名單呈到曹覓面前，曹覓看著那上面十數個名字，後背隱隱有些發涼。

她真的沒想到，自己身邊兩個看著十分溫順，一直貼身服侍飲食起居的婢子，都收受過夏臨的大筆金銀。大廚房裡面那個胖胖的廚娘，不僅靠著夏臨才走到廚房大管事，更是暗地裡認了夏臨做乾女兒。

由此，她更肯定夏臨極有可能就是那個害死原身的人。

曹覓無比慶幸自己一開始沒有仗著原身身分，直接將夏臨打殺了。她無法想像自己若是那樣做了，這批名單上的人會不會破罐子破摔，直接做出玉石俱焚的事情來。

不過，如今夏臨在府中的棋子已經被連根拔起，證據確鑿，也沒有什麼好顧忌的了。

她詢問東籬。「就這些了嗎？」

東籬答道：「府中已經肅清過一遍，絕沒有疏漏。但是外間……王妃的商鋪那邊，南溪和北寺還有一些人員未能確定，還需得再查探。」

曹覓輕呼出一口氣。「夠了，府內已經肅清便足夠了，不能再等下去了。」

她想了想，吩咐道：「妳派人將府內這些人秘密抓捕起來，我明日會重新審問夏臨，看看能不能引她認罪，供出店鋪中的同夥。」

東籬聞言便領命離開。

第二日，一切準備就緒之後，曹覓讓人把夏臨帶了上來。

揪出她的同夥費了兩、三日的功夫，被關押幾天，夏臨也削瘦了些許。此時的她面色發白，髮髻散亂，看著倒真像受了虐待的模樣。

但來到曹覓面前，她依然禮數周到地行了禮。

曹覓面無表情地詢問起她與陳康的關係，夏臨依舊用自己被陳康要脅的藉口來回答。之後，曹覓又問了一些關於帳本的細節，她也一一答覆。言語間，夏臨承認的都是一些不足以傷筋動骨的小錯，又一副知錯認罪的模樣，真真是滴水不漏，堅稱自己是無辜的。

曹覓見狀，冷笑一聲。就在她準備拿出罪證讓夏臨認罪時，門外響起了婢女通報的聲音。「王妃，王爺駕臨。」

曹覓愣了一瞬，不知道大忙人北安王怎麼會在這個時候過來。

但來不及她多想，只得起身迎接。待到戚游進到廳中，曹覓才發現他身後跟著的人，居然是春臨。

一瞬間，曹覓腦中轉過幾十個念頭，第一反應是北安王是春臨找來營救夏臨的。

但令她奇怪的是，原本春臨也是她懷疑的對象。東籬等人調查夏臨時，曹覓曾讓他們多注意春臨。可是種種跡象都表明，春臨並沒有參與其中。

她下意識去看跪倒在旁邊的夏臨，發現她見到戚游和春臨之後，眼中明顯閃過光亮。顯然，她也認為戚游是春臨為她搬來的救兵。

但很快，在主位上坐下的戚游開了口，打破了她們的猜測。

他喝了口茶，淡淡道：「春臨今日來尋我，說她找到了夏臨勾結外人，謀奪王妃私產的證據。」說到這裡，他看了曹覓一眼，又解釋道：「我跟著過來看看。」

曹覓有些詫異。如此看來，北安王並不是為了夏臨而來的。他是擔心原身性子太軟，解決不了這種事情，才跟著春臨一同過來，給她鎮場子的？

想通這一點，曹覓感激道：「有勞王爺。」

她沒想到，這位一直冷著張臉的北安王，內心竟藏著幾分溫情。他平日裡對著原身和孩子們似乎不假辭色，但是關鍵時候總能適時出現，成為他們最重要的靠山。

但感激之後，曹覓其實還有些無奈。事情馬上要解決了，實在不需要煩勞這位王爺多跑一趟。

事到如今，她也只能順著戚游的話看向春臨，詢問道：「春臨，妳找到了什麼證據？」

春臨行了一禮，隨後道：「王爺、王妃容稟，婢子這段時間想起了夏臨以前的一些異狀，今日在院中搜尋，果有所獲，特來呈上。」

曹覓有些詫異。「哦？什麼東西？」

春臨從懷中取出一沓信紙，交給上前來取的東籬。

原本見到他們進來，隱隱浮現期待的夏臨見到那些信紙，面色突然慘白。

她反應過來之後，不敢置信地瞪著垂首而立的春臨，似乎完全無法相信她會做出這樣的事——春臨並不是來救她的，而是來搭一把手，準備將她推入火坑的！

另一邊，春臨用哀傷的目光看了夏臨一眼，在戚游和曹覓展信瀏覽的間隙，解釋道：「夏臨掌管著王妃名下的鋪子，與鋪子中的掌櫃多有書信來往。以前，夏臨會將每月的信件攢在一處，之後帶到廚房焚毀。但這一個月，她被王妃派往繡坊監工，還未來得及處理這些信件。奴婢與夏臨自小相識，她被關押的這幾日，奴婢輾轉反側，夜不能寐，之後終於下定決心，在後院尋找了好些天，終於找到了這些東西。」

說著，她閉了閉眼，悲切而決絕地說道：「若這些信件無法證明夏臨的清白，那便還府中一個清正吧。」

旁邊的夏臨已經抖得如風中的落葉，春臨話音剛落，她突然暴起，一把撲向春臨。「賤人！搞什麼虛偽的作派？妳以為我不知道妳在想什麼嗎？賤人！」

春臨雙目含淚，立在原地不躲不避，任由她撒潑謾罵，好在北寺等人反應過來，上前及時將夏臨制住。

第十五章

引得夏臨當場發狂的幾封信件是她貪昧曹覓鋪中利潤的鐵證。

信件確如春臨所說，是夏臨與幾家鋪子掌櫃的往來書信。在信中，夏臨提及曹覓近來的變化，與掌櫃們商議著善後的方案。

而回信的幾個掌櫃顯然不以為意，在信中多次提及「王妃無能，不必放在心上」等字眼，樁樁件件都能證明夏臨犯下的是多麼不可饒恕的罪行。

大致將所有信件都看完，曹覓看向被死死壓在地上的夏臨，問道：「夏臨，對於這些信件，妳可有話說？」

夏臨自知大勢已去，此時只用凶狠的目光瞪著曹覓。

就在曹覓以為她默認罪行的時候，夏臨嗤笑一聲，道：「景王妃聰慧端莊又馭下有道，我在她身邊兩年，未敢造次。可天不憐她，早早將她收走，又送來妳這麼個無能的廢物，焉教我不生二心？」她嘴角掛著冷笑。「呵，敗也敗在妳太蠢，若妳再精明些，我大概每次將這些書信生吞了，都不會留下半點把柄，也不至於招致今日禍端。」

她還不知道曹覓早已掌握了一切，以為真是春臨拿出的信件才將自己置於死地。

曹覓冷眼瞧著她，待她說完，只淡淡應道：「為何將事情都推予我身上，莫不是我逼著妳這樣做？」她輕嘆了一口氣。「妳的苦果，在妳過分的那一日，便已經生根。」

夏臨聞言，不再回話，只嘴角的譏諷仍未減弱半分。
旁邊的戚游見她幾句話間遊刃有餘地解決了夏臨，便也沒有開口，任由她自己處置。
他剛放下手中的信紙，旁邊垂著淚的春臨突然朝他走近幾步。「王爺……我、我是不是做錯了……夏臨姊姊從小便很照顧我，我……我卻……」
戚游微蹙著眉，有些厭煩她哭哭啼啼的模樣。
但念著春臨有功在前，他還是開口安撫。「不能還夏臨一個清白，就還府中一片清正。妳做得很好，不必自責。」
春臨擦了擦眼角的淚水，擠出笑顏，道：「春臨一直記得在王爺身邊時，王爺對春臨的教導，謹記著要做一個恪盡職守、善惡分明的人。」
北安王將她的表情收入眼底，眸色暗了暗。
他想了想，終於還是暗示了句。「春夏秋冬四人中，妳年紀最小，卻一直是最明事理的那個。望妳秉持本心，莫要行差踏錯了。」
春臨似乎完全沒聽懂這句話的隱義，聞言，有些不好意思地低下頭，藏起自己浮起薄紅的臉蛋，怯怯地應了一句。「都是奴婢該做的，當不得王爺誇讚。」
另一邊，曹覓著人將夏臨押下，待重新審問。
所有人都離開之後，她靠在椅上，剛剛吁了一口氣，便見從方才起一直沒說話的戚游走到身邊，淡淡地提醒了一句。「早點把春臨送走吧。」
說完這一句，他越過曹覓，往外走去。

曹覓聞言，有些詫異地看著他。

罪證確鑿，夏臨被名正言順地關押起來，但那些參與貪昧的掌櫃，卻還要曹覓花精力去調查替換。

好在這個時候，曹覓也培養出了屬於自己的人。她將東籬和西嶺留在府中，把北寺和南溪派出去接手所有的店鋪。

過了兩天，夏臨抵不住，將所有的罪狀全盤托出，曹覓終於由衷地鬆了一口氣。

自穿越以來，懸在她脖子上的那把刀終於被拿下，她再也不用每日裡連睡覺都不安穩，時刻提防著不知道會從何處射出的暗箭。

一個難得的晴日，她帶著三個孩子去活動，陡然聽婢女提起郊外的寒山寺，說到此時正是賞梅的好時節，她便收拾了一番，打算帶著三個孩子出府溜溜。

準備妥當後，她和三個孩子坐上了前往寒山寺的馬車。

寒山寺位於京城北郊，是一座歷史悠久的古廟，香火鼎盛，遊客不絕。來到寺中之後，她帶著孩子四處參觀。孩子們興致也高，一驚一乍地辨認著這些曾在《西遊記》中出現過的佛陀和菩薩。

午後，他們來到後山賞梅。

寒山寺的梅花素有美名，冬陽照著白雪，紅梅散著淡香，行走於林間，只覺神清氣爽，樂而忘憂。

戚瑞心中一直藏著事，待得在亭中暫歇，便站在曹覓身邊問：「娘親，佛祖真的能保佑我們願望成真嗎？」

雙胞胎正啃著婢女從府中帶出來的糕點，聞言一齊看過來。

曹覓想了想，道：「娘親也不知道。」她不信神佛，但對鬼神抱有敬畏之心，是以不敢亂說。

戚瑞自己歪著腦袋想了想，又道：「可是寺裡面有很多人，都在拜佛。如果拜佛沒用的話，他們又何必做這些事呢？」

曹覓便笑了笑。「娘親不知道，不過娘親聽過一個故事，還恰和拜佛有關，不若與你們分享一下？」

三個孩子都被她的《西遊記》俘虜，此時聽她說要講故事，都認真起來。

她邊回憶邊道：「嗯，故事說的是從前有一個信徒，他遇到了一點難事，於是到寺廟裡拜菩薩，可是他到了廟中一看，發現菩薩像前正跪著一個人。那人身披白紗，手捧淨瓶，分明就是觀音菩薩自己。」

三個孩子瞪大了眼睛，似乎沒聽懂曹覓的意思。

曹覓便笑了笑，又道：「那信徒也同你們一樣非常奇怪，觀音都已經是菩薩了，怎麼還到自己的廟中來祈願？於是他上前詢問緣由。觀音說：因為我知道，求人不如求己。」

三個孩子也不知聽懂了多少，見她故事講完，又埋頭做起自己的事。

曹覓坐了一會兒，正打算離開，卻見山路上又行來幾人。那夥人與曹覓打了個照面，領頭的婦人便帶著人走了過來。

曹覓知曉這是遇到熟人了，迅速在腦海中搜尋了一遍，之後同樣端起笑容回應。

婦人身形肥碩，進到亭中後先是搖了搖頭，抖落了滿頭金釵上的落雪，這才對著曹覓笑道：「覓姊兒，哦，不對，北安王妃安好。」

曹覓上前扶她起身。「舅母不必多禮。」

來人是原身親舅舅的嫡妻——齊氏。

當年原身家中落難時，舅舅一家迅速與他們撇清關係。待到原身姊姊嫁入王府，兩家才重新有了走動。

畢竟是長輩，總不能直接攔在外頭，而原身懦弱，對著這個強勢的舅母幾乎是有求必應，這些年來被這個貪得無厭的婦人不知打了多少秋風。曹覓回憶起這人的醜陋吃相，真是強逼著自己才能對她露出笑顏。

齊氏環顧一圈，又道：「唉呀，三個孩子都在呢！」

曹覓將三個孩子攬到身邊。「瑞兒、安兒、然兒，來，見過舅外祖母。」

三個孩子過來，規矩地行了禮。

那邊，齊氏也將自己的小兒子封榮推到幾人面前，介紹道：「這是你們小表舅，比你們大一些，六歲了。」

幾個孩子打過招呼後，在亭中閒不住，紛紛跑到外邊禍害白雪去了。曹覓不得不留在亭中和這位舅母虛與委蛇。

好在彼此假笑了一會兒，齊氏便提起正題。「我聽妳舅舅說，王爺要就封了，是也不是？」

曹覓僵著臉，敷衍道：「是嗎？」

「妳可得長點心！」齊氏警告道：「別以為妳是能回北安享福的，北安王這次啊，要被發派到遼州去了！」

「遼州？」曹覓皺著眉。「舅舅消息當真靈通，我都沒聽說此事呢。」

「那可不。」齊氏似笑非笑地看了她一眼，突然想起什麼，又道：「當年我與妳安排得好好的，要不是妳傻，聽了妳姊的話進了王府，如今也不用帶著孩子受這種罪。」

曹覓故意戲弄她道：「舅母，舅舅不是要升尚書了嗎？這事還得請舅舅在朝中為王爺打點……」

果然，曹覓話還沒說完，齊氏就連連搖頭。「妳舅舅如今是升遷的緊要關頭，哪裡有空管這種破事？妳可認清點，別牽連到妳舅舅。」

「我們兩家畢竟是連著血脈的親戚，」曹覓又道：「打斷了骨頭連著筋，王爺往遼州就封，舅舅恐怕也——」

齊氏聞言大驚失色。「妳亂說什麼呢！」

兩人正說著話，突然聽到外面傳來一聲喊叫。她們循聲望去，只見齊氏的小兒子封榮正坐在地上哭鬧，三個孩子圍攏在他周圍，四人似乎正僵持著，隨行的婢女護在他們周圍，不敢上前。

齊氏見狀，立馬停了口，大步往那邊趕去。她邊疾走著邊喊道：「哎喲，你們幹什麼啊？仗著人多欺負你們小表舅啊！」

她滿身肥肉，喘著氣向幾個孩子撲過去的模樣有些猙獰，曹覓連忙跟上，趕在她之前將孩子們護到身後。

湊近了之後，她才發現封榮手中握著一塊玉珮，玉珮的繫帶則被戚瑞牢牢地攥在手裡。戚安不知道從哪裡撿了一截梅枝，此時正抽打封榮的手臂，口中喊道：「放手、放手！」

他看著威脅得有模有樣，實則封榮穿得厚實，那梅枝一點傷害都沒有。但曹覓還是皺著眉道：「安兒，停手！」

戚安嘟著嘴看了曹覓一眼，將枯枝扔了，但仍舊站在封榮面前，齜牙咧嘴地想要嚇唬他。

齊氏到了後，封榮的氣焰更囂張，他停止乾嚎，對著戚瑞怒道：「你放手！」

戚瑞冷著臉。「這玉珮不是你的，是戚然的。」

戚然怯怯地縮在戚瑞身後，此時聞言冒出個腦袋。「是我的！」

「那你給我！我看著喜歡，你得給我！」封榮又理直氣壯地喊道。

「我為什麼要給你？」戚然一點也不怕，大聲地喊了回去。「我不給你！」

說又說不動，搶又搶不過，封榮對著過來給他撐腰的齊氏哭喊道：「娘、娘！我要這個！我就要這個！讓他放手！」

齊氏護著孩子，轉頭就對著曹覓教訓道：「哎喲，覓姊兒，這我身為長輩就要好好說說妳了，怎麼北安王府這樣小氣？一塊玉珮都不肯給？封榮才六歲，他還只是個孩子啊，可當不得你們這樣欺凌。」

曹覓眼看著她把黑的說成白的，皮笑肉不笑道：「舅母教訓得是，可封榮畢竟是孩子們的表舅，怎麼做出強搶小輩東西的行徑？」

齊氏明顯噎了一下，回過神來又怒道：「妳這是什麼意思？妳給他嘛，一塊破玉珮怎麼了，快叫他們放手！」

曹覓搖了搖頭。「這玉珮不是我的，方才然兒也說了，不給，這便是給不得了，還請舅母讓封榮放手吧。」

齊氏有些詫異。在她印象中，曹覓是個稍微威脅就示弱的女子，與如今強硬著與她理論的性子大相徑庭。

但她不及多想，另一邊，戚瑞趁著封榮分神的功夫，已經將玉珮奪回手中，封榮反應過來，氣得躺到地上撒潑打滾。

曹覓連忙帶著幾個孩子退開幾步，免得被他殃及。

齊氏只得把注意力轉到封榮身上，勸道：「哎喲，小祖宗，你先起來。不就一塊破玉珮嘛，看著成色也不好，有什麼好惦記的？你快起來，娘親待會兒帶你到琳琅鋪重新挑一塊好的。」

第十六章

封榮聞言，哭鬧聲漸小，束手無策的齊氏這才找到機會在他耳旁悄悄說著什麼。

封榮瞪著曹覓一家的眼神很快從厭惡不甘變成快意，他指著三個孩子道：「我是尚書公子，我不跟你們計較！你們馬上要被趕到遼州那個人吃人的破地方了，有什麼好得意的！」

曹覓聞言皺起眉。她沒想到齊氏會跟孩子說這些，正想反唇相譏，但她一個成年人卻不好跟一個小孩計較。

封榮不依不饒繼續道：「到時候你們要求到我爹頭上，我就讓你們三個跪到我面前磕一百個頭，還要把所有的東西都給我！」

齊氏在旁邊幫腔了一句。「哎喲小祖宗，你可別亂說，你爹可幫不了他們。」

曹覓憋著氣，連招呼都沒打，準備越過他們直接離開。

兩家錯身時，一直憋著的戚安突然指著封榮。「山中有精怪，專門吸食小孩的精氣，最喜歡你這種會撒潑的了。你剛才叫得那樣大聲，它們已經纏上你了！」

封榮聞言一愣，咧著嘴又嚎了起來。

曹覓顧不得許多，加快腳步離開。回到馬車中，她才鬆了一口氣。

經過這麼一鬧，三個孩子的興致似乎都不高，戚瑞、戚安坐在一處發呆，戚然則擺弄著自己手裡的玉珮。

曹覓有意調節氣氛，逗著戚然道：「然兒今天被搶了玉珮都沒哭？」

戚然老實又是個小哭包，在府中，老二隨便逗逗他，他都能哭上一盞茶的功夫。

他聞言抬起頭，委屈道：「我才不會在壞人面前哭呢！」

「是嗎？」曹覓點了點他嘟起來的小嘴。「嗯，然兒真厲害！比你們那個什麼小表舅懂事多了。」

性子單純的戚然果然挺著小肚子笑了起來。

戚安心裡卻裝著事。「娘，我們真要去那個人吃人的地方嗎？」

戚然笑過之後也想起這事，抱著曹覓的大腿道：「我不要去！」

曹覓沈吟一會兒，不知道怎麼解釋。

她知道原身舅舅的官職，所以齊氏說的話十有八九都是真的。

好在她靈機一動，突然神神秘秘地說道：「妖怪們不知道西天是什麼樣，也覺得西天就是地獄呢。」

戚然眼睛一亮。「對喔，只有妖怪才不想去西天取經呢！」

「嗯。」曹覓心中有些憂慮，但仍笑著問道：「倘若我們真的要離開京城，你們害怕嗎？」

三個孩子搖搖頭。

戚然猛地蹦起來，道：「我們也要去取經嗎？娘親不要怕，我、我會殺掉妖怪保護妳！」

他才兩歲，一口氣說出這麼長的句子有些口齒不清，曹覓卻一字不落地聽清楚了，欣慰地點點頭「嗯」了聲。

四人回到家中，一下車，發現戚游就在旁邊等著。

曹覓猜想他可能知道梅林中發生的事了，畢竟今天護送著他們進山的就是戚游手下的侍衛。

戚然站穩後，照例第一個撲向戚游，興奮地在他懷裡打滾。

戚游原本是打著安撫的主意過來的，沒料到三個孩子似乎沒受到影響。

鬧了一陣，小胖墩還主動表態道：「爹，我們要去遼州了嗎？我一點都不怕，我要打妖怪！」

戚游笑了笑，將他放下，對著曹覓和三個孩子道：「你們都聽說了？遼州還沒定下，無須太過在意。」

「爹爹真要去求那個傻子的爹嗎？」戚瑞冷不防冒出來一句。

戚游一愣，隨即反應過來。

戚瑞口中「傻子的爹」，應該就是他們方才碰上的封榮的父親，曹覓的親舅舅。方才封榮耍狠胡謅的一番話，被這個敏感的孩子記在了心裡。

他正要回應，戚瑞又急急道：「爹，你不要去求他們。」

戚游知道他誤會了，解釋道：「我不是去求——」

話還沒說完，戚然湊上前，瞪著大眼睛道：「求人不如求己。」

這話一出，三個孩子和曹覓似乎被戳中了某個默契，一齊笑了出來。

自寒山寺回來之後，曹覓終於有了開春就要搬遷的緊迫感。

連每天清晨帶著三個孩子去活動，她都會與東籬談論起府中近來的安排。

這一日，將三個孩子安置在房中，她帶著東籬和另外兩個婢子在院中繞圈子。

這是她這段時間以來每天必做的事情，增加了運動量之後，曹覓能感覺到這具身體的體質慢慢增強了。

「春臨……儘快安排她出府吧。」提起府中的人事變動，她突然說道。

經過這一段時間的調查，曹覓已經可以確定，春臨與原身鋪子的事情，當真是半點關係都沒有。

她行事間確實有些古怪，卻沒有出格的地方，結合之前戚游的提醒，曹覓大概能確定這位王府裡的大丫鬟，存了些不該有的小心思。

但這點小心思並沒有什麼妨礙，聖人論行不論心，曹覓覺得，只要她接下來安分守己，自己念在她這十幾年間為王府的付出，也該給她一個體面。

「東籬，年後記得提醒我，將春臨的賣身契交還給她，再備下三十兩銀子賞賜予她。」曹覓沈思一陣，對著東籬吩咐道：「另外，問問她對將來有什麼打算，王府能辦的，都為她打點好。」

東籬點點頭。「奴婢都記下了。」

解決了這一樁，曹覓心中的大石頭總算放下，又與東籬談論起旁的事。

拐過臨風院東北角時，曹覓突然與一個行色匆匆的高個兒婢女撞上。婢女手中捧著一大盆溫熱的湯水，盡數澆到了曹覓身上。

東籬大驚失色地將曹覓扶起來，口中對著那高個兒婢女斥道：「妳怎麼回事？王妃？您還好嗎？」

曹覓被攙扶著重新站好，擺了擺手示意自己沒事。

方才雖然被撞得跌倒在地，但她穿著好幾件保暖的絨服，並沒有摔著。只是身上似乎被淋了一盆混著大量肉沫的肉湯，黏糊糊的，讓她一陣噁心。

但她沒有責怪丫鬟的無心之失，反而安慰道：「我沒事。清晨妳捧著一盆肉湯，要去做什麼？」

那高個兒婢女把自己縮成一團，抖抖索索地坐在地上，埋著頭不敢說話。

東籬關心道：「夫人，這人待會兒再審，奴婢先扶您回院裡換衣服吧。」

曹覓點點頭，轉身便準備往回走。但是剛踏出一步，心中突然升起一陣強烈又莫名的危機感。

曹覓並不陌生，早在她穿越過來的第一天，正是這股危機感驅使她立刻開窗。而如今，這股危機感再現，似乎在提醒她面前是一條死路！

於是她只邁了一步便停下，強撐著不讓自己因為害怕腿軟而跌坐在地，口中喃喃道：「不、不行！」

東籬擔憂地問道：「夫人，怎麼了？」

曹覓回過神來，慘白著一張臉道：「不，不能往回走！」她邊說，邊迫不及待地往後退。

東籬根本搞不清曹覓的想法。她們此時要回院中換衣服，往回走很快就能出了臨風院，但如果繼續往前，則需要繞一大圈才能回到院門。

但此時曹覓已經堅持著後退了幾步，東籬也只好帶著人跟上。而那高個兒婢女則傻傻地留在原地，似乎還未回過神來。

就在曹覓等人離開原地不過十幾公尺，身後突然傳來一陣犬吠。

不一會兒，只見三、四隻足有半人高的野狗不知從哪裡冒出來，此時已經圍到了那個丫鬟周圍，舔食著地上灑落的肉湯，也在丫鬟身上嗅聞著。很快，其中兩隻靠著靈敏的嗅覺發現了曹覓等人的蹤跡，奔了上來。

曹覓身上的衣服吸飽了肉湯，散發出一股濃濃的肉香，吸引著野狗們追逐。

直到此時，東籬和其他兩個婢女才反應過來發生了什麼事。

曹覓邊跑邊解下身上的斗篷和外袍，盡力往遠處拋擲出去，希望能引開那兩隻看起來凶殘無比的大狗。

其中一隻果然被曹覓的斗篷吸引，在路邊停了下來，但另一隻一直對曹覓等人窮追不捨。

眼見野狗一再逼近，東籬毅然地停住了腳步，打算為曹覓拖延一些時間。

曹覓牙關打顫，一半是冷的，一半是嚇的，對身旁一個婢女說：「快，到前面去喊人！」說完，她撿起路邊幾塊石頭，狠狠朝那野狗砸去。

東籬見狀，也試著反擊。

野狗靈巧地避開幾塊石頭，但終究有了顧忌，停在她們面前不敢妄動。

好在過沒多久，另外一個婢女就尋來府中的兩個侍衛。他們到來之後，野狗很快被制伏，曹覓等人也得以脫險。

曹覓還未來得及吁一口氣，便覺頭腦昏沈，身子一軟，直接暈了過去。

等到她再次醒來的時候，時間已經到了傍晚。

戚游守在床沿，神色不明。

曹覓醒來的動靜不大，他卻很快察覺，將她扶起，詢問道：「可有什麼不適？」

曹覓搖搖頭，下意識問道：「我怎麼了？」

戚游眉頭皺得很緊。「早上的事妳忘了嗎？妳被潑了肉湯，差點被院中闖入的野狗傷了！」

曹覓回憶起來，一陣後怕慢慢爬上她的脊背，突然，她又想到什麼。「孩子呢？戚瑞他們沒事吧？」

戚游搖搖頭。「他們都在屋中，沒有遭遇這些。」

曹覓於是安心地點點頭。

她定下神，回憶起早晨的細節，又道：「這事情不是意外！那個婢女，還有院中的野狗……」

戚游本想讓她再休息一會兒，無須傷神，見她主動提起，便道：「那個婢女……自盡了。她留在原地，本就被野狗傷了，我命人將她關押起來後，她用藏在袖口的碎瓷片割脈自盡了。」

聽到這裡，曹覓面色變得煞白。

戚游又道：「至於那幾隻野狗，我已經在查了。臨風院在王府最西面，目前看來，牠們是從一處牆洞中鑽進來的。」

曹覓若有所思地點點頭。

戚游便道：「妳別怕，這件事情我自會查明，大夫說妳身子弱，早上那番又是受了寒，又是受了驚嚇，這才昏了過去。妳且好好休養，我晚上再來看妳。」

曹覓點點頭，目送戚游離開。

戚游走後，東籬等人又進來，詢問她有沒有旁的不適，但曹覓搖搖頭，轉而詢問了一下東籬等人的傷勢。

得到眾人都沒有大礙的消息後，曹覓便讓她們下去休息了。

她的心中思緒翻湧，一時間理不清楚，但如今確定了一件事——那個想殺她的人，還沒有落網！

她之前一直以為策劃意外的人是夏臨，但因為自己還活著，沒辦法講清自己是怎麼發現這件事的，是以沒有審問過夏臨這件事。

但如今看來，要麼府中還有夏臨的餘孽，眼看著夏臨被關押，又行了一次謀殺之事；要麼之前想要殺她的，根本就不是夏臨！

想到這裡，曹覓的思路陡然清晰了起來。

對啊，夏臨根本不會想要殺掉她，她圖的是財，應當恨不得原身長命百歲，自己才好源源不斷地從愚蠢的原身口袋中掏出金銀。

想通這一點，曹覓暗暗咬牙，心中對於凶手有了新的猜測，並且有了八分把握。

有一瞬間，她想著憑藉王妃身分直接把人捉來，打殺了事，但是冷靜下來之後，她放棄了這種不理智的選擇。

事實上，早在她一穿越過來，發現身邊並不安全的時候，也有過這種快刀斬亂麻的心思。但是那個時候，原身放權多年，對著後院中的一應事宜完全是睜眼瞎的狀態。等到好不容易把自己的班底組建起來，她又感受到了做主母的不易。

她當時沒有證據，也不知道誰與夏臨有了勾結，將所有舊人都打發了又不現實，還得落得個殘暴的名聲。

她是想要長久安穩地在這個時空享受自己的第二次生命，不能做出自毀基築的事情。

想到這裡，曹覓深呼了幾口氣，迫使自己冷靜想想對策。

北安王已經承諾會處理這件事，但是她並不打算就等著他去查探。這種事，她更想自己來。

這一次的經歷讓她發現了穿越之後，自己的第二個金手指，那就是死亡預警。早前在臨風院時，就是那股強烈的危機預感讓她放棄了原路返回，選擇了繼續往前走。

設想一下，如果她當時往回走，就會與那幾隻野狗直接撞上，那境況才真是叫天天不應，叫地地不靈。

也許，自己可以利用這個預感做些什麼。

在心中定好了一套計劃，費盡心神的曹覓終於抵擋不住，又沈沈睡去。

接下去幾天，她每天都會喝上一碗大夫開的藥，後來，她又吩咐廚房，每日為她熬一盅補湯。

同時，她看似受了驚，胡亂地重新安排了一下府中人員，將大廚房中屬於她的人調到了臨風院和自己院中。

曹覓的思路很清晰。她根本不知道那人下一次會使用什麼手段，那麼乾脆杜絕其他可能，只留下一個破綻。

如果凶手就是她懷疑的那個人，一定會儘快採取行動，因為凶手的時間也不多了。

第十七章

這一日，南溪和北寺帶回了一個壞消息。

曹覓坐在廳中，南溪將幾張契書呈上，道：「正如方才北寺所言，夏臨夥同那幾個掌櫃，在未入冬時簽了幾份交易契書，購置了大量的糧食和布疋。現在這些東西只給了五百兩訂金，剩餘近三千兩尾款尚未支付。」

曹覓揉了揉額頭。「店鋪的進項和支出，夏臨以前都會與我提起，怎麼這幾單我完全沒有印象？」

南溪解釋道：「這幾單是以鋪子的名義簽訂的，不需要加蓋王妃的私印。另外，此前他們上報時故意隱瞞了尾款，只記錄了訂金的金額，與往常無異，王妃沒有留意也是正常。北寺從那些掌櫃家中搜出這些契書，奴婢才發現了尾款一事。」

曹覓將幾張契書瀏覽一遍。「若真按照契書中所寫，那這幾筆交易雖然涉及金額巨大，但價位尚算合理……你們是發現了其他問題？」

北寺點點頭，解釋道：「小人發現此事後便到庫房中查驗了一番，這才發現那李家送來的糧食大多是陳糧，布疋也都是些麻衣粗布，根本賣不出價錢。那批貨物實際估價……大約只有二千兩。」

南溪點點頭。「但是契書上本就有些語焉不詳，只寫了『糧食、布疋』等詞，奴婢以為，很難……很難追究對方的不是。」

曹覓怒極反笑，晃了晃手中的契書。「秋臨和冬臨就是二十左右離府的，夏臨大概也算到自己即將到出府的年紀，這才在臨走前搞了筆大的。若不是夏臨的罪行暴露，明年他們便會從帳上一點一點取錢，將這筆尾款圓上。」

南溪和北寺對望一眼，齊齊跪下。「小人、奴婢無能，還請王妃責罰！」

曹覓搖了搖頭，讓他們起身。「不怪你們，你們才來多久，比不得夏臨這樣的老人。」

她表面不顯，內心也是頭疼。就在她思考對策時，廳外來了一個端著食盒的婢女。

春臨正候在門邊，見狀直接將食盒接過，來到曹覓面前，取出其中的白瓷盅。

這正是這幾天來，曹覓每日必吃的補品。

曹覓打開蓋子聞了聞，一股熟悉的危機感襲上心頭。等到危機感過去，她閉眼定了定神，突然對旁邊的東籬一笑。「這幾日補品吃多了，今日倒覺得有些膩味了。」

東籬關切道：「夫人身子弱，這補品可不能斷，如果吃不下的話，好歹喝點湯吧。」

曹覓搖搖頭。

她似是無意看到等在旁邊的春臨，突然說道：「我這幾日臥病在床，沒想到幾日不見，春臨都瘦了許多。」頓了頓，對著春臨說道：「春臨，妳是府中砥柱，可得多顧及自己的身子，今日這盅補品便賞予妳吧。」

春臨自是跪下謝恩，卻不敢接受。「謝王妃關心，但這補湯本就是為王妃熬製，奴婢不能踰矩。」

「既是我賞的，妳自然就能受，也得受著。或者，是妳想抗命不成？」

春臨又磕了幾下頭，口中道：「奴婢不敢。」

曹覓便笑起來，宛若方才的強硬模樣都只是眾人的幻覺。「來，妳是府中最得用的老人，不過是一盅補湯，妳受得起。」

春臨無奈，只能惶恐地謝了恩，起身準備取湯。

曹覓捧起白盅遞過去，卻在春臨正要接過時頓住了，又將白盅收回，轉而交給身後的東籬。「我怎麼看著春臨的手抖得這樣厲害？東籬，妳來餵春臨喝湯。」

廳中眾人被她這番奇怪的吩咐弄得一愣，東籬最快回過神來，忍著心頭的疑問，道了聲「是」。

她接過曹覓手中的補湯來到春臨面前。很快，舀滿了清甜湯汁的調羹被送到了春臨嘴邊。

春臨似乎愣住了，並不張口，只直直地看著曹覓。

東籬催促地問了一聲。「春臨？」

春臨依舊沒有動作，只是看著曹覓的眼神越來越惡毒。

東籬等人終於發現了異狀，北寺下意識轉身護在曹覓面前，提防春臨做出什麼不理智的舉動。

曹覓卻不畏懼。事情走到這一步，眼看著就要揪出真凶了，她半點都不想退卻。

於是她站起身。「怎麼了？不喝嗎？」

春臨突然動了起來，推了東籬一把。東籬沒防備，被推得倒在地上，手中的瓷碗摔得粉碎，補湯更是灑得到處都是。

東籬站定之後，喝了一聲。「春臨，這是做什麼?!」

曹覓卻鎮定自若地站著，甚至心情頗好地笑了笑。

事到如今，已經可以確認春臨知道湯中有毒。她這一推也沒有什麼用，曹覓指了指案上的食盒，示意道：「無礙，盒中還有一碗。」

廳中兩個小廝這時候終於反應過來，上前直接將春臨制住。

曹覓對著東籬吩咐了一句。「把湯端到府中大夫那邊去，驗一驗裡頭究竟有什麼東西。另外，把今日接觸過這碗湯的人都一起關押起來，日後再審。」

東籬終於從曹覓的話中拼湊出事情原委，忙點了點頭，徑直下去吩咐了。

就在她剛出院門不久，戚游帶著人來到了廳中。

曹覓不知他為何會在這時候過來，聽到外間通傳時嚇了好大一跳。

心念一轉，她乾脆快速換了副表情，哽咽地撲進剛進門的戚游懷中。「王爺！」

戚游顯然沒料到她會是這反應，呆愣了一瞬，僵硬地詢問了句。「怎麼了？」

曹覓把頭埋進他懷裡，不讓他看到自己此時做作的表情，只用手帕按了按眼角，裝模作樣地擦去不存在的眼淚，回道：「春臨想要害了妾身！王爺可得為妾身作主啊！」

戚游看了一眼被兩個小廝死死制住的春臨，又看了一眼懷中哭得哽咽的曹覓，半晌點了點頭。「嗯，妳先起來，此事我自會處理。」

春臨被戚游的人帶下去審問，她在府中的幾名同黨也順利被糾了出來。

隔天，戚游派了管事來向曹覓說明原委，曹覓才知道，春臨一直喜歡北安王戚游。戚游對原身持家無方的不喜被她看在眼中，便覺得自己在王府多年，府中上下都是自己打點，完全有能力取而代之。

原本，她盼著戚游將她納了，可是戚游似乎完全沒有納妾的念頭，這才對曹覓起了殺心。

曹覓聽到這裡，也不禁打了一個寒顫。所以當管事隨後請示春臨要如何處置的時候，她頭疼地揉了揉額頭，道：「送官吧。」

「送官？」管事皺了皺眉頭。「夫人，像春臨這樣欺上弒主的刁奴，府中完全可以自行處置，無須送到官府。送到官府的刁奴也是一個下場，左右逃不過一個死。」

曹覓搖搖頭。「送官，都送官吧。夏臨也是，我本就準備調查清楚之後，通通送官。」

她畢竟是個現代人，即使知道兩人犯了死罪，也仍然不願在自己院中動用私刑。她唯一能想到的辦法就是將這些人通通送到官府，由知府去評斷她們的對錯刑罰。

管事見她堅持，便不再說什麼，道了聲「是」便告退了。

他一路回到前院，直接到了書房，求見戚游，將方才在曹覓那邊提及的事一一稟告，著重說了曹覓要求「送官」的決定。

末了，管事詢問道：「王爺，您看呢？」

戚游沈吟一陣，點了點頭。「便按王妃的意思辦吧。你記得找一下趙大人，讓他務必看著這兩件案子。緊要關頭，莫讓那些人拿住了什麼把柄或挑起什麼風浪。」

如今他在京中身分敏感，這種時候，是更傾向於在府中解決的。但春臨、夏臨畢竟名義上是曹覓那邊的人，曹覓做了決定，他也無謂為了一些小事阻止。

管事躬身行禮。「老奴知道了。」

他正要離開去安排，卻聽到戚游的聲音再次響起。

「忠叔，你說，一個人經歷過生死，性情就會大變嗎？」

管事的動作一頓，隨後回道：「依老奴拙見，大約是的。王爺是上過戰場的人，不也能看出新兵與見過血的老兵之間顯著的差異嗎？」

戚游似是自嘲般笑了笑。「也是。」

於是，他沒有再阻攔管事。

他端坐在書案之後，對著滿桌的文書，卻一個字也看不進眼中。

半晌，他幽幽嘆了一口氣，若有所思地喃喃道：「可是這……也實在有些離奇了。」

春臨和夏臨被送入大牢之後，曹覓終於過了一個安生的年。

她原本以為以北安王的地位，到了年節，府中該會十分熱鬧才是。但可能由於北安王最近失了勢，這個年節，她沒有收到任何一份請帖。

曹覓也樂得清閒，按著往年的習慣，將各家的年節禮都送出去後，她就安安心心地陪著三個孩子玩耍。

倒是戚游怕她心裡有疙瘩，還特地來安慰了幾回。曹覓一邊應著「妾身都懂」，一邊在心中暗爽。

但沒輕鬆多久，年節過後，各種事情還是擺到了眼前。其中最棘手的，便是年前南溪和北寺提起的，關於她名下鋪子的幾張契書。

如今，李家已經將契書上提及的貨物都送了過來，曹覓如果不付清尾款便是違約了。這個虧，她可不準備就這麼認下。可是要說到解決之法，她也毫無頭緒。

她甚至就這件事詢問了府中管事的意見，管事也是搖頭。「回稟王妃，若僅憑這幾張契書和那些東西，王妃怕是難以在訴狀上取勝。」

就在曹覓苦苦思索著應對之法時，一個意料之外的人突然送上門來。

自上次寒山寺一別，齊氏突然帶人來了北安王府。

曹覓正在為店鋪的事情頭痛，原本不想見她，最後還是看在長輩的面上，將她請進了院子。

兩人皮笑肉不笑地寒暄了幾句，齊氏突然道：「王妃，您和王爺開春便要離開京城了吧？」

曹覓點了點頭。「舅母不是早知道此事了嗎？」

也就是年前，關於北安王就封的事情突然有了定論，曹覓跟著戚游往前院接了聖旨，他們一家前往遼州成了板上釘釘的事情。

齊氏捂著嘴恭維道：「哎喲，還好舅母早給妳通了信，這段時間，準備得差不多了吧？」

曹覓根本懶得應她，敷衍著「嗯」了一聲。

齊氏見她沒了興致，乾脆直接進入正題。「其實啊，舅母這次來倒是真有些事。」她道：「王妃一家若要離京，妳在京城中的幾間鋪子，該是準備脫手吧？」

曹覓點點頭，突然來了興致，想看看她葫蘆裡賣的什麼藥，於是陪著笑作戲道：「嗯，是有此意。」

齊氏轉了轉掌間的大金戒。「舅母是想著，肥水不落外人田嘛！妳賣給外人也是賣，賣給舅母也是賣，乾脆就賣給家裡人，全了咱們兩家的情義。」

曹覓嘆了一聲。「我是想著顧全兩家的情義，可年節時，舅母連年禮都沒回，我還以為，舅母是想與我斷了干係呢！」

齊氏面上的笑顏僵了一瞬，很快反應過來，驚訝地反問道：「啊？妳沒收到我府上送來的年禮？唉呀，那些吃白飯的，可能是忘記往王府送了。」

「哦？」曹覓又問：「我是知道舅舅、舅母對我的關切，不知道舅母準備了些什麼東西？」

齊氏便笑道：「妳舅舅現在就妳一個外甥，哪裡能虧待得了妳？南海的珍珠、東邊的毛尖、高原的犛牛皮，都給妳備得足足的。」

曹覓點點頭。「如此，我就先謝過舅舅、舅母了。」

齊氏僵硬地點點頭，頗有些咬牙切齒地說道：「嗯，我回去就讓他們將東西都送來。」

說完這句，她不敢再讓曹覓開口，急急接道：「那咱們也該聊聊正事了，之前說的那幾家鋪子啊……」一邊說著，朝著跟過來的小廝招招手，小廝會意上前，獻上一個小木箱。

齊氏將木箱打開，只見木箱中整整齊齊地碼了好幾十錠銀子，乍一眼像要閃花人眼。她道：「咱們一家人不說兩家話，今日舅母可是將銀兩都帶來了，妳可不能將店鋪捨給其他人。」

那木箱中的銀子看著多，可曹覓粗粗估算，知道差不多就二百兩銀子。

她名下那幾家鋪子雖然現在經營得差了些，卻都位於京中最繁華的幾處街道上，年前找人估過價，連同鋪子中的存貨與一應什物，最摳門的商人都報了不下五百兩的數。

曹覓面上不動聲色，內心卻冷笑一聲。這舅母打的好主意，分明是想用區區二百兩紋銀，就將她的鋪子吞下。

曹覓正想著如何與她狠狠清算一回，突然心生一計，做出一副傷腦筋的模樣，道：「那些鋪子我是打算脫手，但還沒找人問過行情——」

齊氏知道原身半點不通經營，聞言急忙打斷道：「唉呀，舅母還能坑了妳不成？再說了，咱們一家人，給舅母不就跟還在妳手上一樣嗎？」

曹覓猶豫了好一會兒，才在齊氏的不斷勸說下點了頭。「既如此，便都與舅母吧。」

齊氏連連點頭，直誇她懂事乖巧。

曹覓又道：「那我們找個日子，到官府中將店契的事情……」

「哎，別別別！」齊氏擺手拒絕。「不過是小事，怎麼需要勞動妳去官府一趟。我恰好認識個衙門中的文官，改日我約他到王府，咱們悄悄將事情辦了便是。」說完，她還特意囑咐道：「典賣鋪子可不是什麼好事，對妳的名聲不好，妳可千萬別聲張出去。」

曹覓配合著點了點頭。

齊氏不願將事情聲張哪裡是為了她的名聲考慮？她用二百兩哄騙了外甥女手中的店鋪，可不敢將這事傳出去，壞了自己的名聲。

但她此番行徑也恰合了曹覓的打算，所以曹覓裝作什麼都不知道的模樣，點頭應了下來。

第十八章

過了幾日，曹覓領著南溪和北寺往幾家鋪子跑了一趟。

幾家鋪子因為之前發生了夏臨的事，年前就已經關了。事情還沒有聲張出去，外人只道因著北安王一家要離京，所以鋪子才閒置了下來。

曹覓到了鋪中，匆匆看過幾眼，便對著南溪道：「帶我去庫房。」

雖然這些鋪子歸在原身名下好幾年，但原身從沒親自過來看過，曹覓對這些也談不上什麼感情。

她此行造訪的第一個地方是一家糧鋪。他們一行來到庫房，只見到倉庫中堆滿了糧食。其中大部分是之前李家送來的貨物，還有一小部分則是店鋪中原本就積存下來的東西。

她查驗了下，發現庫房中的糧食種類不少，但真如北寺之前所說，有一半多是陳年的稻米、小麥和豆子。這些東西在京城不僅賣不出價錢，也遠遠抵不上契書上的款項。

所幸，曹覓也不需再為此事操心了。

幾日前，齊氏登門為她解決了這樁事。契書是以鋪子的名義簽下的，在這個朝代的法律中，那些尾款的債務會隨著店契一起轉到齊氏名下。

曹覓查驗過後，向南溪要來了鎖頭和鑰匙，裝作傷感的模樣，走在一行人最後，親自鎖上了倉庫的大門。

沒有第二個人知道，她在鎖門的時候，意念一動，將滿倉的糧食直接收進了自己的空間之中。

這個從穿越以來一直沒能發揮什麼作用的隨身空間，此時化身為曹覓的私人倉庫，巨口一吞，將價值幾百兩的糧食盡數收入腹中。

之後，她依樣巡視了其他幾間鋪子，收走了鋪中所有有價值的什物。

等她回到王府時，空間中已經多出了價值兩千兩的物資。

好在她隨身空間中的家保留了原本的地下室，不然這十幾萬斤的糧食和好幾萬疋布，她還真不知道塞哪裡去。

隔日，齊氏喜氣洋洋地上門與她過了店契，接收了她名下所有的商鋪。

三日後，收拾妥當的北安王府車隊浩浩蕩蕩地出了京城，朝著遼州出發。

越往北邊走，天氣越乾寒。

曹覓一行出發的時候是初春，走了大半個月便撞進淅淅瀝瀝的春雨中。待得放晴，旅程中又多了花香雀鳴相伴。

因為陰雨在車廂內困了好幾日，好不容易挨到天晴，車隊停下休息時，曹覓決定直接到外邊用膳。

孩子們都是第一次出遠門，此時得了自由，路邊一隻尾翎鮮豔的大公雞都能讓他們驚呼半天。曹覓看雙胞胎對牠新奇得緊，便叫東籬給他們各抓了一小把糠米，雙胞胎湊在一處，咋咋呼呼地開始餵雞。

老大戚瑞則沒什麼精神，乖乖跟在曹覓身邊打著哈欠。

曹覓有些擔心他。

上路已經一個多月。旅途中，三個孩子的飲食多多少少受了影響，這也是她最掛心的事。現今看來，雙胞胎沒什麼問題，而好不容易被她養胖了的戚瑞，則肉眼可見地瘦了些。

此時曹覓看見他精神不濟，又想起他近來縮減的飯量，問道：「瑞兒，最近的飯食不合胃口嗎？」

戚瑞朝她看來，曹覓又補充道：「你近來吃得不多，又瘦了些許。」

戚瑞想了想，點頭承認道：「不好吃。」

「在路上畢竟不比在府中。」她想了想。「你想吃什麼，到了下一個城鎮，娘親讓他們去採買好，帶在路上。」

戚瑞認真想了想，回道：「我也不知道，只是覺得近來總吃那些，有些膩味了。」

曹覓若有所思地點點頭。

經過了這番跋涉，王府攜帶的酸菜和臘肉已經消耗完了，雖然沿途經過城鎮也會停下來補給，但翻來覆去總是那幾樣好攜帶的食物，即使王府的廚娘手藝過關，也玩不出什麼花樣來。

正想著，她突然回憶起一種東西，故作神秘地對著戚瑞一笑，道：「待會兒晚膳，娘親給你找些不一樣的。」

說完，她轉向東籬，要她去找廚娘，將之前自己醃製的霉豆腐取一罈出來。

不一會兒，一個黑罈子就被送到了曹覓面前。

霉豆腐，也叫腐乳，早先曹覓還在王府的時候，劉格改良了石磨，她動動嘴皮子，廚房就把豆腐給弄出來了。可豆腐做出來後卻發現，這時代的調味種類較少，她空有豆腐，卻做不出前世的美味；加上幾個孩子都小，不好吃太多豆製品，就將豆腐拋在了腦後。

待到要離開京城前，她想起這事，才指揮了廚房的人，將府中一批帶不走的豆子盡數做成霉豆腐。現在算算，這批霉豆腐已經醃足一個月，可以吃了。

曹覓親自將罈子打開，取過筷子挾出了一塊霉豆腐。

看到這霉豆腐的模樣，曹覓有些無奈。

這批霉豆腐的賣相並不好，且這時代還沒有辣椒，曹覓沒地方找辣椒來醃，只能退而求其次，用花椒和鹽巴混成椒鹽代替。而發酵好的腐乳表面顏色偏橘黃，內裡又是白色，黃白混雜，並不足以勾人的食慾。

曹覓將霉豆腐放在碟中，小心地聞了聞，隨後用筷子稍微挑了點放進口中品嚐。旁邊的廚娘見了，驚呼一聲。「王妃！」

「感覺還是差了點什麼……」曹覓放下筷子，淡定地從旁邊取過水囊灌了幾口，又詢問旁邊的廚娘。「怎麼了？」

「呃……奴婢，奴婢……」那廚娘吞吞吐吐一陣，終於問道：「這東西，可以吃嗎？」

這一批霉豆腐就是廚娘領著人做的，她可明明白白記得，這批豆腐是硬生生被放到發霉長毛才被送進罈中醃製。

她眼看著曹覓將這種「長過毛」的食物送進口中，心中驚詫不言而喻。

曹覓對她點頭，笑道：「當然可以。」

廚娘乘機挑了點霉豆腐嚐了嚐，被鹹得皺眉之後，忽然感受到了回味的豆香，這下才真正放下心。

腐乳並不是什麼貴重的東西，其中最值錢的配料也就是醃製前需要的少量白酒。離開王府前，曹覓醃製了好幾罈，此時也沒有吝嗇，叫廚娘給大家都嚐嚐鮮。

廚娘點點頭，按照曹覓的教導將霉豆腐用作佐料，炒了幾盤野菜，又燉了一些肉。一時間，北安王府的車隊中，飄蕩起一股奇異的鹹香。

戚然早早坐到了桌邊，伸長了脖子眼巴巴地等著上菜。戚安一邊說他沒出息，一邊被他勾得期待起來。

不遠處，泛著豆香的菜餚也被送到戚五和各個兵卒的桌上。

北安王身邊有十個從小追隨他的親信，他們按照年齡大小以一到十為名。這十人擅長的東西不同，分工也各異，曹覓在王府中見過的那個擅長審訊的戚三就是其中之一。

戚五是戚游放在軍營中的一個心腹，這次戚游往遼州就封，除了王府上下，還帶走了隸屬於自己的五百員將士。這批將士分為兩批，先鋒部隊比曹覓他們早出發，先往遼州打點，其他人則由戚五統領，跟隨在王府車隊周圍，也作護衛。

這部隊全是悍將，沒有什麼後勤人員，每日裡一般用隨身攜帶的乾糧解決溫飽，但曹覓知道之後，只要有條件，就會讓府中的廚娘把他們那份也做出來。

此時幾個菜餚端上，戚五饒有興致道：「明明是同昨天一樣的莧菜，怎麼今日味道這樣奇怪？」

有知道原委的下屬笑了笑，回稟道：「聽那廚娘說，是王妃特意賜下的新吃食呢。」

聽了，戚五頭一個挾起那盤放了霉豆腐的莧菜，將菜餚放入口中，想著無論味道如何，自己都得裝出絕世美味的模樣。

但入口後，他卻愣了一瞬。

旁邊另一個下屬期待地詢問道：「如何？好吃嗎？」

「真挺好吃的。」戚五回答。

他原本只想做個樣子，沒想到滋味當真與之前所吃的菜餚完全不一樣。「嗯……很鮮香，好像是豆子？」他疑惑地看了看那盤莧菜。「不對，也沒有啊……」

跟他一桌的人被他的模樣煽動，終於開始朝著那盤菜動筷子。

「咦，真的不錯！」

「老子這幾天吃的都是什麼豬食，膩味死了！今天終於能有頓好的了！」

「花椒，絕對加了花椒！花椒祛濕，最近剛好陰雨不斷，我得多吃點！」

品嚐後，眾人開始你一筷我一箸地吃起來。

戚五手上功夫穩，趁著眾人爭搶的功夫，已經挾到了小半碗。他一邊慢條斯理地嚐著，一邊覺得王妃似乎沒有老六說的那樣懦弱無能。

第十九章

又過了半個月，王府一行來到九昌。

眾人還未進城，就遇到九昌太守家的下人。他們等在入城的必經之路上，替自家主人邀請北安王入府赴宴。

戚游這一路十分低調，很少接受地方官員的示好，但這次他想了想，竟是答應了。

蓋因這九昌是入遼州的最後一座城池，戚游本就打算在九昌停留幾日，做好最後的補給。畢竟遼州雖大，城池卻不密集，加上常年遭受北方戎族的侵襲，各種條件都比較差。

既然要在此處逗留兩日，便不好拂了地頭蛇的面子。

於是，他囑咐戚五找好地方安置眾人，便帶上曹覓和三個孩子在自己一隊貼身親衛的護送下，直接往太守府赴宴。

一入席，曹覓便知道這太守是真花了心思。席間各類菜餚精緻鮮美，對於她這個在王府中吃過當朝美食的人都有十足誘惑。

她以為這太守必定是打著諂媚目的而來，直到傍晚，眾人酒酣飯足之後，她才意識到，太守其實另有目的。

他在席間將戚游一家從頭誇到尾，臨到末了談起正事，又換上了一副愁苦的面容。

「王爺久居京城，有所不知啊，下官這些年真是有苦難言！」

戚游不動聲色，順勢問道：「哦？願聞其詳。」

那太守神情一鬆，訴起苦來。「下官這幾年在九昌城兢兢業業，是半點也不敢鬆懈啊！王爺今日進城應當也看到了，九昌雖然比不上那些大城池，但城中百姓尚算安居樂業。去歲收成不好，下官也是捨了臉皮，跟城中富商周旋出幾十萬石的糧食，才幫助九昌城度過這場危機。」

曹覓有些好笑。

方才進城時，她也注意了下，但她見到的九昌根本不像這太守所言那般平靜，街上盤桓著許多討食度日的乞丐，顯然與「安居樂業」搭不上邊。

但她很快就知道自己想岔了，太守接下來的一番話，道明那些乞丐的由來。

「從去歲起，許多遼州那邊的流民開始南下，其中幾千人便滯留在九昌附近。下官能力有限，也只能保得住這一城的百姓，對於這些人，實在是無能為力啊，只能限制著進城的人數，將大部分的人阻在城外。下官也曾向遼州那邊的長官去信，可是長官回信言道，遼州受災，他也無力管束太多流民。下官又不想將這種事上報，污了上面聖人的耳朵。是以、是以……」

他話說到這裡，沒有繼續說下去，但曹覓也明白了。

這個太守就是趁著招待的機會，想跟即將成為遼州最高長官的戚游說一聲。

即使出發前已經儘量收集了些遼州的資訊，真正從別人口中聽到如今的境況，也讓曹覓有些揪心。

如今正值春天，是耕種的時節，也是青黃不接的時候。如果真如這位太守所言，遼州出現了大批流民，那就意味著遼州有大片土地失去了本該耕種的勞動力，而這些人因為沒有食物，已經到了生死邊緣。

遼州的形勢比想像中更艱難一些。

幾日後，補給完的北安王一行離開九昌。

可能是心理作用，馬車一駛出城門，曹覓就感覺到一陣蕭瑟。遼州與九昌所在的臨州，比起京城所在的錦州，像是有某些看不見的隔閡。

車隊走了小半天，越深入遼州，流民就越多。曹覓偶爾撩開車簾想透口氣，都能看到路邊或站或躺的人。

有些人眼中還有生氣，看著北安王府高大的車馬，眼中會流露出帶著些期待的畏懼。有的人已然拋棄了一切，甚至需要將士們去驅趕，才會避開滾滾的馬蹄和車輪。

也正是有這些將士在，這些流民不敢上前打擾。

但傍晚時，曹覓卻發現自己錯了。

那些不敢靠近乞討的流民遠遠地落在他們車隊後面，徘徊在周圍不肯離去。

戚游找了塊空地，指揮所有的馬車圍成一圈，又讓戚五安排人輪換著在車圈外巡邏值守。

之後，他來到曹覓和三個孩子的車廂前，親自把曹覓扶下車，轉身又去抱三個不能自己下車的孩子，口中安慰道：「今日又要在野外將就一天了，你們忍耐一下，明天我們再趕一天路，就能到最近的平靖。」

曹覓知道他顧忌著這些流民，白日裡不敢放開速度趕路，這才耽擱了日程。她理解地點點頭。「嗯，妾身知曉的。」

戚游彎腰準備把雙胞胎放下，兩個孩子卻緊緊勾住他的脖子。

「怎麼了？」

兩個孩子神情都有些懨懨，沒有回話，只揪緊了戚游的衣領。

三個孩子敏感，一路上也發現了跟隨著的流民，一整天興致都不高。

戚游很快意識到這件事，轉頭跟身後的管事交代了幾句，直接抱著孩子來到下人們整理好的墊子上坐下。

曹覓連忙牽上最大的戚瑞，一起跟了過去。

她到的時候，那邊，父子三人已經開始說話了。

「他們幹麼跟著我們？」戚然癟著一張嘴，有些哀怨地詢問。

「他們都是無家可歸的流民。」戚游沒把雙胞胎當成兩、三歲的孩子，一板一眼解釋得認真。「跟在車隊後面，想要討得一些食物果腹。」

戚安馬上接道：「那快點給他們，打發他們走！」

戚游又道：「打發不了。」

他看到曹覓過來了，索性一起解釋道：「我讓戚五那邊分出了些食物給他們，明日到平靖一趟，敦促太守管理周邊流民，再將他們按籍遣返回鄉，令他們重新安定耕作。」

曹覓聞言點點頭。不得不說，戚游的辦法是目前最有效的解決之道。這些流民本就是地方官員的責任，她雖然動了惻隱之心，但也知道憑著一整個北安王府也救不了他們。

但是她心中隱有預感，戚游的做法不一定能有什麼效果。可她也沒什麼主意，是以並未作聲。

戚瑞突然拉了拉她的手，問：「為什麼他們會『無家可歸』？」

曹覓微愣，腦中一瞬間轉過很多理由，例如遼州本就貧苦，去歲收成銳減的災難導致百姓毫無自救餘力；例如地主乘機發難，低價兼併了貧民的土地；又例如州府的官員尸位素餐，早讓盛朝最北面的這片土地積弊成疾……

但她不知道該怎麼向幾個孩子解釋這些東西，一時沒有回應。

坐在旁邊的戚游見她沈默，開口幫著解釋了一句。「人各有命罷了。」

曹覓嘆了一口氣。「是啊，人各有命。」

她突然有些不甘，問了一句。「他們是盛朝的子民，整個盛朝都是他們的家國，為何到如今卻連一小塊容身之處都找不到呢？」

戚游愣了一瞬，眉頭皺了起來。

曹覓又補充了句。「如果不是人出了問題，那麼就是這個國家出了問題。」

她不想讓孩子沈浸在這種沈重的氛圍中，說完便轉移開了話題。

過了一會兒，東籬端上熱騰騰的飯食，曹覓看到廚娘和另外幾個婢女收拾出幾筐豆渣餅，在士兵的護衛下朝車圈外走去。徘徊在附近的流民一窩蜂地聚攏到她們身邊，邊跪著磕頭，邊伸長手朝她們討要。

曹覓食不知味，匆匆填飽了胃口，便帶著孩子回到車廂，準備早早睡下。

月上中天時，她被戚然搖醒。

小胖墩微紅著臉，似乎還有些不好意思。「娘、娘，我、我要噓噓！」

曹覓強迫自己醒過來，才發現戚游居然沒回來。

尿壺不在他們睡覺的車廂內，曹覓準備帶他到外面解決。她估摸了一下時辰，此刻差不多也是另外兩個孩子會醒來要如廁的時間，如今情況特殊，乾脆把他們一起叫醒。

她敲了敲車門，外邊值夜的桃子立刻發現動靜，進來幫她給幾個孩子穿衣服。

桃子見曹覓眼下青黑，知道她是睏倦的，便道：「王妃，奴婢再叫幾個人伺候公子們去如廁就可以了，您繼續休息吧。」

曹覓搖搖頭。

她總覺得入了遼州之後，幾個孩子比往常更依戀她，她自己也一樣，半點不願讓孩子離開視線。

好在外面流民雖多，但戚游的軍隊一直將這塊空地把守得嚴密，四周點著火把，將士五人一隊來來回回地巡邏著。因此當戚然方便完，跑到旁邊去撿小石頭時，曹覓並沒有多在意，忙著幫戚安穿褲子。

戚然被地上因篝火照耀的鵝卵石吸引，來到附近一輛馬車旁邊。

他剛撿起兩顆鵝卵石，就發現馬車外面坐著一個和自己差不多大的小泥人。只是自己比較胖，身上還穿著暖和的綢衫，而馬車外的孩子瘦得厲害，身上沾滿了土，用來蔽體的衣物破了好幾個洞，鬆鬆垮垮地搭在身上，絲毫沒保暖。

他看見戚然，也不知是害怕的還是餓的，用力地吞嚥了一口。

戚然想了想，在自己懷裡掏了掏，摸出來一塊啃了一口的綠豆糕。

他明顯看出了那孩子的渴望，小手一揮，那綠豆糕就「咚」一下掉到流民孩子眼前。

那孩子又吞了一口口水，小心地靠近糕點，確認是吃的後，將東西緊緊攥在手心，對著戚然深深看了一眼，轉身跑開。

另一邊，曹覓終於幫另外兩人整理好，開口呼喚戚然回去。

戚然應了一聲，起身往回走。就在距離曹覓還有五、六步時，他身後突然傳來一陣嘈雜聲。

幾息混亂過後，是守夜士兵刻意壓低的喝罵聲。

「……你們在搶什麼？馬上離開！」

「那孩子怎麼了？不動彈了……剛你不是故意沒趕他，讓他靠在車輪邊取暖嗎？」

曹覓皺了皺眉，故意讓自己不去聽那些動靜，上前抱起戚然，只想快速離開這裡。

定在原地的戚然被抱起來後，毫無預兆地發出驚天的號哭聲，驅散了周圍人昏沈的睡意。

第二十章

這天夜裡，戚然哭了很久。

他平日在府裡就愛哭，但曹覓已經摸清了他的小脾氣。被戚安欺負後的憤怒哭泣，受了委屈找母親要安慰的哼哼唧唧，不滿意時雷聲大雨點小的乾嚎……

但他從沒有一次像這天夜裡一樣，哭得這樣毫無理由，卻拚盡全力。

曹覓花了好一番功夫才弄清楚來龍去脈，讓人去將那個流民孩子接了進來。

那孩子昏過去了，手裡還捏著一丁點糕點渣。

她大概知道是怎麼一回事了。

她給幾個孩子講的故事裡，偶然會宣揚些助人為樂的美好品德。戚然難得做了次好事，結果竟發現是害了人家，這哪裡是一個不到三歲的孩子能承受的。

曹覓心疼地將他抱在懷裡，拍著他的背幫他平息著哭嗝，一邊用眼神示意東籬將人帶下去好好醫治。

隔日，下人們收拾完畢，車隊繼續往平靖出發。

這一日便順利了許多，他們在半路遇到了平靖過來接他們的官員，還有已經在遼州安頓下來、戚游軍隊的先鋒部隊。

那些流民似乎對平靖有什麼顧忌，最固執的也只繼續跟了一里，見他們直直往平靖去便停下了腳步。

曹覓將一切看在眼裡，暗暗嘆了口氣。

進入平靖，戚游將他們安頓在一處院落中，自己很快離開。曹覓看著院子內外四處巡視保衛著他們的兵卒，心中有些惴惴。

但一切似乎都是風平浪靜的模樣，除了當天夜裡戚游並沒有回來，一切與他們在其他驛站中的經歷無異。

入了夜，休息了一下午的孩子們沒有睏意，曹覓就帶著他們在院子裡看星星。

幾人的話題不可避免地繞到那個被救下的小孩身上。

「這就是爹爹說的，人各有命。」戚瑞突然道：「我們與他們本是不同的，戚然就不該多管閒事。」

戚然在旁邊癟了癟嘴。他敢和雙胞胎哥哥戚安吵架，卻不敢出聲反駁這個說話一向很有道理的大哥。

曹覓卻搖搖頭，捏了捏戚瑞的小臉，突然說道：「有一個富人想要兒子理解貧窮和富裕的差距，帶著他來到郊外最貧窮的一戶人家中借宿。幾天過後，富人驕傲地詢問孩子，『怎麼樣，你現在知道我們和那些貧民的差別了吧？』孩子就點點頭，說：『是的，父親。』富人很開心，又問：『那你說說，都有些什麼差別？』

「那孩子回答說：『我們住在一個四四方方的大院子裡，但這家人睡在一整個遼闊的平原上。我們家中挖了三口井，可這家人取水的河流由西往東，看也看不到盡頭。夜裡我們點起蠟燭，而這家人用一整片天空的星星照明。』」

故事說完，曹覓摸了摸戚瑞的髮頂。「瑞兒，每個人的命運確實不同，但我們生活在同一片蒼穹之下，用星光照明的人，並不比點得起蠟燭的人低賤。」

戚瑞嘟了嘟嘴，似乎想反駁，但半晌都想不出什麼理由。

老二戚安於是問道：「娘親要如何處置那個人？」

曹覓其實也沒想好，不過人已經救下了，她也不會隨便把他丟了。於是回道：「暫且先帶走吧，之後怎麼安排再看。」

戚瑞終於想到什麼，開口道：「被戚然的糕點一砸，他的命運就不同了。」

戚安贊同地直點頭。「我就說了，他運氣好！」

曹覓好笑地搖搖頭，將戚然抱過來，看著他在自己懷裡打了個哈欠，便問道：「睏了嗎？」

戚然點點頭。「娘，我們去睡吧。」

曹覓點點頭。「嗯，回屋裡去吧。」

這天晚上，他的興致一直不高，甚至沒有碰旁邊案上的水晶糕。

曹覓看著他，也不知怎的，一個念頭突然躥進腦海。

她頓了頓，試探著說道：「要不，我們把一路上所有沒了父母親人的孩子都接走吧？」

她越想越覺得可行。「他們沒有了依靠，就算你們爹爹真的讓太守將他們遣送回鄉，他們也沒人照顧了。」

戚然驀地抬頭看她。

老大戚瑞腳步一頓，很現實地問道：「那會有很多人的，養得起嗎？」

曹覓回憶起空間中那批糧食，笑了笑，道：「沒問題，再多一些也可以。」

戚瑞詫異地看了她一眼，見她不似說笑，終於點了點頭不再說話。

母子四人在院中安穩地住了兩日，第三天清晨，戚五親自帶著人來接他們。

這時候，曹覓才知道，戚游這幾日一舉肅清了平靖的貪官，盯著臨時頂上的人將流民的事情辦了，這才準備繼續出發。

她一路見到那麼多流民，原本不信這些官員能做出什麼好事，當時聽到戚游那番話，只覺得未必有效。也是直到這時，她才發現戚游也不相信他們。

他沒有讓他們扯皮，反而快刀斬亂麻，直接把那些貪官拉下馬。

這分魄力讓曹覓肅然起敬，但同時也有些擔心。遼州本地的勢力經過他這番示威後，肯定會有所反應，她不知道戚游是否做好了應對的準備。

好在戚游早有打算。

他只是在平靖城中做了番殺雞儆猴的動作，而接下來路過的幾個城池中，簡直像換了一個人一般，與那些官僚們推杯換盞、把酒言歡，努力向遼州的本地勢力傳遞善意。

這樣的效果出奇地好，一個月後，當他們走走停停，終於來到此行的目的地——遼州康城時，曹覓歇下不到半天，就接到康城幾大世家送來的拜帖。

曹覓粗粗瀏覽過一遍，便將請帖都交給東籬，讓她過陣子看著安排。

初到康城，她有非常多的事情要處理。

府中的事倒是不必她多擔心，戚游的人早過來收拾了一遍，其餘的，府中的下人自會打點好。

令曹覓頭疼的是她準備收留的那些流民孤兒。

那夜裡雖然發下豪語，但真看到幾百雙充滿希冀的眼神，心中還是十分有壓力。

不過很快，管事給她取來地契若干，讓曹覓終於嚐到了此次就封的一點甜頭——北安王府有地，有很大的地！

也不知道是不是把北安王派到遼州這破地方有些難看，皇帝在劃地盤這件事上完全沒吝嗇。

也是，北邊的戎族每隔幾年就過來搶一次，遼州比起五十年前已經少了三分之一的地盤，也不知道什麼時候這剩下的三分之二就沒了，老皇帝當然給得大方。

都是燙手山芋啊！可這些東西在這個時候，卻是真的解了曹覓的燃眉之急。

她試探著詢問道：「呃……王爺的意思是？」

管事恭敬回道：「王爺知道王妃近來一定為安置那些人發愁，所以將這些地方都劃給了王妃。正好這些地都荒著，王妃可以再收攏一些人，著手開荒。」

曹覓之前的打算雖然只是收攏孤兒，但禁不住那些完全沒了希望的流民甚多，他們一聽到風聲便緊緊跟在車隊後頭，再也趕不走了。

於是，在進入康城之前，她已經養了一千多張嘴了。這其中，只有不到兩成是孩子，其餘皆是成人，其中還有不少是年過半百的老者。

這些人即使每天吃的是最廉價的豆渣餅，一日日下來也是不小的消耗。

曹覓在心中計算一番，點頭道：「多謝管事跑這一趟。如果已是深春，確實該快點安置好他們，抓緊趕上夏耕了。」

管事道了句「都是老奴分內之事」，便自行離開了。

之後，曹覓便找來北寺，要他去向戚五借點人，將那批流民先領到封地上一處名為「容廣山莊」的地方安置下。又找來南溪，讓她備下那一千多人需要的緊要物資，再為染病受傷的流民請大夫診治。

北寺很快領命離開，南溪卻苦著臉道：「王妃，東西和大夫倒都不難，但……要再繼續養著他們，府中的糧食就該告急了。是不是先撥一些款項，購置一批糧食？」

曹覓搖搖頭。「遼州的糧食貴，早在到這裡之前，我就找了幾個商隊，叫他們為我往回跑一趟去臨州那邊收糧食。算算時間，這兩日也該來了。妳帶人將容廣山莊內的兩處糧倉收拾出來就行。」

南溪微愣，隨即在心中讚嘆了曹覓的周全，應了聲「是」便直接告退。

在她離開後，曹覓悄悄鬆了口氣。

商隊的事確實是真的，但她採購的主要東西卻不是糧食，而是一些基本的草藥、沒人要的羊毛，還有其他一些調味品。

總之，商隊只為掩人耳目。糧食？她空間中的那些足夠讓那些人安穩度過這個最艱難的時候了。

過兩日，她只要以視察的名義到山莊裡走一圈，將糧食陳倉暗渡幾回，問題便解決了。反正她找了好幾家商隊，誰也不知道對方帶來的是什麼。

將一切梳理過一遍，曹覓對著東籬吩咐道：「妳去將劉格還有府中新請到的那些匠人，都給我叫來。」

趁著東籬離開的空檔，她回屋換了件衣服，順便將自己這幾夜在空間中描摹的幾款改良農具圖紙取了出來。

這些東西有的是她照著院子裡的農具畫的，有些是從工具書的邊邊角角裡扒拉出來的。劉格和府裡的匠人比她懂得多，曹覓相信他們看了應該就能自己摸索出來。

很快，劉格一行人到來，曹覓將圖紙一分，簡單地說了說具體的目的。

「眼看這都四月了，春耕已經過去了，山莊只能趕著夏耕。」曹覓說著說著，自己也意識到緊迫，喝了口茶繼續道：「你們看看有沒有什麼辦法，量產出一批農具來，解決了開墾的當務之急。」

劉格已經裝上自製的假肢，聞言起身同她行禮，口中道：「王妃濟弱扶傾，拯救遼州千百流民。小人深知王妃仁心，必定竭盡全力。」

曹覓點點頭，笑著目送他們離開。

接著，她開始頭疼另一件事——工具有了，怎麼把空間裡那些個種子過個明路呢？好些種子在這個朝代根本還沒出現啊！

曹覓只得先將種子的事情放下，在新王府中坐鎮了幾天，解決了一些需要她親自主持的內務，便帶著已經趕製出幾種基礎農具的劉格，準備往容廣山莊走一趟。

路上，她邊與劉格交流，邊張望著四處的風景。

馬車出了康城一路往東走，行了大半個時辰，如今已經踏上屬於北安王府的土地。

劉格向曹覓介紹道：「最緊要的耕犁與耖具，我們都已經摸索到了製作方法。這些東西做起來不難，但在府中無法量產。小人準備在山莊中逗留幾天，指導那些人當場再製作一批。」

曹覓心不在焉地點點頭。「還是劉師傅考慮得周到，只是這樣一來，就要辛苦劉師傅了。山莊不比府中，條件更艱苦些，我待會兒給你留個小廝吧。」

劉格趕忙搖搖頭。「多謝王妃關心，小人此次已經帶了兩個學徒，有他們照顧小人就夠了，不敢勞動王妃的人。」

曹覓知道他喜歡清靜，於是不再堅持。

談完了農具，她指了指馬車外一處引起她注意的地方，問道：「劉師傅，你見多識廣，可知道那些是什麼東西？」

劉格湊前一看。「回王妃，那丘陵離我們有些遠，小人看不太清楚。但小人猜測，那應該是薑石。」

「薑石？」曹覓恍然大悟。

薑石是一種民間稱呼，這種石頭，其實就是石灰石。

曹覓記得那個地方也在戚游的封地之內，暗自嘀咕道：「若那一片都是薑石，倒是一筆大財富……得想辦法利用起來……」

沒辦法，自己現在有點缺錢。

收攏那麼多流民是在她的計劃之外，在流民真的做出點貢獻之前，曹覓必須一直花錢養著他們。再加上種地除了有人有地還不夠，耕地必備的農具、肥料、水利，哪一樣不是得緊著安排上？

也就是原身姊姊能幹，死後給原身留下了一大筆財富，而王府中各項開支又都有戚游頂著，曹覓才能直接大手一揮，將千餘人都留下來。

她最近也在琢磨來錢的法子，且是來錢快的法子，好度過這段只進不出的日子。

突然，她靈光一現，又問劉格。「這遼州境內能找到黏土嗎？」

劉格似乎有些奇怪她為什麼這麼問，但仍舊認真回答道：「回王妃，必定是有的。遼城這邊黏土豐富，本朝太祖時期，威懾四方，北面戎族不敢來犯，遼州也太平。那時候，正是因為遼州黏土多，甚至在北邊的暨樂城還設置過一處官窯。」

曹覓點點頭。有了石灰，又有了黏土，那她來錢的路子就有了——水泥！

古代人民早就會煅燒石灰石用於建築房屋了，但現代常用的水泥，卻是要到十九世紀，才被發明出來。

其中的關鍵，就是黏土。將石灰石和黏土按比例混合後送進窯中燒製，之後再研磨成粉，就能製成相當好用的水泥了。當然，現代的水泥製品中還含有其他一些添加劑，但是並無妨礙。

想到這個點子，曹覓眼睛發亮，便也不客套，直接說道：「山莊的事如果不急，你讓府中其他匠人去做。我近來有個想法，過兩日你得了空閒，回王府來找我，我對你另有別的安排。」

劉格愣了愣，點頭道：「是，小人知道了。」

沒想到過來山莊一趟，還有這樣的意外收穫，曹覓的心情陡然間輕鬆了許多。

又過了個半個時辰，他們來到容廣山莊的大門前。

南溪和北寺得知她要過來的消息，已經在門口等著，一邊為曹覓帶路，一邊為她解釋山莊中的情況。曹覓聽他們有條不紊地訴說，心中也漸漸有了底。

這幾天，他們先是帶著流民將山莊中幾處還能用的院子收拾出來，充作暫時的安身之處。之後又按照曹覓的教導，請了大夫，同時將所有身體不適的人集中送到另一個院子照顧。

於是曹覓到了流民聚集的地方時，看到的流民已經變了一副模樣。

他們已經清洗過，也換上了南溪統一採購的粗麻衣，雖然樣式簡單，但總算能蔽體保暖。

最重要的是，這些人眼中重新燃起了對未來的希望。

他們在路上見過曹覓的樣子，她到了之後，所有人都跪下來給她磕頭，感謝她救了性命。

曹晃哪裡見過這樣的陣仗，連受人跪拜都不太適應，見狀也不敢再往裡走，只帶著南溪他們轉頭離開。

確認了那些流民的狀況，她需要處理另一件重要的事。

南溪將她帶到山莊南面，指著一條橫穿山莊的河流說道：「按照王妃的吩咐，已經找有見識的老農看過了，劃出了臨河一大片最適宜耕作的土地。如今山莊中能耕作的成年男子有近四百人，這塊地由他們操持，今秋就能產出糧食。」

曹晃滿意地點點頭道：「嗯，如果沒問題的話，這兩天就可以安排他們開始開墾了。農具這邊劉師傅帶了小部分過來，少的讓他們現場造一些。至於種子，妳把糧倉收拾出來沒有？商隊該送過來了。」

南溪點點頭。「這幾天已經有兩個商隊來過了。只是奴婢依照王妃的吩咐，沒有進去清點，所以，並不知道那裡面有沒有種子。」

肯定沒有啊！

雖然曹晃暫時沒辦法把現代那些作物拿出來，但空間中還有許多之前在京城倉庫中取走的良種。李家雖然在契書上做了手腳，弄了大批陳糧來，但其中也混了不少真正的好東西充門面，她夜裡進空間點過，那些良種足夠用來播種了。

「嗯，我們過去看看吧。」

她得找個機會，趁神不知鬼不覺將空間中的種子偷偷放進去！

南溪見她心情似乎十分愉悅，便又說了一個好消息。「王妃仁心。那批奴隸知道王妃願意留下他們，心中都十分感恩，還懇請我一定與王妃轉達他們的感激之情呢。」

曹覓腳步一頓，疑惑道：「奴隸？什麼奴隸？」

第二十一章

白氏醒來時，天剛矇矇亮。

她看了一眼旁邊還睡得沈的小兒子，輕手輕腳地下了床。與她同屋的幾個婦人也在差不多時間睜開了眼，幾人默契地用眼神打了個無聲的招呼，穿好衣物，出門忙碌。

一個時辰後，白氏端著一小碗粟米粥和幾塊豆渣餅回到屋內。小兒子已經醒過來，自己穿了衣服擦了臉，坐在床上等著她。

白氏見狀笑了笑，感覺忙碌了一早的疲憊都散了不少。

「娘。」小兒子輕喚了聲，探頭看她手中端的食物。

白氏將東西放好，轉頭摸了摸他的頭。「今日有你盼了好久的粟米粥喝。」

聽到這個好消息，小兒子面上也露出了笑意。

兩人享用起早飯。孩子吃得快，把粥與自己的豆餅吃完後，突然詢問道：「娘，今天我們是不是要幹活了？」

「你聽陳嬸說的？」白氏點點頭。「嗯，昨天山莊裡的管事來叫人，我們從今天開始要去開墾田地了。」

坐在她對面的孩子年紀雖小，但早見識過農活的艱辛，得到肯定答覆後興致不高地

「嗯」了聲。

白氏見狀皺起眉，放下吃了一半的豆餅，嚴肅教育道：「山莊的主人救了我們，給了我們活命的機會，以後我們便是此處主人的奴隸。主人家要我們幹什麼，我們不僅不能有怨言，還要拚了命去做，知道嗎？」

那孩子嘟著嘴。「以前爹爹不是說過，死都不能為奴嗎……」

「所以他才死了！」白氏突然激動地站起來，嚇了小兒子一跳。

她眉頭緊皺，雙眼卻滿是哀傷。「記得我們前陣還在路上乞討的時候嗎？那時我就想領著你進城賣身，尋條活路，可人家連城門都不讓我們靠近！要不是王爺王妃的車隊恰好路過，我們娘兒倆就得和你爹、你大哥一樣，活活餓死在路邊！」

小孩被她嚇得一愣，回過神來後點點頭，乖巧道：「娘，我知道了……」

白氏愛憐地摸摸他的頭，但出口的話還是嚴厲。「不，你光知道還不夠。」她一字一頓囑咐道：「不僅要知道誰是我們的主子，更要拚盡全力做好每一件事！我們幼兒寡母，不比隔壁床的陳嬸，還有兩個已經成年的兒子可以依靠。咱們沒力氣，開不了荒，下不了地，所以更要主動些！主動找活兒幹，主動使盡力氣，懂嗎？」

小兒子雙眼含淚地點點頭。

「如今我們還沒正式簽下賣身契，能不能留在這裡還是個未知數。」白氏心疼地將兒子攬進懷中。「有根，這裡是我們唯一的活路，我們一定要留下，給王妃當農奴！」

小兒子在她懷裡點了點頭，堅定道：「嗯！一定留下，給王妃當農奴！」

白氏見他明白，笑了笑，又抓起盤中僅剩的半塊豆餅。「嗯，你明白就好。來，把這個吃了，我們差不多要出門了。」

那孩子有些渴望地看了眼豆餅，還是搖搖頭。「不了，我都吃飽了，娘自己吃。」

白氏想了想，將餅揣進懷裡。「待會兒肯定要幹活了，你別亂跑，如果餓了，就過來找娘，娘再偷偷給你吃。」

兩人正說話間，外面傳來婦人的呼喚聲。白氏應和一句，收拾好便帶著孩子出了屋子。很快，一千多個流民，除了那些還在病床上下不來的，盡數都到了河邊的田地上。

北寺依照計劃將人們分成十組，又分別帶到了各自需要負責的田地前。一千人的隊伍被打散成十個百人小隊，更容易管理。

白氏所在的小組被一個名叫齊山的王府小管事帶領，來到最西邊的一塊田地上。

齊山先是跟眾人打了個招呼，介紹自己便是接下來管理他們這一組的大隊長，便說起了今後的安排。這些安排都是曹覓早先帶著南溪和北寺定下的，他只要與眾人交代清楚便可以。

他說完後，也不知道眾人聽懂了沒有，便問道：「有什麼問題嗎？」

半晌，終於有人怯怯地問道：「呃，齊管事……」

「別叫我齊管事。」齊山笑了笑，糾正道：「叫大隊長。」

「嗯……大隊長。」那人嚥了口唾沫，「就、就是種子啊、鋤頭啊這些，要怎麼辦？」

「這些山莊都會置辦，你們放心。」齊山回答。「你們有福氣啊，我昨天看過種子和耕犁，種子是良種，耕犁那就更厲害了，聽說是王妃特意吩咐做出來的，一翻，一大片土就能被翻起來，什麼石塊草根都是小事。」

說完好的，他也不忘把壞消息說一下。「不過，這耕犁有些不夠，咱們待會兒得派些人跟府裡的匠人一起再做一些。」

眾人點頭，口中唸著「王妃仁慈」，接著又問起其他耕作的事。這其中好些是齊山一開始就說過的，但農人第一遍沒聽懂，再次提起，齊山便更簡潔地解釋了一遍。

白氏原本混在人群中，越聽心中越焦急。終於，她逮住了一個空檔，喊了一聲。「我，我有問題。」

齊山朝她看來。「妳說就是。」

白氏紅著臉低下頭，但仍開口道：「大隊長，我方才聽你說話，似乎沒聽到對孩子的安排。」大概是「孩子」這個詞給了她勇氣，她將自己年僅七歲的孩子往前推了推。「你別看我家孩子還小，他從小在田間混，什麼事都能幹一點，吃得也少。」

解釋完，她帶著點哀求道：「求求隊長給他找點事做，每日捨他一點豆餅就可以了。我們母子都可以為王妃做牛做馬！」

她這番話一出，周圍所有孩子便都緊隨著喊道：「我們可以做活，求隊長給份差事！」

這個隊伍中，像白氏這樣帶著年幼兒女的寡母並不多，隊伍中有十幾個孩子，可大都是孤兒，此時有了白氏帶頭，他們便都朝齊山求起恩來。

齊山趕忙後退了兩步。「這……不是，你們就算求我，我也沒辦法給孩子們安排活兒啊……」

白氏聞言，哀求道：「隊長，幫幫忙吧，求求王妃給我兒子一條生路啊！」

「不是，」齊山見她似乎要跪下，連忙把她扶住。「不會趕走這些孩子的，王妃說了，孩子們要是願意，那就在田裡幫幫忙，但是必須是在課業之後，而且不能勞動太久！」

白氏沒聽懂他的話。「啊？」

「唉呀，孩子不是我們這邊負責的啊！」齊山頭痛地抓了抓後腦。「孩子是南溪管事那邊負責的啊。但他們不能幹活，不是因為王妃不要他們，是因為他們得到學堂去識字啊！」

「學堂？識字？」白氏終於反應過來了。「你是說，我的孩子……能去識字？」

齊山點點頭。「六歲到十三歲的都得去學。這位娘子且放心吧，王妃不會將孩子們趕走的。」

白氏確認完，喜不自禁地點點頭。

這一次，她直接跪下朝齊山猛磕了幾個頭，周圍有孤兒見狀，也跟著跪下。

白氏邊跪，口中邊道：「多謝王妃、多謝王妃！王妃是活仙人，小婦人願帶著孩子，生生世世給王妃做農奴，為王妃種地！」

她說完，這才滿臉淚痕地站了起來。

齊山見她平復，心中不由得鬆了一口氣。不過他回憶起方才白氏的話，又說道：「呃……還有一點，我要解釋清楚。王妃說，她不是把你們弄回來當奴隸的。」他在眾人驚疑不定的眼神中又說道：「王妃說了，前兩年沒辦法，山莊什麼都沒有，還要養著這麼多人，大家只能在一處耕種，吃大鍋飯。但是兩年之後，表現好的人家可以申請自己出去圈一塊地，像普通佃農一樣，每年交稅就可以了。反正就是，你們都是自由身，不是什麼奴隸。」

他這話一出，周圍詭異地安靜下來。眾人只呆呆地站著，艱難地消化這個消息。半晌後，不僅是齊山這個隊伍，田地上十個小隊，陸陸續續爆發出驚天的哭喊與歡呼。

南溪籌備著學堂的事，到田裡時已經比較晚。她看到成年的農人已經忙開了，六歲到十三歲的孩子則被北寺聚集了起來。與北寺打了個招呼，南溪便將孩子們點過一遍，確認無誤後，帶著所有孩子們往學堂走去。

就這樣，容賡山莊中第一所初級教育學堂，磕磕絆絆地開學了。

即使早在曹覓的指導下，將學堂的計劃梳理過幾遍，真正上手時，南溪還是發現許多棘手問題。

她看著端正坐在書案後，滿臉乖巧的孩子們，一邊在心中嘆了口氣，一邊執筆疾書，將遇到的難題都記錄下來。

三天後，這封求助信被送到了曹覓面前。

「十歲以上的男女分席，女夫子緊缺。」曹覓皺著眉頭看信，邊看邊唸。「夫子暫時由山莊內識字的下人擔任，教習字尚可，但王妃發下的新知識，這些下人也難以看懂，更別提教學……」

將信看完，曹覓頭痛地揉了揉額角。

來了，人才緊缺的問題來了！她想了想，提筆給南溪回信。

她寫著寫著，又嘀咕道：「嗯……既然新知識夫子都吃不透，那就先放著吧，先教寫字就行了。之後還是得找個機會，由我來給他們親自培訓。不就是小學數學嗎？我好不容易在空間找到的小學課本，照著抄下來的，按理說沒這麼難吧？是一時接受不了阿拉伯符號嗎？

「女夫子？從府裡再派點識字的婢女過去？不行啊，東籬前幾天還跟我提過人手不足呢……嗯，這個先等等，得找管事，看看戚游那邊能不能再弄一批優秀的人才過來……」

寫完回信，她又檢查一遍，確認無誤後便將它與另外幾封信一起交給東籬，找人給山莊送去。

她這邊剛結束，桃子就在外面催道：「王妃，您準備好了嗎？時辰差不多了，王爺讓我過來喚您，客人快上門了。」

「嗯，我換件衣裳，馬上過去。」曹覓回應道。

近日，曹覓一家總算在康城中安頓下來。前些天，消失了一段時間的戚游回到府中，與她提起宴請遼州本地世家的事情。

曹覓自然沒有什麼意見，與管事協商後，就將宴會的日子定在今天。

再過一會兒，這些遼州的世家就要登門赴宴。

宴席分為前後兩個部分，戚游在前堂接待男客，曹覓則留在後院，招待女眷。

為了迎客，她換上了一套十分繁瑣的正妃裝束，真金鑄造的步搖壓得她脖子有些疼。好在她剛來到宴客的廳中，客人們就陸陸續續地上門了，曹覓連忙與各家夫人小姐寒暄起來。

遼州不比京城，隨便一個有權有勢的人家都不把失勢的北安王府放在眼裡，順利就封的戚游是此地的「土皇帝」，受邀前來的每一個客人面上都帶著笑意，至少明面上把恭敬做足了。

曹覓早做過功課，雖然覺得與剛見面的陌生人互相客套著實有些尷尬，但總體而言一直表現得很好，沒有出岔子。

但其實她一直在暗自保存精力，準備迎接最後的「重頭戲」。

來得早的客人都是些地位比較低的人家，不敢拿喬。越是尊貴的客人，來得就越晚。在遼州，戚游就封之前，只有三家人真正站在權利的頂峰。這三家分別是秦家、方家和司徒家。

秦、方兩家關係好，不僅在遼州勢力大，也有嫡系旁支在京城為官。相比之下，司徒家則弱了一些。他們本是北面的一支戎族，因祖先追隨本朝太祖立下過汗馬功勞，才被賜了複姓，留在盛朝。

也因出身所累，司徒家自始至終無法往權利中心再進一步。但幾百年來，他們將精力都投注於遼州一域，也有了與秦、方兩家抗衡的底氣。

方家是三家中最先到的。當家的方夫人穿著一套碧色紗裙，手中挽著自己荳蔻年華的親閨女。她不僅長得柔美，行事說話也讓人如沐春風，一點架子都沒有。與曹覓客套了幾句之後，便在婢女的指引下入了座。

解決完一個，曹覓稍稍吁了一口氣。

但很快，她又開始頭疼起來。

秦家和司徒家似乎誰也不願讓出「最後入場」的名額，磨蹭到實在非進門不可之後，竟是並肩一起進來。

秦家主母長著一副標準的美人臉，過高的顴骨雖然無損她明豔的姿色，但讓她看起來有些刻薄，加上此時微蹙著眉，看起來完全就是一副「我不好惹」的模樣。

司徒夫人年紀是三家夫人中最長的，眼角有些細紋，看起來頗為精明。她靠近後，瞇著眼打量曹覓的模樣，讓人有些不舒服。

因為這兩家是踩著點過來的，曹覓簡單地打過招呼，便請她們入了座。

座位安排也有講究，曹覓在主位，秦家和方家的人坐在她的左手邊，而司徒家則被安排在她的右手邊。

眾人坐定，王府中的丫鬟便捧著膳食入內，曹覓清了清嗓子，端起酒，起身敬了眾人一杯。

清酒入喉，廳中的氛圍終於活躍起來，眾人開始三三兩兩圍在一處，與左右相識低聲說話。

很快，主位這邊也響起了交談。

大概是看在她的面子上，秦夫人和司徒夫人並沒有太過分，反而一起與她聊了家中閒事，除了偶爾夾槍帶棒互嗆幾句，也算得上其樂融融了。

酒正酣時，看似已經與她十分親近的秦夫人突然握著曹覓的手，道：「王妃聰慧又有仁德，教人敬佩。但我有一事，不得不提醒王妃啊！」

曹覓還沒反應過來，順口問道：「何事？」

秦夫人便端正了神色。「我聽說王爺後院空置許久，僅有王妃一人。」

曹覓點點頭。

「王妃可知，此事可是一個巨大的隱患啊！」

第二十二章

曹覓挑了挑眉，饒有興致地詢問道：「秦夫人何出此言？」

「我與王妃說句心裡話。」秦夫人壓低了聲音。「等著王爺自己往後院塞人，王妃就被動了。如今王爺無暇顧及此事，恰是王妃培養自己人的時候啊！」

這下曹覓聽明白了，這是勸自己主動給戚游納妾呢。

「王爺正人君子，想來也不是貪戀女色之人。」那邊，秦夫人繼續道：「側妃且先不提，王妃只要將幾個妾位填好，那不管是現在還是將來，王府的後院便能牢牢掌握在王妃手中。」

她說得懇切，曹覓卻聽得好笑。她這番話很有幾分道理，聽著也確實是為自己好，但曹覓早就考慮過了，決定不主動給這個名義上的夫君納妾。

她想了想，找了個藉口拒絕道：「夫人為我著想，我是知道的。只是如今王府剛入駐康城，諸事未定，王爺那邊也忙。這件事我記在心中，等過陣子再安排吧。」

另一邊，司徒氏突然跟著開口。「這種事哪裡需要王妃勞心，若王妃不嫌棄，老身就能幫王妃找來幾個聽話的。」

秦夫人被司徒氏搶了先，有些恨恨地瞪了她一眼，連忙補充道：「是啊，王妃若不嫌棄，把這事交給我便是了。」

這下，曹覓總算看出來了。這秦夫人和司徒夫人一唱一和的，似乎是早就打好了主意。是秦家和司徒家其實不像外面傳的那般水火不容？還是這兩家為了對付北安王府，暫時放下仇怨？

曹覓不得而知，卻已經清楚，她們今晚就是衝著戚游的後院來的了。不過也算有分寸，沒敢提到側妃位置，惹曹覓這個正妃反感。

其實她不知道的是，近來戚游在外奔忙，接手康城事務，這些老牌世家幾次想要同他示好，金銀地盤美人都送了，可是戚游卻不為所動。他們摸不準戚游是個什麼想法，幾家一合計，把主意打到曹覓頭上。

曹覓正想再次拒絕，秦夫人已經直接開口詢問道：「卻不知王爺喜歡什麼樣的？我們也好為王妃尋摸些合適的。」

聽到這番話，曹覓鬼使神差地想起南溪寄過來的信，脫口而出道：「識字的。」

等她反應過來自己說了什麼，秦氏和司徒氏正微張著嘴，一臉疑惑地看著她。曹覓連忙補救道：「咳，我的意思是有才華的。」

司徒夫人聞言點點頭。「王妃就是出身有名的書香門第，要不是當年……如今也是一等一的才女。王爺果然非一般人，看人也是先看才華內在。」

話都說到這裡了，曹覓也不客氣了，乾脆破罐子破摔地補充道：「還有，要溫柔些，喜歡孩子的。」

王府中已經有三個公子，兩人對後面兩個說法都能接受。

曹覓說完，忙借著喝酒吃菜掩飾自己有些發懵的心情。
兩個夫人一時也跟著沈默下來，一副若有所思的模樣。

夜裡，戚游回到院落。
他在前院待客，喝了些酒，此時有些微醺，見到本應歇下的曹覓還在燈火下坐著，明顯是等待著他的模樣，不由愣了一瞬。
曹覓此時其實正心虛著。
她方才在宴席上靈機一動，直接默許了幾家夫人送人的事情，如今宴席結束，又有了些後怕。雖然不至於後悔，但思來想去，覺得還是有必要跟戚游說一聲。
見戚游帶著一身酒氣進門，她便捧了一杯清茶過去。「王爺，醉了嗎？」
戚游接過茶盞，輕抿一口。「沒有。夜色已晚，王妃怎麼還沒休息？」
曹覓踟躕了一會兒，還是大著膽子坦白。
「方才在宴席上，我……眾位夫人盛情難卻，妾身便、便朝她們討了一些人……」
「嗯？」戚游挑眉，反問道：「不是為我討的嗎？」
曹覓面色有些凝重。「呃……」
她現在終於確定，戚游絕對派人監視她，否則方才宴席上的事情，不會這麼快傳到他耳中。
這位北安王是從什麼時候開始不信任自己的？曹覓分神想了想，事情大概要追溯到她在臨風院遇到瘋狗的那一日。

那時候，她本以為自己養好了病，戚游會詢問自己為什麼當時在臨風院，會不按原路返回？畢竟當時將她救下的侍衛是戚游的人，隨便一盤問就能知道事情原委了。

她擔驚受怕了一段時間，甚至準備了好幾個理由。

可是，戚游沒問。包括後來她揪出春臨的事，明顯也留了破綻，可是他依舊沒有追究。

但他似乎從那個時候起，就懷疑起了枕邊人。

以前，如果不是原身要求，他的人不會滲入王府後院。現在，整個王府到處能看到巡邏的護衛。以前他會尊重曹覓的選擇，曹覓說要自己調查夏臨，他便沒有插手。但現在，一個時辰前在她身上發生的事，他都了然於胸。

但曹覓又能怎麼辦呢？

如果戚游像以前一樣主動問起，她還能做個樣子找藉口，將事情糊弄過去。

她甚至在原身的財產中找出了好些算經與墨家典籍，就等著他來詢問時作為「物證」交上去。

可戚游卻不問。

好在他雖然對自己留了個心眼，但沒有將她列入需要戒備的對象。畢竟，現在三個孩子還是每天都跟她在一起，也沒見戚游阻止過。

想到這裡，曹覓不知道自己是該鬆一口氣，還是該更小心。

不過很快，她便釋然了。以她如今的勢力，難道更小心就不會露出破綻嗎？難道因為莫須有的猜測就停下自己的所有安排嗎？

倒不如以不變應萬變，看看這個北安王究竟想幹什麼。

她思慮一番，正打算回話，沒想到戚游那邊稍稍醒了酒後，先於她開了口。「妳如果需要人，他們送來，妳收下就是。妳這次拒了，難保他們還要找些別的由頭，讓妳無法拒絕。」

他也被那些人弄煩了，此次曹覓默許了此事，其實也是為他省了些麻煩。

「嗯。」曹覓點點頭，又試探著問：「那這些人是不是不能用啊？我在府裡找個院子把她們養起來？」作為妾室的備選？

但戚游又搖了搖頭。「無須如此小心，他們想往府裡安置人手，不會用這種蠢辦法。」接著，他轉而說起了看似完全無相關的話題。「我過幾天要離開一陣。」

曹覓還沒反應過來，他便解釋道：「府裡沒有什麼值得他們打探的東西，妳自己若有秘密，記得藏好就行。我會留下五十精兵，由戚六統領，留在府中守衛妳和孩子們的安全。妳若是想用她們又不放心，就讓戚六查查她們的底細，有其他不方便做的事，也可以讓戚六去辦。」

聽到戚游的話，曹覓有些高興地點點頭。

她其實是真的想要那些人。尋常的會識字的奴僕即使找來了，效果也不是那麼好，畢竟教書這種事對師者的要求比較高。只看南溪那邊如今的教學效果，便能看出端倪了。她相信，這些世家給她找來的人，必定不會太差。

但她很快壓下心中的喜悅，轉而關心起戚游，問道：「剛到康城不久，妾身還以為王爺終於可以休息一陣，怎麼這麼快又要離開？」

戚游看她一眼，道：「此次就封，我還領了守衛遼州一職。如今康城這邊已經暫且無事，我得趕去封平視察。」

封平關，遼州最北部，與北方戎族地盤接壤的一處關隘。

封平其實是在前朝建的，是前朝抵禦北面戎族最重要的憑藉之一。本朝開國皇帝英勇無匹，當年硬生生將遼州的疆域往外拓寬了三分之一，又在封平北面新建了拒戎關，與戎族遙遙相望。

但是五十年前，養足生息的戎族南下侵略，將太祖當年打下的地盤又搶了回去。盛軍無法，只能退回封平、拒戎關抵抗。

「秋日裡，該不會要打仗吧……」曹覓小心翼翼地詢問道。

她看著戚游趕著過去的模樣，心中也有點慌。

「戎族小部隊南下劫掠是秋日裡的常事，今年總得治治他們。」戚游並沒有隱瞞。「不過幾年內，不會發生大規模的衝突。」

曹覓慢慢咀嚼這幾句話。

幾年內，那幾年後呢？

她暗暗嘆了口氣，看向戚游，這次是真心實意地說了一句。「還請王爺務必保重。」

她雖然有點害怕北安王，但對著這樣守衛一國人民安康的將士，也是真心敬服。正是有他們在邊疆守衛，有遼州在最前面扛著，盛朝的百姓才能安穩地過活。

戚游回視她一眼，似乎還想說些什麼，但猶豫一陣，出口還是道：「無事的話，妳先去休息吧。」

曹覓不再拒絕，點點頭退下。

過了幾天，戚游將康城的事務安排好，直接帶著人離開。

戚六特意過來拜見過曹覓。他長著一張稍顯稚嫩的相貌，看不出具體是什麼歲數，但從頭至尾一直板著張臉。

曹覓只覺得他對自己有些意見。

但她沒有精力在意這個，很快，各大世家送來的人陸續住進了王府。

這些人的身分並不複雜，曹覓吩咐戚六查探，戚六第二天就把資料交上來了。

可能世家們此番只是為了討好，並不打算利用這些女子做什麼，戚六的資料上顯示，這些女子沒有太大威脅。

這些人中，大部分是各個世家從四方搜羅來的美人，以前或者清妓，或是戲子，識字只是她們的附屬能力，其中好些個都有一、兩門堪稱絕活的技藝。

最特殊的有兩個人。其中一個來自遼州本地一個羅姓世家，羅家發跡時間短，也是最近才勉強成了遼州的貴族，羅夫人直接將自己膝下一個庶女送來。

第二個則是司徒家送來的，一個黑髮棕眼的異域大美人。這位深眼窩高鼻梁的女子美得別有一番特色，在一眾鶯鶯燕燕中輕易脫穎而出，讓曹覓眼前一亮。

又過了兩日，她將這些人聚在一起。

一屋子各有特色的美女行禮過後，曹覓對她們說道：「我知道妳們都是各有際遇的人，但是緣分使然，諸位的賣身契如今已經盡數轉到我手中。」

眾人沈默著，一個白衣姑娘率先上前一拜，表態道：「奴婢知曉，奴婢今後，但憑王妃處置。」

其他人愣了一陣，很快地學著她上前拜下。

曹覓愣了一瞬，知道她們應該是誤會了。

這些人大概以為她此番是想著給她們一個下馬威，讓她們知曉誰是王府後院真正的主人。

想明白這一點，曹覓有些頭痛，想了想，還是繼續道：「我現在給妳們兩條路，妳們可好好斟酌一番。其一，留在王府做個婢女，之後際遇全憑各人緣法。其二，我給妳們另外安排一份差事。這份差事並不是什麼見不得人的工作，就是學習一段時間，然後到我名下一處山莊教孩子讀書識字。妳們聰慧過人，想來此種事情不在話下。這份差事雖然有些辛苦，但是妳們只要能做好，三年之後，我會歸還賣身契，送妳們離開。」

眾人聽到第一個安排時並沒有什麼反應，畢竟那些世家送她們過來，她們原本以為自己就是這麼個出路。

但聽到第二條的時候，顯然驚詫了。

眾人面面相覷，最後還是那個白衣女子上前一步。

曹覓以為她是想跟自己確認賣身契一事，但沒想到她開口，問的卻是教書的事情。

「王妃，我等身為清妓，身分卑賤，王妃真的打算讓我們去做、做那夫子的事嗎？」

她問得非常小心翼翼。

在這個注重身分階級的時代，她們這樣的清妓、戲子地位是非常低的。但是女夫子又不同了，雖然比不得男夫子，但至少是一個受人尊敬的職業。這比起獲得自由身，更讓這位姑娘震撼。

曹覓想了想，回答道：「我看中的是妳們的才華和技藝，與以前的身分並無相關。而且雖說是教人，但教的都是些孤兒流民。很可惜，這可能並不能使妳們像尋常的女夫子那般受人尊敬。」

聽她這麼說，原本幾個有些激動的女子，眼中的光芒又暗了下去。

「但我可以保證的是，」曹覓又接了一句。「在容廣山莊，在所有北安王府的勢力之內，妳們不是什麼低賤的戲子、玩物。妳們是薪火的傳遞者，是千百生民的啟蒙人，是受尊敬與愛戴的師者。」

第二十三章

曹覓說完，也不急著讓這些女子現在就做出決定。她讓所有人回去考慮，明天再給她答覆。

眾人面色各異，但聽到這樣的安排還是鬆了一口氣，行完禮後規矩退下。

曹覓緩了口氣，剛休息了會兒，管事便找了過來。

他進門後，稟告道：「王妃，前院來了一個戎商，他說自己受人所託，帶著兩個人來王府尋人。」

「戎商？尋人？」曹覓抓住關鍵，又問：「有沒有說尋的是什麼人？」

「並無。他們自己也說不清要找的人姓甚名誰。」管事回道：「不過，老奴猜測，他們要找的應該就是張氏。」

「張氏？」曹覓有些詫異。

不過，很快便想明白了，張氏是之前戚游帶回王府的一個寡婦，原身還懷疑過她和戚游的關係，但後來曹覓親眼見過她那個小女兒，發現那女孩眉目間並不似盛朝人，就隱約猜測到了真相。

與張氏冰釋前嫌之後，她找了兩個安靜老實的婢女到院中伺候，偶爾也會過去探望，確認張氏母女沒有再次受到苛待。但後來她遭遇了許多事，剛解決完王府又緊跟著搬遷，倒是有段日子沒有見到張氏了。

如果此番找來的戎人真的是為張氏母女而來，恐怕跟女孩的父親有些關係。

曹覓點了點頭，回道：「還請管事先回前院，好好招待他們。我換身衣裳就過去。」

管事知道她有了主意，點了點頭便離開了。

曹覓一面準備更衣，一面讓東籬去將張氏母女請過來。

張氏過來時，還不知道發生了什麼情況，面色有些凝重。而她懷中的女孩則好奇地四處打量著，任張氏小聲教訓也沒能阻止她。

曹覓讓張氏入座，一點也不見外地將女孩抱了過來。

「小子規，還記得我嗎？」曹覓逗了一下女孩。

她對這個一歲多的小女孩非常有好感，特別是家裡三個都是男孩，看到可愛乖巧的女童，簡直恨不得能跟張氏換一換。

張子規在曹覓懷裡止不住嘻嘻笑著。

與她玩了一會兒，曹覓便把她交給身後的東籬，囑咐東籬帶著她到院子裡轉轉。

東籬常跟在曹覓身邊，子規自然也見過，於是並不抗拒，乖巧地任東籬將她帶了出去。

張氏知道曹覓是有事尋她，所以沒有出聲。

子規離開後，曹覓便將事情和自己的猜測與她說了。

「我覺得，這還要看妳自己的意思。」曹覓看著她。「妳們母女在王府裡住著也行，想要離開，我和王爺也不會阻止。」

張氏想了想，回道：「謝王妃恩典，民婦想要見見那些人，不知可否方便？」

「這是自然。」曹覓想了想。「我馬上要出去見客，這樣，妳待會兒藏到偏廳中去，等我確認了來人身分，妳再觀他們的言行，確定要不要隨他們離開。」

張氏點點頭，兩人確定好方案之後，便直接往前院去。

曹覓來到廳中時，就見客位上坐著三個戎族人。

其中一個顯然是他們中的領導者，年齡在三、四十左右，穿著華貴，卻沒有中年富商常見的大腹便便，顯然是個地位和修養都極好的人。另外兩人衣著則有些破舊，不安地左顧右盼著。

在交談中，曹覓了解中年男子只是一個引路人，真正的主角是穿著破舊的那一男一女。其中的男子對著曹覓一拜，他會說漢話，於是親自解釋起指引他們來到此處的緣由。

原來，兩個多月前，一個張氏丈夫的戰友作為戚游的先鋒，早他們一步來到遼州。這個戰友同樣也是戎族人，他記著與好友的約定，來到遼州後便想辦法與張氏夫君的部族送了一封信。

張氏夫君的親弟弟這才知道，原來當年哥哥並沒有死在戰場上，而是成為了俘虜，後來又被戚游救下，一直跟隨在戚游身邊。

他和其他倖存的戎族俘虜一樣，想著把救命之恩報了，再掙夠銀錢，就跟戚游討個恩典，回部族去。可是張氏的丈夫顯然沒有那麼幸運，死在了一次平叛中。

在給家人的信中，他提到了張氏母女的存在，希望有機會，弟弟可以接回張氏，撫養孩子長大。

曹覓聽完，試探著詢問道：「你們要尋人，可有什麼依憑？」

那戎族男子點點頭，取出一塊骨牌，解釋道：「阿勒族的每個孩子出生時，都會得到父親雕刻的骨牌；兄弟間，骨牌的紋路是可以拼合的。我兄長在信中說，他的那塊一直寄放在他妻子手中，如果我嫂子和姪女真在王府中，王妃可以請她辨識一番。」

曹覓點點頭，示意身邊婢女將骨牌送去給張氏。

張氏就在旁邊的廂房中。不一會兒，她帶著兩張骨牌進入廳中。

曹覓知道，她這是準備要跟著這兩個阿勒族的人走了。

見他們彼此有許多話要說，曹覓乾脆派人將他們送去了另一個安靜的房間。

張氏和那兩人走後，她便將注意力放到那個戎商上面。

盛朝是禁止百姓與北方戎族通商，但天下事，只要有利益，就有逐利者敢以身犯險。這其中成就最高的人，甚至能光明正大地出現在天光之下，把「罪證」洗白成榮耀。

坐在曹覓身前的丹巴就是這樣的存在。

從剛才張氏小叔的話中，曹覓知道，由於現在戎族的人進入遼州比較難，他們是求到了丹巴頭上，才能順利找了過來。向來計較利益得失的丹巴沒有收取任何費用，承諾平安護送他們來回，只為了一張北安王府的「入場券」。

曹覓不動聲色地打量了一下這人，主動開口道：「不知丹巴先生此次前來，所為何事？」

丹巴笑了笑，道：「瞞不過王妃。小人早聽聞盛朝最年輕有為的王爺來到了遼州，一直便想一睹王爺王妃的風采，卻苦無門路。此次恰好遇到古斯兄弟，就借了他的方便。唐突上門，還請王妃恕罪。」

他說著，便要跪下請罪，曹覓連忙阻止。

丹巴順勢起身，也不回座，而是道：「小人雖然不是盛朝人，但也知曉中原的規矩。此次上門，小人為王爺和王妃帶來了禮物。王爺王妃是見慣了榮華的人，小人不敢賣弄。禮物並不珍貴，但尚算新奇，希望王妃不要嫌棄。」

早先她就猜測過，丹巴這樣的人找上王府必定是要示好的。畢竟戚游是遼州的新主人，他的意願便是如今遼州的最高指令。

戚游走之前已經預料到這種事，於是特意與曹覓提過。

丹巴在遼戎兩地經營多年，與遼州各大世家都有往來，但他平日低調，販售的商品也沒觸碰到鹽鐵這些底線，出於種種考慮，戚游暫時不準備動他。

所以他告訴曹覓，丹巴若有意示好，盡可收下他的禮物，讓這位地位頗高的戎商安心。

於是曹覓點點頭，客套道：「丹巴先生客氣了。」

丹巴朝外面喊了一聲，侍從便捧著一個精緻的金匣入內。丹巴接過匣子，直接在曹覓面前打開。

儘管知道丹巴剛才的話絕對是自謙，但是看到那顆紅寶石的時候，曹覓還是愣了一瞬。躺在黑色錦緞上的紅寶石足有鴿子蛋大小，光華流轉，一看就不是凡品。但最吸引她的並不是寶石本身，而是它充滿異域風情的設計。

驚訝過後，曹覓很快調整了過來，腦中轉過好幾個想法。「丹巴先生，並不只在戎族和盛朝之間做生意吧？」

丹巴點點頭，承認道：「王妃慧眼，一下便清楚此物不是這兩個地方能有的。」他將匣子合起，放到曹覓手邊的案上，解釋道：「沒辦法，生意人不跑起來就沒活路。我的商隊偶爾會往西邊去，最遠到過索羅和康樂這些國家。但是……」他頓了頓，又笑。「盛朝是我所見識過最為繁榮，也最為文明的國度，我雖為戎族人，但我同每一個盛朝子民一樣，真心愛著這個國家。」

曹覓敷衍地陪著笑了笑。

聽說當年金朝也是真心愛上了「三秋桂子，十里荷花」，才揮兵南下的。對於丹巴口中的喜愛，她也隱隱提起了戒備。

另一邊，丹巴又說：「可惜此次還是來得晚了，沒有碰上王爺。小人送給王爺的禮物，只能請王妃代為轉交了。」

曹覓自然是笑著應下。「你的心意，王爺會知曉的。」

丹巴見狀，笑了笑。「小人送給王爺的禮物可沒法交到王妃手上，仍在外面，王妃可有興趣過去一起看看？」

曹覓大方道：「好。」

兩人沒有耽擱，丹巴直接引著曹覓出了正廳，來到院中一處空地上。

很快，一匹血紅色的大馬被丹巴的僕役牽了出來。

曹覓這下是真的愣住了。這個丹巴，真不愧是盛戎兩地的第一商人！

那馬個頭高大，四肢有力，全身毛髮鮮紅如血，沒有一絲雜色，被丹巴的僕役牽著時不停地擺頭噴氣，顯然還不習慣被人掣肘。

一匹真正的、正當壯年的汗血寶馬！

要知道，這種在遼闊的草原上才能產出的寶駒，出現在遼州，價值根本無法以金錢衡量。如同鹽鐵是戚游心中的商貿底線，駿馬也一直是戎族可汗看得最緊的戰略物資。

而這個丹巴竟能輕飄飄拿出這樣一匹汗血馬，作為禮物送給北安王府。

丹巴一直在觀察曹覓的表情，此時見到她驚嘆的模樣，滿意地笑了笑。

「這是天神送給草原的寶藏，是只能存在於戎族的奇跡。王妃覺得，我這個禮物還能入得了王爺的眼吧？」

曹覓點點頭。這分誠意，當真是日月可鑑了！

她甚至遲疑，雖然戚游明確說過丹巴送的東西都可以收下，但面對這樣的大禮時，她仍有些舉棋不定。

不過老天也沒給她猶豫的機會。

他們看完馬之後，張氏和戎族小叔也談完了，丹巴便直接告辭，說是三日後再過來接走張氏。

他們走了之後，曹覓稍微平復了一下心情。

她看著若有所思的張氏，詢問道：「確定要隨他們離開了？」

張氏點點頭。「王妃有所不知，古戈，也就是民婦的夫君，與我相處時，常常與我提起阿勒族。我知道，他是想帶我們母女回去的。」

說這句話的時候，她露出了些許笑容，顯然是回憶起了當初美好的日子。

但很快地她清醒過來，說起現實的理由。「而且子規那個模樣，也不能總待在盛朝。隨他們回去，至少我不需要總把孩子禁錮在院子裡。就像王妃之前說的那樣，她是想要看到外面風景的。」

曹覓點點頭。

子規的長相確實是個問題。除了像丹巴那樣的人物，出現在盛朝地界的戎族人，要麼是敵人，要麼不被當成人。

她理解張氏的決定，只問：「孩子還好，只是妳一個漢女，到了阿勒族……他們能容得了妳嗎？」

張氏回道：「嗯，古斯都與我說清楚了。其實戎族只是盛朝對北方民族的統稱，他們內部分為許許多多不同的部族。阿勒族的人淳樸熱情，並不仇視盛朝，也不會參與入侵盛朝的戰事。當年我夫君是被草原的可汗強征過去當兵，之後才被俘虜的。那次徵兵令阿勒族損失了七成的青壯，但那之後，可汗就再看不上他們這一支。如今的阿勒族比較貧困，遷到了遼州南面的豐頓丘陵，與其他一些不好戰的部族一起，生活也算和平。」

曹覓稍微放下心，但還是忍不住又提醒道：「只是這樣，妳們的生活要苦一些了。」

「沒事。」張氏回道，面上有了些喜氣，似乎窺見了未來的希望。「為了子規，一切都是值得的。」

曹覓點點頭，不再多話。

思考了片刻，她最後說了一句。「既然已經決定了，那我就不再留妳。不過，兩個月後是我的生辰，妳得帶著子規回來一趟，為我慶生。我會交代今日那個商人丹巴，讓他幫忙照看妳們，之後再護送妳們回來。」

張氏不笨，知道這是曹覓送給她的退路——兩個月後，如果她在阿勒族過不下去了，她還有一次選擇的機會。

淚意翻湧間，她朝著曹覓直直跪下，卻因為哽咽，說不出話來。

曹覓安慰了下，終於讓她平靜下來。

她離開後，曹覓來到了馬廄。她還惦記著剛才那匹沒看夠的汗血寶馬呢！

到了馬廄之後，她意外地發現管事和戚六也在。

兩人朝著曹覓行禮，她望著那寶駒，突然猜到什麼，略帶著些遺憾問道：「這是丹巴送給王爺的厚禮，是不是要派人直接送到封平獻給王爺？」

管事搖搖頭，道：「回王妃，不用。這馬啊，沒幾天好活了。」

第二十四章

「啊？」聽到管事的話，曹覓驚得差點忘記呼吸。

戚六冷笑一聲，解釋道：「王妃不曉得那些奸商的把戲。這公馬強健如斯，若是好的，能給王爺育下多少上等馬駒！丹巴是老手了，他總說，戎族的馬在盛朝的地界是養不活的，這是天性，但其實他獻上的馬都是做過手腳的，除了不能配種，還有隱傷，即使好吃好喝地供著，也活不過多少時日。」

他邊說，邊用遺憾的眼光看著馬廄中的汗血馬。「真是可惜了這麼一匹神駿，王爺若是看到了，不知道該有多喜歡呢……」

管事也跟著嘆了一口氣。「好在王爺回來時應該看不到了，想來也不會太過遺憾。」

曹覓不可思議地上前，試著摸了摸汗血寶馬的脖子。

她能感受到掌下的溫熱和細微的顫動，煥發出蓬勃的生命力，這讓她甚至無法立刻相信戚六和管事的話。

她自己在現代是獸醫，因為個人興趣，對於馬匹的治療也輔修過一點。此時，她很想進入馬廄中細細地為大馬檢查，但礙於管事和戚六在場，她不敢做出這麼奇怪的舉動。

於是，她只能借著撫摸的動作，小心觀察著。

這樣的觀察收效甚微，她只隱隱約約在馬兒的腹下和後腿發現了一些異樣。

曹覓有心想做點什麼，便找了個藉口道：「既如此，不若我將牠帶走吧。之前收留的流民中似乎有個醫治動物的，我可以把牠送到容廣山莊，請他看看。」

管事似乎覺得有些好笑，但還是耐心解釋道：「王妃不知，民間的多是治些牛豬之類的家畜，府中專治馬的大夫剛才第一時間過來看過了，說是回天乏術。老奴知道王妃心中可惜，但也無須為那戎商的奸計費神。」

曹覓並不理會他的話，只道：「反正王爺也趕不回來見牠了，這馬現在就交由我處置吧。死馬當作活馬醫，反正最壞也是這樣了。」

戚游不在，如今這府中就是她最大，她是可以「肆意妄為」的。

果然，管事和戚六不再說話，只點頭稱是。

於是，曹覓離開自己院落不到兩個時辰，回去時，牽回了一匹有價無市的汗血寶馬。

因為她的堅持，寶馬要直接養在她院子裡，下人們很快忙活起來，在院中打造一個臨時馬廄。

趁著眾人都在忙活，曹覓快速為汗血馬檢查了一下。

果然，在牠的後腿中間、胯下的位置，曹覓發現了一道傷口。那傷口不大，但明顯沒有經過處理，外部有些血肉已經出現了腐爛。

這大概也是這馬兒明明看著神勇，方才卻連掙開小廝的力氣都沒有的原因。

曹覓一邊確認了傷口的情況，一邊在琢磨道：「嗯……也不是不能治……」

她默默地回憶著空間中有沒有什麼可以使用的藥物。

她是在畢業後查出絕症的，那之前大四整整一年，她都在學校和家中來回奔波，籌備著自己的農畜場。後來，因為自知時日不多，她旅遊一趟回來之後，本想把東西分給一直幫自己打點的鄰居和雇工，可沒等送出去，自己就提前穿越了。

所以隨身空間的家中備有許多種子，以及一些家養獸類、禽類的常用藥。

但馬畢竟不是常見家畜，曹覓趁著沒人發現，取了旁邊一些草料，實則暗暗從空間中偷出來一根胡蘿蔔，裹在其中餵給了這匹汗血寶駒。

她打算晚上回空間之後，翻翻書庫或者那個永遠有百分之五十六電量的iPad，看看能不能找到些關於馬的醫治知識。

另一邊，汗血馬麻木地咀嚼著牧草，突然嚐到一點不一樣的口味，眼睛一亮，開始不住地蹭著曹覓繼續討要。

曹覓怕牠把自己的手指當胡蘿蔔啃了，連忙抽回手，然後嘗試性地將手碰了碰牠的耳朵。

耳朵和眉心是馬兒比較敏感的部位，一般如果不熟，不可以輕易觸碰。那汗血寶駒果然不適應地動了動耳朵，偏開了頭。

不過見牠沒有攻擊的意思，曹覓已然心滿意足。

一個晚上很快過去，關於汗血寶馬的治療，她稍微找到了點眉目。外傷加體內可能存在的感染讓事情變得有些棘手。

清晨，曹覓過去看望牠的時候，趁著沒人注意，將自己昨晚在空間中配好的一點動物用抗生素和癒合藥劑投入了食欄。

但這些顯然還不夠，畢竟她儲存的動物用藥都是些普通的種類，想要治癒這匹汗血馬，曹覓得嘗試著在這個世界中尋找課本中提到的某些藥物替代品。

將這件事記在心裡，曹覓摸了摸汗血馬的脖子，返回屋中。

吃過早膳後，東籬過來稟告另一件事情的進度——昨天那些女子已經做了選擇。此次，各個世家送來的女子共計十八名，其中有十四人願意到莊園去成為女夫子。

這個比例，比曹覓預估的要高出不少，驚喜之餘也有些詫異。「這麼多？」

「王妃還記得那個身著白衣的女子嗎？」東籬提醒。

曹覓對那個女子還有些印象，聞言說道：「嗯。她怎麼了？」

「她名叫周雪，原本是城中風月樓的一名清妓，琴棋雙絕。我聽她們院中的婢女說，那些女子昨日回去之後很是爭論了一番。大多數人眼饞三年後的自由身，卻因為不知道去到山莊會遭遇些什麼，所以一直踟躕不定。」

曹覓點點頭。

她倒是理解這些女子的想法。人對未知的恐懼有時候是難以戰勝的，留在府中做個奴婢是她們原本的歸宿，也是她們能預見到的未來。

「那時候，就是這周雪站了出來，極力遊說其他人選擇第二條路。她甚至承諾，到了山莊如果真出現什麼意外，她願意為眾人頂在前面。」

曹覓有些敬佩地點點頭。「周雪是吧？我記下了。」頓了頓，又道：「這樣，留在府中的幾人，妳讓她們搬到下人那邊，隨便給她們安排一些輕省的活計。至於願意到山莊去的，還讓她們住在那個院落。妳待會兒將我房中那個木盒子拿過去，將其中的書頁分予她們，叫她們輪著抄寫，每個人都得把紙上的內容認真抄上三遍。」

東籬點點頭。「是。」

「另外……」曹覓又想起什麼，吩咐道：「妳幫我去匠人們那裡問問，看看有沒有對墨水與刻印有研究的，讓他午膳後找個時間過來見我。實在沒有的話，就找個比較清閒的過來。」

按照往常，她肯定是直接點名劉格的，但是劉格從容廣山莊回來之後，立刻被她送到石灰礦那邊去研究水泥了。反正配方給了，連大概的配比也說了，剩下的就是研究一下該怎麼燒製。

水泥是她寄予厚望的來錢事業，在劉格幫她弄出來之前，她不會再輕易打擾這位得力幹將。所以午膳之後，曹覓見到的是這批匠人中，少有的一個年輕人。

那年輕人還未蓄鬚，自稱叫張卯，精通木刻，平日裡工坊需要點什麼木製小零件，或者刻個印章，都會安排他去辦。如今劉格正在跟礦石黏土打交道，就沒把他帶上。

曹覓與張卯交談過幾句，了解過他的經歷，便說出了自己的要求。

「你說，有沒有可能做出一種類似印泥的墨汁？」曹覓嘗試用張卯能理解的話來敘述。

「它能夠像印泥一樣，能附著和著色，同時又保留墨汁的特點。」

張卯有些暈。他第一次被主人家傳喚，正是想好好表現的時候，哪想到曹覓一開口說的話就讓他摸不著頭腦，是以一時有些著急。

「呃……呃……墨汁怎麼可能跟印泥一樣呢？」張卯有些結巴地詢問。

「對，普通的墨汁當然不行。」曹覓安撫地一笑，示意他不用緊張。「我在一本典籍上看過，如果將溶解墨粉的溶劑……呃，我是說溶解墨粉的水換成油，或許有奇效。」

「油？」張卯有些詫異地重複。

曹覓點點頭。「對，最關鍵的，就是油。」

在古代，印刷術是直到唐朝時才被發明出來的，但不代表在唐朝之前，沒有人想過這種方法，畢竟在更早之前，與印刷有異曲同工之妙的印章已經在士人階層普及了。

制約印刷術出現的，其實是——油墨。文人們書寫所用的都是水墨，沒辦法附著到刻板上，印刷也就無從談起。只有製作出黏性更大的油墨，才能滿足印刷的條件。

「那本書是我小時候看的，十分破舊，關鍵的地方已經被撕毀了，我也不知道要用什麼油。」曹覓接著解釋。「反正你近來也無事，我希望你能嘗試著調配出一種可以用來印刷的油墨。」

為了解釋印刷，她又讓東籬拿出了之前專門讓人刻好的印章。

「說起來，這枚印章還是你刻的吧？」曹覓展示了一下印章，詢問道。

張卯看到自己的作品，心下稍安，點了點頭。

曹覓便笑道：「你看，你調配出來的墨水沾上這印章後，必須能夠印出清晰的文字，這便算成了。」

張卯終於理解了她的意思，點了點頭，但很快又小心地提出另一個問題。「王妃，恕小人直言，王妃想要印、印刷，直接用印泥便是了，何必一定要弄出那什麼油墨呢？」

曹覓看著他，道：「你有沒有想過，這刻印之法只用於印章，還是太可惜了。如今，文人想要看書，就得找人借到書籍，花個兩、三日的功夫，將書抄下。倘若有一天這印刷之法能成，我們便可以為四書五經，甚至天下書籍都雕刻出專門的印板，油墨一刷，一息的功夫能印出三頁來，這樣難道不比抄書快上百千倍？你別小看這印刷術，真能做成，絕對是功在當代、利在千秋的大事！」

她這麼一說，張卯就懂了。

他微張著嘴，消化了好一會兒，這才反應過來，連忙行禮道：「小人愚鈍，多謝王妃點撥！」

曹覓見他醒悟，也十分滿意，想了想，又提醒道：「另外，雕刻的東西也不限於木頭，你可以找找工坊中其他人，用膠泥、黏土甚至銅鐵作材料，都試上一試，也許能發現其他的轉機。」

張卯點點頭。「小人謹記在心。」

將事情交代完，曹覓將張卯打發走。

她休息了一會兒，又瞎想其實印刷術出來了，紙是不是也該弄一弄，現在紙也好貴啊……停停停，現在事情太多了，等劉格那邊水泥弄好了，再考慮這些吧！

想到這裡，她果斷地打斷了自己。

好不容易得了一點休息時間，她決定去陪陪多日不見的幾個孩子。

到了遼州，她變得忙碌了許多，除了每日雷打不動堅持陪孩子們用晚膳之外，大部分時間，她都在忙著府裡或山莊的事。

到了戚瑞的院子，她發現三個孩子居然沒在院中玩耍，而是一起湊在榻上埋頭看著一本書。

曹覓萬分驚奇地走過去，從背後打算嚇一嚇他們。結果，她拙劣的表演只換來老三捧場的咋呼，剩下兩個小鬼頭就差沒給她翻個白眼了。

笑過後，曹覓在三人旁邊坐下。「在做什麼？今日居然沒有出門，我的小公子們果然是越來越好學了，真好！」

她深知誇讚對孩子們的重要性，所以從來不吝嗇表揚，讓幾人明白好學、助人等等品行。

戚瑞將手中的書遞給曹覓，曹覓接過一看，發現是這個朝代的一本經史。

她微蹙著眉。「這……這本書哪來的？」

戚瑞解釋道：「爹爹為我請的夫子要過來了，聽說夫子最擅長治經，我便讓院中的婢子幫我找了一本來，正在研究。」

「原來是這樣。」曹覓點點頭。

在今年二月，他們一行在京城往遼州的路途上，戚瑞度過了五歲生日。在盛朝，這是該正式啟蒙的時候了，戚游早有準備，在離京前便寫信邀請一位故交過來為三個孩子授課。

那位故交因為性子耿直，為官時得罪了不少權貴，差點被流放，還是戚游出手保了下來。戚游寄信時，他正住在京城以南的泉寧，回信中說預計要到五月下旬才能抵達康城。

戚瑞從小便十分聰慧，已經能識得大部分常用字了，大概是想著在那位夫子過來之前做些預習。

「那你……不，你們三人看得懂嗎？」曹覓詢問。

三個小腦袋一起搖搖頭。

戚瑞嘗試挽回一些顏面，有點委屈地補了一句。「許多字都識得，但是……連在一起就看不懂了。」

雖然知道有些不妥，但曹覓還是克制不住地笑了出來。

見她笑得開心，老二戚安嘟嘴問道：「娘親看得懂嗎？」

曹覓停下來，搖搖頭老實承認道：「娘親也看不懂。」

她很快意識到自己作為成年人，並沒有比這三個孩子好多少，於是輕咳一聲，轉移話題道：「咳，娘親的意思是，這書太難了，不適合你們現在看。」

「嗯，不看了。」戚瑞倒是沒有什麼意見，反而說道：「本來就打算收起來的。」

曹覓便點點頭，順手將書交給了戚瑞房中的婢女，安慰道：「等夫子到了王府，有他教導，你學起來就容易了，如今倒是不用費心思讀這些。」

戚瑞懂事地點點頭。

老三戚然無聊地趴到她背上，喃喃道：「我也不想看那個，一點都不好玩，沒有娘親說的好玩。」

之前曹覓偶爾會給他們講些有趣的小故事，然後順手教他們認幾個字。不過她可不想讓戚然這樣想，糾正道：「娘親與你們說的東西都是些小故事，幫你們認認字還可以，你們慢慢長大，將來肯定是要學著治經讀史的。」

戚然不滿地「哼哼」了兩聲。

戚瑞突然想起什麼，詢問道：「我聽東籬說，娘親在城外山莊中辦了一個學堂？」

曹覓點點頭。

這也勾起了雙胞胎的興趣，戚安抬起頭，好奇地發問道：「娘親也辦學堂？也學那些看不懂的東西嗎？」

「不是。」曹覓搖頭，嘗試著簡單向三個孩子說明。「山莊內教那些流民孩子識字與算數，其他的……我還沒想好，也許等他們能把大部分字認全了，我再考慮加一些其他的學科吧。」

「算數是什麼？」戚安又問。

曹覓想了想，隨口出了一道最簡單的應用題。「就類似於小戚安早膳的時候吃了一個包子，晚膳吃了三個包子，那小戚安這一天一共吃了幾個包子？」

戚瑞和戚安聞言，皺著眉開始思索起來。

而還趴在曹覓背後的老三戚然，突然「呵呵」地笑起來。

他只抓了那句話中唯一一個跟吃有關的關鍵字，撒嬌道：「娘親，我也要吃包子！」

「好啊。」曹覓把他抓了下來，困在懷裡。「你再吃，娘親就抱不動你了。」
另一邊，老大和老二已經算出來了，一同比劃著手指告訴曹覓。「四個。」

第二十五章

曹覓笑了笑。「真棒！答對了！」

兩人受到讚揚，都有些得意，老二戚安則更忘形一些，大言不慚道：「我都會。」

「嗯？」曹覓一時間沒有反應過來。

於是戚安又解釋道：「識字還有算數，我都會了。」

曹覓有些好笑。「這可不算，算數可沒有這麼簡單。」

她突然想起小時候一道趣味的數學題，於是擺弄起案上的茶具，又給幾個孩子出了一道問題。

首先，她取過一個茶盞。「假設把這個茶盞裝滿，剛剛好需要八兩的茶葉。」接著，她又取過一大一小兩個茶杯。「把這個大茶杯裝滿，需要五兩的茶葉，而這個小一點的，則只需要三兩。」

接著，她在三個孩子一臉疑惑中，掰碎了一小塊團茶，將那個「八兩」的茶盞裝滿，然後問道：「好了，現在問題來了，戚瑞和戚安手中有『八兩』茶葉，準備把它們平分，送給我和弟弟。你們能利用的只有這三個規格分別為『八』、『五』、『三』的容器，怎麼操作才能把這『八兩』茶葉分成兩個『四兩』呢？」

這道題是她小學時候就學過的，涉及的運算非常簡單，就是八以內的加減運算，但又含有一定的挑戰性，需要解題者尋摸到相應的邏輯。

曹覓怕幾個孩子聽不懂題目，於是貼心詢問道：「娘親說得清楚嗎？」

戚瑞和戚安認真地盯著面前的幾個杯子，只抽空點了點頭。

最小的戚然則一頭霧水地看著她。「什麼八娘捂臉？」

曹覓直接抱著他站了起來，轉身往屋外走，不打擾那兩個已經折騰起茶杯的人。

她邊走邊對著戚然道：「嗯，我們然兒這樣也挺好的，娘親帶你去吃蜜橘好不好？」

戚然聞言，笑得直點頭，轉眼就忘了兩個兄長。

曹覓一邊感嘆著他的缺心眼，一邊也感嘆這三個孩子中，只有戚然才像個正常的孩子。

不過三個孩子這一世在她有意的安排下，關係已然親近了許多。戚安喜歡比自己強的人，對著老大戚瑞明顯是佩服與敬重，只願戚安這一世在她的教導下，別再給天命之子戚瑞添亂。這樣他們三兄弟就不會走上書中那條反目成仇的不歸路。

莘荷院中一片靜寂，周雪和其他女子聚在廳中，正埋首安靜地抄書。

她才將書上的「九九乘法表」抄到第二遍，耳邊突然響起女子壓抑的哭泣。

周雪放下手中的筆，抬首望去，只見哭泣的是坐在自己右邊的一位紫衣姑娘。

其他人也被這陣啜泣驚擾，紛紛停了筆，面面相覷，卻沒有一個人上前安慰。

蓋因她們知道紫衣女子因何哭泣，心中其實也有相同的苦悶。她們光是克制自己就花了十分的力氣，已沒有精力去安慰失控的人。

半晌後，周雪起身，扶著紫衣女子出了廳堂，臨走前還不忘用眼神示意其他人繼續抄寫。

來到院外，大約是初夏明媚的好天氣驅散了紫衣姑娘心頭的一點陰霾，她漸漸停下了哭泣。

半晌，她對著周雪道：「妳、妳不用管我的，我自己坐一會兒就好。」

周雪笑了笑。「我們今後就是同進同退的人了，我怎能不管妳？」

紫衣女子似乎沒聽到她的話，只呆愣地望著前方。

「妳可是後悔了？」周雪突然問，輕嘆一口氣。「如果妳後悔了，等王妃身邊那個大丫鬟過來時，我幫妳去分說清楚，讓妳還留在王府。」

「我不是後悔！」聽到這句話，紫衣女子突然激動起來，口不擇言地喊道：「妳以為我跟妳們這些妓子一樣，天生就該給人使喚嗎？」

周雪聞言，眉頭微蹙，站在原地一言不發地看著她。

「我、我可是父親的親生女兒，那個女人……那個女人，她怎麼敢?!」想起幾天前的經歷，紫衣女子剛止住的眼淚差點又禁不住落下。

她名喚羅蘭，是這些女子中唯一一個出身良家的女子，真要論起來，她的出身還不低，是遼州本地豪強羅大富的庶女。

幾天前，王府的宴會上流傳出了北安王喜愛女子的標準，遼州各大世家絞盡了腦汁尋找才名比豔名更甚的女子。

羅家本就處於世家的邊緣地位，得到消息都比別人晚了好幾天，緊要關頭，羅家主母想起了這個一直不待見的庶女，一番勸說之下徵得丈夫同意，便將人打包送進王府。

按說羅家一個庶女給北安王做個妾也不算侮辱，但各大世家根本不是打著進獻美人的名義往王府送人，此番是第一次嘗試，在討好戚游的同時，也不想得罪曹覓，所以將人送來時都說是簽了賣身契的女奴，任由曹覓處置。

羅蘭一下子從大世家的庶姑娘，變成北安王府的家奴。

她昨日會選第二條路，願意離開王府成為女夫子，周雪的勸說只起了很小的作用。最主要的原因是她根本無法接受自己成為一個任人使喚的奴隸。

「她敢。妳如今在這裡，不已經是最好的證明了嗎？」周雪突然開口回應。

她一語打破了羅蘭心中最後的幻想，羅蘭恨恨地朝她看去，半晌，似乎是意識到這樣全然沒有用處，又哀哀切切地哭起來。

「妳哭也沒用。」周雪並沒有停下。「不管妳願不願意，如今妳已經跟我們這些妓子是一個模樣的了，我們只能服從王府的安排。」她提醒道：「妳哭夠了，就自己進來吧。妳抄書的進度本就慢，再浪費時間，怕是趕不上王妃的安排了。」

周雪說完，便要回去，羅蘭卻突然拉住她，詢問道：「真的有用嗎？妳昨天說的……」

她像是抓住最後一根救命稻草。「為王妃做事，真的能、真的能自己掙到地位嗎？妳是不是在誆我們？」

「昨天？」周雪看著她，突然笑了笑。「昨天我是怎麼說的？王妃一到遼州就收攏流民，甚至願意為流民延請大夫和夫子，必定是良善之人，不會為難我們。我們只要按著她的吩咐，三年後就能自己掙得自由身？」

「對、對！」羅蘭拚命點著頭。「妳昨天就是這樣說的！」

她回憶起來周雪昨天對她們的勸告，面上浮了一層淡淡的希冀。「妳說只要捱過與王妃約定的三年，我們便能如普通女子一般，不再受家人或者主家約束，可以跟王妃討得恩典，遠遠離開這裡，甚至到臨州、錦州這些地方過活！」

她越說，面上的神情越是放鬆。

周雪卻搖搖頭。「是，昨日我是這樣說的，但到今日，我卻又不確定了。」

羅蘭呼吸一窒，質問道：「為、為什麼？」

「為什麼？」周雪笑了笑。

她並不看羅蘭，只伸出手在半空中一碰，反問道：「妳記得那些書頁上的內容嗎？」

羅蘭愣了一瞬，搖搖頭，沮喪回答道：「不，我完全看不懂那些是什麼……我、我方才就是對著那些奇怪的符號和式子抄得心口滯悶，這才控制不住想哭的。」

「奇怪？」周雪有些詫異地看著她。「那麼有趣的東西，在妳眼中居然是奇怪的嗎？」

羅蘭嚥了口口水，不可置信地詢問道：「難道妳……妳都看懂了？」

周雪點點頭。

她精通圍棋。圍棋這類東西，考驗的是對弈者的修為，在技巧上，考驗的其實是雙方的計算能力。她看到紙張上的算數內容，經過初始的迷茫之後，很快找到了線索。那根線索就好像一張引路符，幫她在這兩天的抄寫中，釐清了基礎算數的魅力所在。
她沈浸在回憶中，對著羅蘭說道：「嗯，看懂了。」
「它們……說的是什麼？」羅蘭又問。
「它們沒有說出什麼。」周雪回答道：「它們是一種工具，一種方式，一種集大成的智慧。正是因此，我才對自己昨日的那番說辭有了懷疑。」
她轉身，緊緊盯著羅蘭，像一個已經迫不及待要與旁人分享自己心底秘密的孩子。
「我根本無法想像未來會是如何的。我們將要做的事情，其中的意義，可能遠遠超越了我們現在的認知。」
羅蘭有些呆愣。
面前的她嘴角掛著笑，眼中蘊含著狂熱的嚮往和期待，與她這幾日認識的那個清冷如梅的周雪，判若兩人。

第二天。
曹覓正在屋中對帳，突然被飛奔進來的兩個孩子打斷了思路。
戚瑞和戚安氣喘吁吁地來到面前，炫耀道：「娘親！我、我們知道了！」
曹覓拍了拍他們的背，幫他們順了呼吸，問道：「你們弟弟呢？」
戚瑞、戚安轉頭看了一眼，這才發現原本跟在後面的戚然不見了。兩人對視一眼，戚瑞猜測道：「剛才我們跑得太快，他可能落在後頭了。」

曹覓點點頭。

「府裡有嬤嬤和婢女，倒是不用擔心他的安危。」她教育道：「可是你們兩個做哥哥的就這樣拋下他，他難免有些孤單。戚然每次看到什麼好玩的、好吃的，第一個總會想起你們。」

戚安吐了吐舌頭，反駁道：「他才不會想起我呢！」

雖然這麼說，但他還是轉身回頭，顯然是尋戚然去了。

不一會兒，他帶著正啃著一塊甜米糕的戚然回來了。

「他太饞了！」戚安恨鐵不成鋼地指著弟弟，跟曹覓告狀道：「他看到米糕，就不走了！」

戚然難得沒有出口反駁雙胞胎哥哥，因為嘴中含著米糕，只能用眼神狠狠地瞪著戚安。

曹覓好笑地將他們分開，這才對兩個大的詢問道：「你們方才說解出來了？是昨天那道題嗎？」

「嗯！」戚瑞驕傲地點著頭。

他取過茶杯演示起來，很快就將思路說清楚了。「……然後，把這『一兩』倒進大茶杯，再從茶盞中取出『三兩』茶葉，放進大茶杯裡。這樣，大茶杯中就有『四兩』了，留在茶盞中的也是『四兩』！」

曹覓笑著點點頭。「嗯，對了！」

她又問：「你們兩人一起解出來的？」

老大和老二一起點點頭。

「嗯，既學會了合作，也進行了思考，很棒！」她誇讚道：「來，你們吃米糕嗎？」

戚瑞和戚安這才坐了下來，跟著戚然一起享用米糕。

戚安邊吃邊興奮地問道：「娘親，還有嗎？」

「題目嗎？」曹覓想了想。「你們還小，其他的問題太難了。如果你們還有興趣，可以把上一個問題的『八兩』換成『十二兩』，另外兩個換成『五兩』和『九兩』，用這組新的數字再分出兩個『六』兩。」

「十二？」戚安低頭盯著自己的手。顯然，指頭不夠用了。

曹覓笑了笑，安慰他道：「好了，你還不到三歲呢，很多事沒辦法理解。等你再長大一些，這些題就難不倒你了。」

她這番話顯然沒用，因為戚瑞抓到了其中的關鍵。「可是，我已經長大一點了，為什麼我也不懂？」

曹覓與他說道：「數算並不在你父親為你安排的課業裡，不過也在君子六藝之中，你若有興趣，倒可以嘗試著學一學。」

戚瑞點點頭，回答道：「嗯，我要學！」

曹覓莫名有種羞愧感——明明自己早已經離開了校園，但在這一天，她又感受到那種被學霸強烈的學習慾碾進塵土裡的卑微。

她稍稍平復了一下，答應道：「嗯，你若願意，我待會兒就可以給你一些書，你自行回去看看。」

說到這裡，她突然想起一件事。

她將周雪那些女子暫時養在府中，其實是打算親自培訓她們的，等她們將書抄得差不多，培訓就可以開始了。

於是她詢問戚瑞。「這兩日，娘親要與人講解數理的內容。嗯……我讓下人在廳中用屏風給你隔出一個小房間，你要過來一起聽嗎？」

戚瑞點點頭。「好。」

旁邊，雙胞胎聞言，齊聲嚷嚷道：「我也要！」

「這可不是什麼好玩的事，聽課很無趣，你們肯定不喜歡。」曹覓警告道。

戚安嘟著嘴，一副「我就要我就不講理」的模樣，表示道：「我要跟大哥一起去！」

曹覓無奈笑笑，與他們做下約定。「那這樣，我可以讓你們跟著瑞兒一起進去，但你們只能好好坐在席子上。到時候你們要是當場調皮，或者影響到你們大哥，我就再不放你們進去了。」

戚安和戚瑞點點頭，齊聲答了句「好」。

因著此番，隔天夜裡，曹覓授課的廳堂中意外多出了一個小隔間。

周雪等女子深知不可窺探的規矩，上課時只安靜聽講，眼睛都不敢往隔間那邊挪。

學習這種事，開頭算是簡單，在座的又是成年女子，學習幾個阿拉伯數字、理解偶數奇數之類的東西，還算簡單。

課後，曹覓照顧著幾個孩子的興趣，乾脆又留下了一道趣味數學題，讓他們自行去琢磨。

她原本以為戚安和戚然會受不住，體驗過一次就跑掉，沒想到兩人居然都堅持了下來。只不過，戚然大部分時間要麼在玩自己的衣服，要麼在睡覺。戚安則緊緊貼在戚瑞身邊，即使跟不上曹覓的思路，也凝神聽著。

曹覓見狀，也不趕他們了，偶爾有時間還會將知識講解得更清楚明白。

過了兩日，丹巴依照約定來到王府，準備接張氏離開。

曹覓請他入了廳中，先是說明了想雇傭他兩月後再送張氏回來的事情。得到丹巴的同意後，又與他提起了另外一件事。

「之前聽丹巴先生說，先生手下的商隊偶爾也會往盛朝西邊的其他國度。」曹覓喝了口水。「我對異域的東西非常感興趣，特別是一些盛朝沒有的奇花異草。所以我想著，倘若丹巴先生的商隊再次往西，能否為我在其他的國度尋覓一下盛朝沒有的花草？」

曹覓這個要求並不算奇怪，物以稀為貴，許多貴族夫人都很喜歡來自遠方的稀少寶石或其他古怪玩意兒。所以丹巴沒有多想，應下道：「舉手之勞罷了，必定為王妃盡心搜羅。」

曹覓得到他的肯定答覆，點了點頭，借著喝茶的功夫掩飾住面上欣喜的表情。

這之後，她透過秦夫人那邊的牽線，又結識了另一名異國商人亞伯。曹覓繼續以喜愛奇花異草為由，對亞伯的商隊提出了同樣的委託。

漸漸地，遼州流傳出北安王妃喜愛奇珍花草的消息，許多沒有收到委託的商隊，也開始留意起盛朝難以見到的植株，希望以此搭上北安王府這條線。

曹覓過了幾天才知道這件事，想了想，並沒有制止。

由於科技並不發達，這個時代的商人們能去的地方非常有限，倒是不怕引起什麼物種入侵之類的悲劇。

於是，她開始靜待丹巴和亞伯的商隊歸來，想著尋找一個恰當時機，將空間中的現代作物光明正大地拿出來。

第二十六章

時間很快進入六月。

曹覓帶著九位已經培訓過兩旬的女夫子和汗血寶馬前往容廣山莊。

自她第一次過去，已經過了將近兩個月，好在北寺和南溪一直留在山莊中，不僅將山莊打理得井井有條，而且不間斷地與曹覓彙報著山莊內的資訊。

曹覓知道山莊一切正常，這才敢留在府中準備。

這一次去，她有三件事要解決。

一則是南溪幾次來信都提到的夫子問題，這次曹覓帶來的九位女夫子，除了周雪，都會留在山莊中任教。而周雪和其他幾個留在王府的，是因為進度過人，曹覓打算留在身邊繼續深入教導，以後便讓她們繼續為女夫子和其他人培訓。

二則是關於汗血寶馬的傷勢。經過這段時間，每天夜裡偷偷進入空間查資料，曹覓已經大概湊出了能治療汗血寶馬的藥物。但是藥物仍舊是有殘缺的，而且中藥的效用能發揮到什麼程度，她其實並沒有底。

但時間緊迫，她只能硬著頭皮試試了。

只希望這匹寶駒的自癒能力也能配得上牠的腳力，與閻王爭出高下。

最後一件事則是劉格前兩日來信，告知她要的水泥，工坊中似乎製出來了，要她過去確認。

經過了幾個時辰的奔波，曹覓終於抵達容廣山莊。

兩個月的耕耘修整使得這原本有些破敗的山莊完全變了一個模樣，山莊內，主要的道路已經被平整過，遠方的河流波光粼粼，河流西岸是鬱鬱蔥蔥的農田，有農人在其間勞作；山莊內，所有還能居住的院落都被勤勞的婦女們收拾出來，流民居住的地方也擴寬了許多。

儘管這段時間，每次看到投入山莊的錢糧都會令曹覓肉痛一陣，但親眼看到如今的景況，曹覓心中感慨這錢花得相當值。

她先是帶著那群女夫子們一起去找了南溪。

南溪這兩個月一直為學堂的事情發愁，此時見曹覓一下子帶過來近十個人，差點當場熱淚盈眶。

但當她看清那些女夫子的長相時，卻又結結實實吃了一驚。

她一直留在山莊，對康城中發生的事情並不知曉，此時見這九位女子都亭亭玉立、長相不俗，光是站在那裡的模樣就像畫中的仙女一般楚楚動人，著實驚嘆不已。

她與曹覓行禮，大致說了學堂近來的情況，便小聲地同曹覓又確認了一次。「這些姑娘，都是要留下來的嗎？」

曹覓指了指周雪，道：「除了她。她是這群夫子的『組長』，此次就是跟過來了解一下情況，之後還會隨我一起回去，其他八個，都會留下來。」

她見南溪一臉欣喜，又提醒道：「這些人在府中培訓過，不僅可以留在學堂內教導學生，平日裡，也可以幫忙訓練一下那些品質不高的夫子，妳自己看著安排。另外，我每兩月會重新送一批人過來，更新一下學習內容，這些孩子暫時還是以識字為主。」

南溪開心得連連點頭。「奴婢知道。」接著，提議道：「王妃難得過來一趟，要不要去學堂看看那些孩子？他們知道王妃是他們的再生父母，也十分珍惜來之不易的求學機會呢。」

曹覓點點頭。「也好。」

她回頭看了眼周雪那批人，開了個玩笑道：「趁這個機會，我帶妳們去看一看，也讓妳們知道，容廣山莊並沒有想像中那樣不堪，在此處當個女夫子也不是什麼要人命的事情。」

她知道，雖然這段時間過去，這些女子多多少少都做好了準備，但對於容廣山莊這陌生的地方，心中還是存了些恐懼的。

周雪這些日子與曹覓相處，知道曹覓是個心善的主子，如今對著曹覓只有敬重和尊崇，卻沒有畏懼。

於是上前一步，笑著同曹覓回了一句。「王妃明鑑，這段時間在王府隨王妃學習，我們都知曉了為師者的意義，也了解了之後要做的事，怎麼會恐懼？」

聽到她這樣說，其餘女子不管心中是如何想的，俱都表態。「王妃放心，奴婢必當盡心盡力。」

曹覓滿意地笑了笑。

接著，她們一行便在南溪的指引下來到學堂。此時正是上課時間，曹覓遠遠在學堂門口看到了屋中孩子們伏案習字的模樣，並不打算過去打擾。

她站在門口處，對著南溪誇讚。「倒是都十分乖巧。」

南溪頷首，驕傲道：「大部分都極為自覺，有一些不安分的，之前專門將他們聚在一塊兒，與他們說清事態，也願意學了。」

曹覓點點頭，看到學堂外的一畦畦菜地，又詢問道：「那些菜地是怎麼回事？」

南溪解釋道：「孩子們課間休息時，沒什麼打發時間的事情。之前我乾脆讓北寺找了幾個農人過來，幫忙開墾了幾塊田地，又給他們拿了些菜籽，讓孩子們自己照看著。」

流民的孩子大多是會些農活的，種植一些好侍弄的蔬菜不在話下。學堂中的菜地不多，每一塊都傾盡了孩子們的心血，其上的蔬菜長勢完全不輸河岸邊那些成年人種的糧食。

不過，南溪的話卻讓曹覓發現了自己的疏忽。

她想了想，道：「如今，學堂中只有文課和算課，委實有些無趣。這樣吧，剛好現在人手夠了，妳安排幾節『活動課』上去吧。」她轉頭詢問周雪等人。「我記得，妳們都有些其他技藝？」

女子們紛紛點頭，這個說我會跳舞，那個說我會彈箏……總之，每個人至少都說出了一、兩門自己賴以為生的手藝。

她們出身不好，每個都是將掌握的技藝練到登峰造極，打敗了諸多同行，才有幸入了那些世家的眼，被送進北安王府。

此時此刻，她們在曹覓面前輕飄飄報出來的才藝，至少都相當於現代職業級的水準。

曹覓也沒有記清她們都會什麼，只知道這麼多門文藝課程，遠遠足夠了。

她對南溪道：「我待會兒去找戚六，讓他分出兩個侍衛過來，專門留在學堂給妳當個『武夫子』。武夫子可以教『體育』，帶著孩子們活動身體。而這些女夫子在正式課業之餘，也可以教『文藝』，多多少少薰陶一下孩子們的情趣。妳先加一、兩門課看看反應，若是好的話，就可以將這些課程固定下來。」

南溪喜不自勝地點點頭，道了聲「是」。

解決完這邊的事，曹覓將女夫子們都留下，便回到今晚自己要暫住的院落中，找了北寺過來。

北寺帶著人進到曹覓的院子，幾人躬身行禮時，眼神一直難以控制地往曹覓身邊的汗血馬身上瞄。

曹覓見狀，讓他們起身。

她摸了摸汗血馬的耳朵，將牠介紹給北寺等人。「北寺，你過來認認烈焰。」

「烈焰」是她這段時間為汗血寶馬取的名字。

經過這段時間的相處，烈焰已經認可了曹覓，與曹覓十分親近。曹覓按著資料中提及的馬兒喜好，經常餵些現代甜度高的蔬果，如今，烈焰不僅願意讓曹覓碰自己的耳朵眉心，甚至會主動與曹覓親近示好。

北寺聞言上前，有些不確定地問：「王妃，這是……」

「我準備將烈焰寄養在山莊內。」她直接道。

曹覓認真想過了，待在王府，一則是不能放開手腳為烈焰治療，二則，王府中沒有土地供烈焰馳騁。烈焰是匹馬，天性就是奔跑，根本無法活在院牆高築的王府中。

所以考慮再三，儘管有些不捨，曹覓還是按照最初的計劃，將烈焰帶了過來。

接著，她又吩咐道：「我列出了照顧牠的一些注意事項以及每日的伙食，你把流民中那個大夫找出來，專門照顧牠。」

北寺點頭領命。「小人明白。」

「牠受了點傷。」頓了頓，曹覓覺得還是有必要同北寺說清楚。「過段時間，牠也許、也許會因傷勢惡化死去，你們不必驚慌。」

說到這裡，曹覓有些感傷地捋了捋烈焰的脖子。烈焰似乎能感受到她的悲傷，低下頭來蹭了蹭她的胳膊。

曹覓扯出個笑顏。「總之……我的意思是，你們按照我給的囑咐好好照顧，但倘若出了意外，也無須自責，並非你們的過錯。」

北寺答了一聲「是」。

曹覓早與烈焰說過要將牠留在這裡的事，此時也無法顧及牠是否聽得懂了。

但當她吩咐北寺牽著烈焰去熟悉山莊中新建好的馬廄時，烈焰叫了幾聲，踟躕了一會兒，最終還是乖巧地跟著北寺離開了。

在這一刻，曹覓心中有一種強烈的預感，她與烈焰之間的緣分，絕不會僅僅這短短的兩個月。

將此處的事情一一安排好，她在山莊內休息了一夜。第二天一早，她帶著人前往劉格的水泥工坊。

其實就在半個多月以前，劉格還在為水泥的事情寢食不安。

他帶著人在石灰礦旁邊建起水泥作坊之後，一度覺得自己能很快完成曹覓交代的事，就如同以前做石磨或者耕犁一樣。畢竟，曹覓已經給了配方比例，甚至給出了生產流程，他要做的只是照本宣科，指揮著眾人把水泥燒出來就夠了。

劉格甚至覺得這點小事根本不需要自己過來。

很快，在他們將窯建起來之後，第一批水泥成功地燒製出來。

劉格還沒來得及得意，就發現這批水泥根本糊不上牆！

這跟曹覓描述中的成品根本不一樣。但除卻這點，至少這批水泥在其他方面已經有模有樣了。劉格反思了一下，優化配方，又將燒製手段進行了改良。於是第二批燒製出來的水泥黏性足夠，穩穩地上了牆。

劉格安排了人快馬加鞭回去報喜，傳信的人剛出門，一個工匠不小心用肘子一杵，乾掉的牆面碎了，劉格連滾帶爬出門，攔住了那匹快馬。

之後，他來來回回折騰了數次，終於弄出了各方面似乎都及格了的水泥，派人給曹覓呈了過去。

曹覓一看，直接打回去了，說是根本不合格。

給劉格回信的同時，她委婉地建議他可以找一些資歷深的燒瓷師傅幫忙看看——問題一定出在燒製的環節，要想辦法改良燒製手段。

劉格自知沒辦好事，有些沮喪的同時，忙不迭按照曹覓的吩咐，去請了幾個老師傅入坊。好在遼州本就有燒瓷器的歷史，這樣的人並不難找。

轉機就出現在這批老師傅中，一個姓曾的燒窯師傅身上。

那天，劉格帶著手下又弄出來一批新的水泥，眾人熬到深夜，等待著水泥風乾，但結果仍舊不合格。

劉格失望地嘆了口氣，朝著周圍的人擺擺手。「算了、算了，你們先回去休息吧！」

眾人面面相覷，一臉凝重地各自回屋，其中又以曾師傅所在的那一批燒窯師傅最為憂心。

之前提過遼州的陶瓷歷史，在仍舊和平的年代，遼州出產的鏽紋瓷也是享譽整個盛朝的。精美的瓷器遠銷各地，養活了一大批燒造瓷器的工匠。後來，戎人南侵，遼州近三分之一的土地被侵占。盛朝人心惶惶之下，帶著特殊鏽紅色的遼州瓷被看作血火災孽的象徵，遼州瓷業從此一蹶不振。

大批造瓷工匠有的艱難轉行，有的就咬咬牙弄起了小作坊，勉強維持生計。

這次是因為曹覓的需求，他們這群人才被重新聘用進工坊，所有人都十分珍惜這個飯碗。

劉格急，曾師傅這群人更急！他們生怕這位大管事一看自己不頂用，又將他們遣散了。

正是這種壓力，逼迫著曾師傅也奮力壓榨著自己的腦子與經驗，想要幹出點實事。

這一夜，是他們過來之後第五次燒製失敗。劉格讓他們離開後，曾師傅並沒有回房，他悄悄回到工坊內，想要再試試。

沒想到的是，他剛把窯熱起來，劉格居然進來了。

劉格一進門，看到曾師傅時還詫異了一下，但很快便反應過來，搖搖頭，對著曾師傅勸道：「這都熬了好幾夜了，也不差這一會兒，沒事的，回去休息吧。」

曾師傅憨厚地笑了笑。「沒事的，劉管事，我再看看。」

劉格不再勉強，點了點頭，自己也到一邊檢查起石灰礦。

大概是深夜，劉格忙了一小會兒，有些感傷地說道：「你說這個小東西，為什麼就燒不出來呢？我們五個窯一起燒，三天能弄出近十種水泥，就這樣忙活了一個多月，愣是一種有用的都沒有。」

曾師傅知道他心中苦悶，安慰道：「劉管事別心急，也許下一批就有合用的了。」

劉格搖搖頭。「不，我總覺得是什麼重要的東西被我遺漏了。這樣下去，我們再花多久都弄不出來！」

他一會兒看看地上的礦石，一會兒看看窯，不知道在想些什麼。

這段時間以來，他們的改良方向有兩個，一個是優化配方，一個是研究燒製的方法。配方的主要材料和比例都是曹覓提供的，劉格按著她的吩咐，嘗試往其中添加了一些其他東西，已經漸漸摸到了門道。他自認，短時間內在配方上，是難再有寸進了。

於是，徘徊一陣後，他的目光直直定在窯上。

氣氛一時之間有些沈重，曾師傅弄完了手上的事，一時之間走也不是、不走也不是，見劉格盯著窯，於是試著與劉格閒聊兩句，再順理成章告辭。

「我們遼州的窯啊又大又深，很是不一般，很少有別的地方的窯能與我們相比。」

劉格被他打斷思路，揉了揉眉心，順口詢問了一句。「你還見過別的地方的窯？」

「是啊！」說起自己吃飯的本事，曾師傅突然起了興致。「我當年做學徒的時候，跟著師傅往臨州、閔州那些地方跑過。臨州的瓷器不出名，沒什麼好說的。閔州的小青瓷倒是好，但他們的窯小氣，做得高高的，跟我們遼州的比不了。」

「小青瓷名滿天下，你還敢嫌棄小青瓷的窯？」劉格笑了笑。

「嘿，也不是。」曾師傅抓了抓腦袋。「確實不一樣，我看著新奇，所以記得深，這才口不擇言做了比較。」

劉格點了點頭，正想開口勸曾師傅回去休息，突然想到什麼，脫口而出道：「你說，用你們遼州的窯不行，用閔州的呢？」

曾師傅愣住，半晌，悻悻地問：「要、要重新建窯嗎？這可費事。」

「是啊，太費事了……」劉格發愁地點點頭，但很快反應過來。「不對，我怕什麼費事？」想通這一點，他一瘸一拐，快步靠近曾師傅，問道：「你還記得那種窯的模樣嗎？你知道怎麼建嗎？」

曾師傅點點頭。「嗯，那個閔州的師傅和我師傅私交甚篤，知道我們是遼州的，搶不了他的生意，並不阻止我們入窯查看，甚至與我提過如何建造。」

「好！」劉格下定了決心。「明天你把工作交給老陳他們，你來主持，弄一座新窯出來。」

「啊？」曾師傅根本沒料到他們這麼三言兩語，建新窯的事情居然就定下了。

但他很快點頭應下。「好的，劉管事。」

劉格事多，過後就將這件事拋在了腦後，他對那閔州窯也沒什麼認識，便直接把那邊的工作全權交給了曾師傅。

曾師傅自認明升暗降，被調離了劉格身邊，情緒有些低落。

他帶著人沒抱希望地燒製出一爐水泥，趁天色未暗之前，匆匆用成品砌了面膝蓋高的牆，便回去歇著了。

夏日溫度高，隔天，當他們回到新窯前，一個學徒朝著那面矮牆用腳一踹，本以為能如過往一般，秀一腿出牆倒的神技。

可令他沒想到的是，這一次踢腿之後，倒下的卻是自己。

「哎喲！哎喲！」他抱著腿倒在地上，慘叫聲引來了眾人的注意。

曾師傅正因進展不順鬱悶，被他這麼一喊，心頭火更盛，轉頭便想教訓幾聲。

但訓斥還未出口，他突然想到了什麼，話語一時間堵在喉嚨口。

慢慢地，新窯前的人都反應過來，連那個小學徒都驚訝地止住了哀號。

眾人沈默著聚到矮牆前面，不約而同地用腳輕輕踹了踹那面矮牆，然後在腳尖傳回的痛楚中，開始傻笑起來。

曾師傅按捺住喜悅，從角落裡尋了一把大錘，狠狠往矮牆上一砸。

「砰」、「砰」幾響後，他看著毫髮無損的牆面，喃喃著唸了一聲。「成了……成了……」

當天下午，一匹快馬跑出水泥工坊，像打了勝仗的士兵，雄糾糾氣昂昂地往北安王府而去。

第二十七章

曹覓抵達水泥工坊時，劉格正帶著人建造第三座新窯。他想要擴大新窯的燒製空間，增加水泥產量。

接到曹覓後，他先是帶著她去看了那面矮牆，又令人現場演示了一遍水泥砌牆的流程。

當曹覓確認了水泥合格，點頭激動地誇讚他時，他羞愧地將曾師傅推了出來。

「小人慚愧。」劉格此前在戚游軍中任職，為人剛正不阿，並不搶功。他對曹覓解釋。「這種水泥是這位曾姓師傅燒製出來的，他造出了閔州窯，才燒出了符合王妃要求的水泥。」

曹覓點點頭，半點不吝嗇地誇獎道：「做得很好，賞！」

之後，劉格又帶她去看了新造的高窯。

曹覓一見到那種窯就覺得有點眼熟，半晌後想起來它有點類似於中學課本上提起的高爐。

結合方才劉格說的研製經歷，曹覓心中有了大概的猜測。

燒製水泥需要的溫度比這個時代燒瓷的溫度高一些，普通的窯根本達不到燒製水泥所需的溫度，是以劉格之前一直未能成功；而曾師傅造出來的閔州窯則陰差陽錯地滿足了高溫的條件。

所謂的閔州小青瓷，實質上就是因為特製的釉料和遠高於其他瓷器的燒製溫度，這才在陶瓷表面形成了溫潤的天青色。

滿足了高溫條件後，水泥也就順理成章地燒了出來。

大致猜測出事情原委，曹覓對劉格說道：「此次能造出水泥，曾師傅功勞最大。但你願意聽取旁人的意見，果斷建造新窯，同樣厥功甚偉。」

劉格聞言，連忙躬身行禮，道：「小人慚愧，實在不敢受王妃此種誇讚。」

曹覓笑了笑，將他扶起，搖搖頭又道：「我的意思是，日後還會有許多新奇事物交予你研製，你一定要謹記此次經歷，不要怕難，更不要怕費事。我曾聽人說，失敗乃成功之母，一次次的失敗並不可怕，你要學會從失敗中汲取經驗。」

劉格聞言，受教地點點頭，真誠道：「是，小人明白了。」

曹覓見他明白，滿意地笑了笑，繼續往前參觀。

走了一圈下來，她克制不住地咳了咳。

「水泥間多粉末。」曹覓突然意識到這個問題。「工匠日日在這種環境下，對身體損害極大。」

劉格一愣。「這……」

曹覓隨即提了相應的對策。「我之後讓東籬去繡坊訂製一批『口罩』，做好後送到工坊。平日裡在水泥工坊中的工匠，都要佩戴口罩。另外，每個人在水泥作坊中工作最多半年，就必須調換崗位。或是去協助運輸黏土石灰，或是換去容廣山莊耕作，總之，一年中，工匠不能在工坊中待半年以上。如果有人出現咳嗽或者胸部悶痛的症狀，就立即換出去。」

這是她目前所能想到的解決之法。她知道現在能生產出來的口罩效用肯定有限，但聊勝於無，不斷的輪換和檢查才是避免發生事故的最有效辦法。

劉格點點頭。「是，小人都記下了。」

曹覓點點頭，又往外走。趁著這個機會，她大致規劃了下未來廠區的規模。

新的水泥工廠可在原本的作坊上擴建，水泥廠建造的同時，水泥的生產也持續進行，最初的這批水泥便可以自產自銷了。

商議完水泥工廠的相關事宜，劉格突然有些擔憂地道：「王妃，恕小人直言，小人之前與工坊的幾位老師傅交流過，發現了一個問題。」

曹覓挑眉。「嗯？什麼問題？」

「就是……」劉格斟酌了一下措辭。「遼州這邊建房子，多是用一些隨處可見的黃土來砌牆，當然那東西比不上水泥，但勝在隨手可得，根本不費什麼錢。而富貴一點的人家，則慣用糯米漿，或者直接使用上好的石料。」劉格有些苦惱。「這水泥，到時會不會沒有人識貨，根本賣不出去？」

曹覓其實也想過這個問題，但早在劉格研製成功之前，她就想好了辦法，於是道：「你放心，我早已經考慮過這個問題。」

劉格點了點頭，不再說話。

曹覓見他仍舊苦著臉，便笑了笑。「我剛在城中買了一塊地，原本以為要等等你這邊的進度，沒想到你們做得比我想像中更快，恰好趕上了。」

劉格眼睛一亮，很快意識到曹覓的打算。「王妃是打算用水泥在城中百姓眼下蓋出一棟房子？」

曹覓糾正道：「不是房子這麼簡單。」她笑了笑。「我要用鋼筋和水泥，建起康城中最高的酒樓！」

曹覓原本打算在工坊這邊多留一天，解決完一些未能商定的事宜，但王府傳來消息，說是戚游請的那位夫子過來了。

這位原本預計會在五月到達的林夫子之前又來信，說在途中遇到了好友，抵達的日程還要延緩一些。

沒想到，他這一推遲，恰好撞上了曹覓外出的這幾天。

曹覓只好讓劉格安頓好這裡的事情之後再回府找她，便帶著人回了王府。

畢竟是戚游的故交，家中三個孩子未來的夫子，如今戚游不在，她這個女主人還是得出面待客。

但她回到王府中時，卻意外發現已經有人招待林夫子了。

離開康城兩個月的戚游悄無聲息地從封平回來了，此時，他正與那個林夫子在廳中小聚。

趕回來的曹覓聽了管事的說明，點點頭，也不急著出去見客，徑直回後院休整。

這天晚膳，戚游特意開了家宴，除了他們一家五口，還請了這位林夫子。

林夫子名喚林以，字樊之，年紀不到三十，他出身泉寧名門，在這個科舉尚未普及的年代，學問是眾人公認的好。

此前他順利入朝為官，眾人都覺得林家要平步青雲了，沒想到後來林以得罪權貴，丟了官職。皇帝雖然在戚游求情之下免了流放，但也絕了他再次舉官的可能。

林以失了勢，即使回了老家，一舉一動仍被當年朝中的敵人針對，做什麼都不自在。他在家散漫幾年，直到戚游去信請他出任幾個孩子的夫子，他才又振作起來，收拾行囊奔赴遼州。

隔天，戚游就讓三個孩子給林以行了拜師禮，這事就算成了。

孩子們有了正式的夫子之後，曹覓終於能輕鬆一些。

近來，她正在與泥瓦工匠們商量著酒樓的事情。

古代高樓難成，其實就是礙於地基與承重。引得大詩人王之渙寫出「欲窮千里目，更上一層樓」的鸛雀樓，其實也就有六層，在現代根本不夠看。

現在曹覓手中有了水泥，按照她的想法，自然是想一舉把這個紀錄破了，弄出個舉朝矚目的八層高樓。

她與工匠們說了新的澆築地基與承重柱的辦法，工匠們紛紛點頭。他們見識過水泥的性能，這段時間在劉格的指導下，也試著開發出水泥的各種用處，她說的以鋼筋為骨、混凝水泥為肉的辦法，在他們看來確實可行。

但聽到她要蓋到八層，工匠們卻不敢了。

他們苦苦勸說一番之後，曹覓無奈讓步了。

畢竟水泥雖然有了，但鋼筋之類的東西品質還遠遠跟不上，八層這個高度實在太過冒險。

最後，定下一個曹覓和工匠們都能接受的高度——五層。

五層建築在這個時代雖然少，但也不是不存在。工匠們第一次嘗試，選擇了這個在他們看來絕對有信心達到的高度。

雖說這與曹覓的預期有些不符，但五層高樓在康城中也是獨一份的，摘下「康城第一高樓」的美名，完全不在話下。

這時，外間下人來通傳，說是秦夫人上門求見。

秦家是遼州本地數一數二的大世家，自從上次與曹覓在宴席上「相談甚歡」之後，這位秦夫人便時常會找些藉口來往。

曹覓讓人將她請進來，自己回屋整理了一番。

她出來時，秦夫人已經在廳中坐著了。但曹覓的注意力卻被她放在案山的那盆奇植吸引。

秦夫人見她盯著自己帶來的盆栽，行完禮後便迫不及待地介紹道：「早聽說王妃喜歡奇花異草，早前我一個妯娌得了兩盆紅籠果，我就想著一定要為王妃討來一盆。看來我這心意沒有白費，王妃當真喜歡！」

秦夫人口中的紅籠果，其實就是辣椒！

曹覓看著被種在一個精緻瓷盆中的辣椒，點點頭笑道：「秦夫人有心了。」她其實知道，辣椒在古代，一開始是被當作觀賞植物的。但辣椒在這時候還算稀少，曹覓也不知道它的本地名稱，於是一直沒有特地尋找過。

秦夫人今日送的這一盆，真真是送到了她心坎上。

她越看越欣喜，心下卻有些難安。「這樣新奇的東西怕是費了夫人不少事吧？畢竟是我要的，夫人可詢問這樣一盆紅籠果價值幾何，我——」

「王妃何出此言！」秦夫人佯怒地打斷了她的話。「不過一盆紅籠果，王妃收下便是，怎麼還與我見外了呢？」她拉過曹覓的手。「王爺近來將我家老爺提到了州牧身邊，我家老爺難得能為王爺效力，如今飯都比以往多吃一碗。我是想著與王妃也該多親近親近的，就怕王妃看不上我們秦家。」

話都說到這分兒上了，曹覓哪裡能再推脫，連忙回握了一下她的手，歡歡喜喜把東西收了。

反正她也品出來了，這是又受到戚游那邊的恩惠了，且先記著吧。

兩人聊了一會兒，秦夫人又提起一件事。

「聽聞王妃要在城中建一處酒樓，用的還是王妃手下弄出來的新東西？」

曹覓倒不詫異秦夫人會知道這種事。畢竟她為了宣傳水泥，並沒有特意隱瞞。此時聽到秦夫人這樣問，便點了點頭。「夫人消息靈通，是有此事。」

秦夫人繼續恭維道：「唉呀，我就是想著是不是能買些那新奇的東西，順便沾沾王妃的喜氣。」

如今水泥廠正在擴建，但是生產並沒有停下來，酒樓那邊還在拆除原本的建築，等到施工還需要一段日子，此時聽到秦夫人提起要採購水泥，曹覓自然十分開心。「那是自然，那水泥好，夫人可採買些，為家中修建一些地龍和火炕。」

這就是除了酒樓之外，她想出來的第二種推廣方案。

遼州地處盛朝最北部，這裡的冬天可不像京城，用幾盆炭火就可以扛過去。所以曹覓認為，更為暖和的火炕和地龍在這個地方，需求絕對巨大。

說起來，其實火炕地龍這些用到的主材料都不是水泥。水泥不抗燒，火炕一般用黃土與秸稈調成的土泥搭建。但是水泥可以做基礎或抹面，總之，能推銷出一點是一點。

加上此時這兩種技術還只掌握在曹覓手中，她可以讓人帶著材料，直接上門給弄個一條龍服務，把收入都包了。

於是她為秦夫人解釋道：「火炕就是在屋中做一個可以燒火的炕，冬天人坐在上面，火在下面燒著，別提多暖和了。我的人正在試驗，過段時間成功之後會到王府來砌炕，秦夫人要是需要，到時候我讓他們也去秦府幹活。」

秦夫人笑得見牙不見眼。「那可真是太好了！王妃可一定記著，到時候讓人過去啊！」

曹覓點點頭，也為第一筆水泥交易而開心。

但是她不知道，秦夫人離開了王府，剛上了馬車就變了一副嘴臉。

「秦西，那個什麼水泥、火炕的事情你記著，到時候你去辦，別來煩我。」她對著一個貼身小廝吩咐道。

秦西點點頭，但有些為難。「夫人，真的要把主廳和您的院落都……」話還沒說完，秦夫人狠狠瞪了他一眼。「怎麼？真準備在我屋裡弄個火炕，把我和老爺架在火上烤啊？」

「那……夫人的意思是？」秦西小心詢問。

「打發他們去下人房那邊弄吧。」秦夫人揉了揉額角。「反正錢我已經送出去了。對了，給那個賤人也弄一個。」

她突然來了精神，示意秦西靠近，細聲道：「你回去就安排，說是王妃的人要來府中施工，我緊著那賤人的屋子，讓她這段時間先搬到城外去，明白了嗎？」

秦西點點頭。「小人明白。」

秦夫人這才安心地坐了回去。「嗯。能把那賤人支走一段時間，也算意外之喜了。」

她這樣想著，終於安下心，閉目養神起來，不再說話。

秦夫人走了之後，夜裡，曹覓回到房中，開始查起近來的帳本。

劉格那邊比想像中更快地弄出了水泥，酒樓也要提前開工了。之前與工匠的商議中，她發現酒樓建造的耗資比想像中更大。

她是衝著打造康城第一去的，選址就在城中最繁華的街道，這就代表酒樓的其他部分也不能差。

原本還存有一筆金銀的她，財務瞬間變得緊張起來。即使有秦夫人以及接下來其他聽到風聲的世家接踵而來採購水泥，這點收入也完全不夠。

這意味著，曹覓馬上要陷入一個入不敷出的境地。

意識到這一點，她坐在燭光下對著帳本發愁，絞盡腦汁地想對策，連戚游進來了都沒發現。

直到戚游在身邊坐下，她才驚覺屋中多了個人。

曹覓一愣，下意識就準備起身行禮。「王爺。」

戚游擺手，示意她坐回去。「王妃倒是比我還忙。」他看了看她身前的帳本。「都這麼晚了，還在處理帳務？」

曹覓有些臉紅地蓋上了帳本。

畢竟，自己因為花錢大手大腳，導致財務出現了問題，這種事情被人知道了，還是有些難為情。

戚游也沒有探究她私事的慾望，徑直倒了杯茶水解渴。

茶水一入口，他便皺了皺眉，將茶杯放下，詢問道：「遼州買不到北安毛尖嗎？」

戚游自小在北安長大，極愛北安特產的毛尖，其他的茶不合他的口味。

曹覓愣了一瞬，才反應過來他說的是茶，下意識回答道：「呃……不是，是因為近來錢不夠了。」

「錢不夠？」戚游似乎難以理解。「錢不夠的話，妳去找管事支取便是。管事從未與我提起府中錢財緊缺，想來買些毛尖的錢還是有的。」

曹覓聞言，終於明白過來。

王府中的一應支出，用的都是戚游的錢，而她近來每天為著自己的財務發愁，某次東籬過來請示內務採買時，下意識將府裡部分昂貴的開銷都削了削，改成了較為普通的替代品。

戚游一語點醒了她，她這才發現自己做錯了。

於是曹覓低著頭，承認道：「王爺，是妾身疏忽了。妾身最近財務有些緊張了，是以削減了府中一些用度，這才將王爺愛喝的茶換了……還請王爺責罰。」

第二十八章

戚游沒理會她的話，反而又問：「妳缺錢了？怎麼會缺錢？」

曹覓鬱悶地鼓了鼓腮幫子。

這北安王純屬飽漢子不知餓漢子饑，真以為誰都跟他一樣有錢嗎？但她還是認命地解釋道：「因為……因為近來妾身買了塊地，準備建酒樓，再加上容廣山莊那邊的支出，手上便有些緊張了。」

她都已經自揭老底了，可旁邊的北安王還是一頭霧水，繼續問：「然後呢？」

曹覓這下是真的有些生氣了。

「什麼然後？」她回道：「沒有然後了，就是缺錢了。」

戚游一臉不可思議地看著她。「所以妳為什麼不去找管事支取？」

曹覓聞言愣了好久。

她有些理解不了北安王的腦子，平常明明看著聰明，為什麼在這種事情上，一定要她掰開來一點一點說呢？

「妾身做的這些，都是妾身自己的私產。」曹覓回答。「管事那邊掌管的內庫，不是王爺專門用來供應府中的嗎？」

戚游點點頭。「對啊。」

見他終於明白了，她點點頭，不自在地移開了眼，

此時，對面的戚游終於理解了她的意思，困惑著又說了一句。「給王府和給妳，有什麼差別嗎？」

有些懨懨地擺弄著茶杯的曹覓突然頓住。

另一邊，戚游繼續道：「我當年是見妳不會理財，才沒有將內庫直接交到妳手上。但不管妳是因為什麼原因缺錢，只要不太過分，妳都可以去管事那邊支取。」

「這……這樣嗎？」曹覓有些反應不過來。

其實她一直不敢心安理得地享受北安王府中的一切。

所有依靠王府得到的東西，她都不敢據為己有，甚至原身原本擁有的，她都是以一種先用後償的心理在取用。就例如丹巴之前為了交好北安王府，送來給曹覓的那顆紅寶石，曹覓看著新奇，卻從來不覺得那顆寶石是屬於自己的。

她在這個時代重生，占用了原身的軀體，自認已經獲得了無價的生命。她要報答原身，報答北安王府，甚至報答這個時代。

穿越而來的這些時間，她心中想到的大部分是付出與報恩，而不是享受或索取。

此時戚游的話，讓她產生了一些錯亂。

他這樣理所應當的態度，讓曹覓恍惚間覺得，她真的是這個家的一分子——可以為所欲為，隨心支取帳面上的金額，享受原身的權勢和富裕。

她並不是某個異時空的遊魂，在戚游眼裡，她就是曹覓，是他的王妃，是北安王府的女

主人。儘管這位王爺近來可能已經發現了她的異樣，但他依舊認可她，尊重她。

即使知道這些可能都是他對原身的態度，但在這一刻，曹覓還是感動得鼻頭發酸。好像自己一個人孤軍奮戰走了許久，驀然回首，發現身邊其實一直站著個隨時準備為她遮風擋雨的同伴。

就在她發愣的這一陣子，戚游已經起了身。

他褪下外袍，轉身朝曹覓走了過來，幫她解著扣子。

曹覓終於回過神來，嚇了一跳，下意識捂住自己的領子，然後在戚游皺著眉不可置信的眼神中，僵笑著慢慢將手放下。

戚游於是又滿意了，抱起她往床的方向走。

曹覓的腦子裡一片混亂。剛剛才對北安王升起一點親近和感激之情，甚至已經決定了先用他的錢來救救急，但是這並不代表她能接受「以身相償」啊！

於是，當戚游將她放在床上時，她突然冒出一句。「那匹馬我救活了！」

戚游的薄唇此時距離她的只有不到一掌的距離，但是聽到這句話，他硬生生停下了。

「什麼馬？」

「紅馬？」

戚游不再理會懷中人的胡言亂語，俯身繼續著剛才的事情。

「等等、等等！」曹覓找回理智，手忙腳亂地解釋道：「就是丹巴送來的那匹！紅馬！汗血寶馬！」

戚游的動作又停下，有些困惑，又詢問道：「那匹馬他不是動過手腳嗎？」

曹覓小雞啄米般點著頭，又道：「是啊，但是其實傷勢不重，能救的。」

「能救？怎麼救的？」戚游撐起自己的上身，拉開了一點距離。

「就……」曹覓還沒想好藉口，只能隨口道：「容廣山莊那個大夫救的。」

「胡扯！」戚游蹙眉。

「真的！牠現在可好了，活蹦亂跳的，我給牠取名為烈焰，牠還讓我摸牠的耳朵！」其實曹覓也不清楚烈焰是不是真的痊癒了，但在北寺的信件中，她知道那些藥物有用，烈焰一天比一天更精神。

「烈焰？這名字不錯。」戚游翻過身，在她身邊躺下。

「是啊，牠看起來就像一團燃燒的火焰，可威猛了。」

「能跑嗎？」

「能啊！不過我不會騎馬，也不知道牠跑起來有多快。」

「牠在哪兒？我下次可以教妳。」

「就在容廣山莊……」

紅鸞帳內，北安王與王妃的聲音響至深夜，直到戚游都有些睏了，曹覓還努力拉著他東拉西扯些關於烈焰的趣事。

穿越成北安王妃的第八個月，曹覓靠著汗血寶馬又成功「自救」一次。

隔天，戚游醒來之後，總覺得自己忘記了什麼事情。

他看了看還在自己懷中熟睡著的曹覓，沈默了會兒，自己去了武場。
一個時辰後，他滿身大汗回到房中，曹覓正和三個孩子吃早膳。
曹覓見到戚游，明顯愣了愣。
她清晨起來後，看戚游沒了蹤影，以為他又離開了。吩咐早膳時，她有些昏沈，記恨昨晚被北安王嚇得熬了半宿，就直接帶著孩子開膳了，壓根兒沒想著派人去確認一下戚游的行蹤，或是等上一等。
如今戚游回來，他們卻已經開膳，明顯是有些失禮了。
驚詫過後，曹覓有點歉疚地看著戚游，嘗試補救，問了一句。「呃……王爺可要先去沐浴更衣？」
戚游定定地看了她一眼，面上看不出是什麼情緒，淡淡「哼」了一聲，轉頭自去收拾了。
曹覓見他沒說什麼，自覺救場成功，不由得輕呼出一口氣，又開心地拿起了自己的碗筷。
但她沒料到的是，戚游還沒出膳廳，老二戚安看見她這副如釋重負的模樣，突然壞心眼地高喊了一句。「娘親，妳不是說爹爹今天不會過來嗎？」
戚游正行到門欄處，提步的動作在這一問後忽地一頓，繼而又重重踏下，發出「砰」的一聲響。
權傾遼州的北安王頭也沒回，只加快了腳步，踩著如落雷般的步子離開。

曹覓心頭一跳，目送著戚游真的走遠了，這才轉頭無奈地看了一眼惡作劇成功的戚安。她開玩笑道：「娘親今日說錯了，你再給娘親一次機會。」

「嗯？」戚安嚥下了口中的甜粥，有些奇怪地朝她看了過去。

曹覓乘機揪了揪他的臉，佯作威脅道：「明日你爹爹來不來我不知道，但我們戚安應該是不來了。」

戚安偏頭，從她手中救出自己的小肥肉，眼珠子轉了兩轉，聽明白了曹覓的意思。但他大概不能判斷曹覓話中的真假，張了張嘴，朝著戚瑞求助地喊了一聲。「哥！」

戚瑞在喝粥的間隙抬起頭來看了他一眼，猶豫了一瞬，還是決定保一保自己的小弟，於是難得開腔道：「娘親別逗他。」

曹覓心情終於舒暢了些許，笑著安慰了一下。「好好喝粥吧你。」

戚安嘟了嘟嘴，這才老實了，埋頭繼續吃飯。

周圍的婢女們很有眼色，不需要曹覓吩咐，又端上了新的碗筷和食物。

沐浴更衣後的北安王回到膳廳，看著精美的膳食，心情似乎好了一些，至少沒給曹覓什麼臉色看。

曹覓一邊暗自慶幸，一邊越發小心。

戚游雖然來得晚，但吃得快，一家五口幾乎是同時停了筷。

膳後，她監督三個孩子自己擦嘴洗手。戚游站在她身後，突然問道：「今日什麼時候出發？要帶他們過去嗎？」

曹覓聞言一愣，轉頭與他對視一眼。

她沒聽懂戚游的話，但她覺得自己應該要聽懂，因為問話的北安王顯然也覺得她應該聽懂。

於是，她裝作聽懂的模樣，僵笑著回應道：「但憑王爺安排。」

戚游點點頭。「嗯，那你們準備一下，半個時辰後出發吧。」

曹覓硬是頂著一頭霧水，應了聲「好」。

她身旁，擦乾了手的戚然把帕子交給婢女，湊到戚游旁邊問道：「爹爹，我們要去哪兒？」

在曹覓還摸不著頭腦的時候，戚然這一問簡直直接能解了她的圍！曹覓看向兒子的目光陡然間溫柔了許多，深覺得自己這段時間的甜豆糕水晶糕米糕都沒白餵！

哪想到戚游輕輕一戳，又粉碎了她的幻想。「問你娘親去。」

戚然壓根兒沒感受到兩個大人間的暗湧，又乖巧地轉向曹覓，繼續詢問道：「娘親，我們要去哪兒？」

曹覓面上的笑容差點崩壞。

她瘋狂回憶著這幾天與戚游的交集，試圖找到線索，半晌，才試探性地給出一個答案。「去……容廣山莊？」

畢竟，只有這個地方，是他們兩人昨晚才談論過的地點。

她對昨晚的記憶已經有些模糊，是記得說過要帶戚游去看烈焰的事，但他們似乎……根本沒有約定是今天要去啊！

但這句明顯帶著疑問的話出口之後，戚游沒反駁，曹覓便知道自己矇對了。

戚然又問：「那裡，有什麼吃的？」

曹覓此時內心十分複雜，她一邊質疑自己昨晚的記憶，一邊分神回應道：「嗯……甜豆糕水晶糕米糕……」

只見戚然的眼睛越來越亮，曹覓接上一句。「都沒有。」

戚然小嘴一癟。

另一邊，戚游換好了馬靴，朝著正手忙腳亂安慰兒子的曹覓囑咐道：「本王先過去前廳備馬，王妃帶著三個孩子，準備好了之後便過來。」

曹覓連忙打斷思緒，點點頭道：「是。」

戚游嘴角微揚，腳步輕快地出了廳門，與剛才早膳離開時的模樣判若兩人。

不管如何，半個時辰後，曹覓帶著幾個孩子，坐上了往容廣山莊的馬車。

她始終都沒回憶起來昨夜何時跟戚游做了約定，但此時夏日明媚，身邊又圍繞著三個可愛的孩子，倒把原本的鬱悶驅散了許多。

她想著，就權當是帶著孩子去郊遊吧。

花了一整個早上，曹覓一家抵達之時恰是中午。

曹覓剛在戚游的幫助下將三個孩子接下車，就看到遠處一匹火紅的身影。

她意識到那是什麼，那火紅色便忽地一下竄到了眾人眼前。

烈焰飛奔到曹覓面前，用長臉一下一下地頂著曹覓的手臂。

曹覓後退兩步卸了力，回過神，親熱地摸了摸烈焰的耳朵和長脖子。「烈焰，你又自己跑出來了？」

北寺在信件中提過好幾次，說烈焰會自己咬斷繩子跑出馬廄。

一開始，發現汗血寶馬失蹤，山莊內眾人嚇得要死，連田地都不顧了，全莊人一起找起馬來。

結果到了飯點，烈焰又自己出現了。

幾次之後，照顧牠的大夫乾脆不給牠拴繩子了，任由牠隨意出入，反正飯點時牠總會自己回來。

烈焰靠著曹覓，不住往她掌心尋摸著什麼，蹭了一會兒，意識到她根本沒帶吃的，又矜持地退後兩步，朝曹覓噴著氣。

曹覓知道牠這是因為找不到胡蘿蔔，有點失望了。

她尷尬地笑了笑，突然想起什麼，轉頭朝著戚游和三個孩子介紹。「呃……這、這就是烈焰。」

戚游從烈焰一出現時，就一直在看著牠了。

從方才烈焰奔跑的模樣，他就知道，這確實是一匹名副其實的寶駒。

三個孩子也都仰著頭，目不轉睛地盯著看。

之前，曹覓將烈焰養在自己院子時，因為和烈焰還不親，怕三個孩子貿然上前驚了汗血馬會發生什麼意外，從來只是讓他們遠遠地看上一眼，知道府裡有匹大紅馬而已。

三個孩子也是第一次從這樣近的距離看著烈焰，曹覓回身攔住直著眼睛打算往前跑的戚安，把三個孩子帶到足夠安全的地方。

戚游獨自上前，嘗試著靠近烈焰。

他久經戰場，經常與馬匹打交道，馴馬的技藝是曹覓不能比的。烈焰原本還戒備地看著他，但得益於他身上隱隱殘存的曹覓味道，烈焰並不太排斥，就在戚游的撫摸之下，舒服地甩了甩尾巴。

戚游從侍衛手中接過幾塊專門用來餵馬的飴糖，不到一小會兒，也能摸上烈焰的耳朵了。

另一邊，戚然邊害怕地提防著前方的大馬，邊跟曹覓嘟囔道：「娘親，我餓了……」

曹覓朝戚游請示道：「王爺，是否先入山莊用膳？烈焰也該吃東西了。」

戚游轉身朝她點點頭。「妳帶孩子先過去用膳，我帶了軍中的大夫，先去馬廄為牠診治一下。」

他這話一出，曹覓才知道他早有準備。

看來，北安王對她昨晚說的話將信將疑。這次過來，應該是將上次在府中為烈焰診治過的幾個大夫也帶來了。

曹覓沒有立場反駁他，行了個禮便帶著孩子們離開了。

北寺被留在戚游的身邊，指引他往馬廄行去。一路上，戚游看到來往的流民和遠處的田畝，心中不由得點點頭，饒有興致地詢問起山莊中的安排，北寺都一一答覆。

很快，眾人來到馬廄。

趁著烈焰吃草的功夫，幾個大夫直接忙活開了，一邊自己檢查，一邊尋來原本在馬廄中照顧烈焰的那個大夫，與他交流近來汗血馬的各種症狀。

小半個時辰後，經過反覆確認的大夫們回到戚游面前，稟告了千里馬的狀況。

「王爺，依小人看，這汗血馬如今雖然還有些小傷，實則已無大礙，跟小人之前的診斷……大相徑庭。」領頭的大夫有些不安地說道。

看到烈焰這番模樣，他是有些忐忑的。畢竟當初就是他確診了之後，給出了藥石罔效的結論。

他不得不承認，當時第一眼看到馬匹的傷勢，因著對戎族馬商的了解，他有些先入為主的印象。所以，當時他只從外部的傷勢做了判斷，沒有深入查探。但當時管事和戚六都在一旁，也是懂馬之人，一看到那傷口的模樣就知道大概了，對著大夫的話也贊同。

所以他此時忐忑之外，還有些疑惑。

難道真是那時候看走了眼？其實傷口並沒有像他想像中的嚴重，加上汗血馬本就不比尋常馬駒，靠著自癒和好吃好喝的供養，竟真的好了過來？

戚游從他面上的表情，猜出了事情的大概，但也無意去探詢之前的經過，只問：「也就是說，烈焰短時間內不會死亡，對吧？」

大夫點點頭，認真道：「是。那些未癒合的小傷口，還不足以損害寶駒的壽命。」

戚游頷首，又問：「那生育能力呢？」

「這……」大夫有些慚愧。「目前能確定的是，由於傷口的位置特殊，寶駒的生育能力絕對受了影響。但是這影響大小，小人無法確定。」

烈焰極通人性，原本一直安靜地吃著草，聽到這句話，揚起前蹄鳴叫了兩聲。

「還挺精神。」戚游好笑地靠近牠，揉了揉牠的耳朵安撫。

烈焰又低下頭去尋摸他掌心的甜味，嗅聞無果後便不再理會戚游，又往食欄中扯了一把草料。

這樣一匹寶馬，即使不能留下後代，只要能活著，就是一筆極大的財富。

確認了汗血馬的情況之後，戚游帶著人先回去用膳。

第二十九章

在馬廄折騰的這些時候，曹覓已經帶著孩子吃完飯，回去休息了。

戚游用完膳回到院落時，三個孩子剛睡下，曹覓在廳中與南溪小聲地說著話。

南溪見狀，匆匆與曹覓說完最後幾句話，便直接下去了。

曹覓跟隨戚游回到屋內，不可避免地詢問起烈焰的情況。

「檢查過了？烈焰還好吧？」

戚游看了她一眼，將之前得到的話轉述予她。曹覓聽完之後，也不由得欣喜地點點頭。

烈焰能好好活下來，已經是天大的喜事了，至於生育能力什麼的……全看天意吧。

高興過後，她又想起一事。「那……王爺是不是要將牠帶走？」

她可沒忘記，烈焰一開始就是丹巴送給北安王的禮物，當初是戚六他們斷定烈焰命不久矣，她才能將烈焰帶走。

現在，烈焰已經大好了，她沒有理由還將牠留在山莊。

但出乎意料的是，戚游卻搖了搖頭。

「牠還有些傷勢未痊癒，我看妳這山莊挺好的，且先將牠留在此處吧。」

曹覓有些欣喜地點點頭。

戚游又開口。「我聽山莊內的大夫說，他只是照顧烈焰，烈焰平日的飼料和吃食，都是妳早就安排好的？」

「嗯。」曹覓早就想到了應對之法。「妾身也忘記是在哪本書上看過的一個藥方，當時烈焰傷勢嚴重便想著姑且一試，也沒想著真能奏效。」

戚游笑了笑，出口的話卻令她一驚。「王妃看的書倒是多。」

曹覓尷尬地笑了笑。「祖父藏書眾多，我小時常常翻閱，看得雜，卻不精深。」

「祖父官位不高，愛書的美名卻廣傳天下。」戚游回憶著曹覓的身世，嘆道：「可惜當年曹家受人陷害，否則當年的藏書大家，今日不知該是什麼模樣。」

曹覓點點頭，也跟著嘆了一口氣。

之後，兩人不再言語，只默契地一同躺下，睡了一小會兒。

午休醒來之後，三個孩子咋咋呼呼的，吵鬧著要到山莊中遊玩。

曹覓本來就是打著郊遊的心情過來的，自然沒有拒絕。

近來，戚瑞已跟著林夫子開始學習，有些好奇山莊中的學堂是什麼模樣，於是難得開口，主動要求去那裡看一看。

曹覓答應了下來，又詢問雙胞胎的意見。

老二戚安自然是跟在戚瑞身邊，戚然卻嘟著一張嘴搖搖頭。

他最近見識過學堂的可怕，已經對這種地方完全失了興趣。別說是去了，就是旁人在他面前提起這地方，他都不太高興。

三個孩子的意見分歧，曹覓有些頭痛地看了戚游一眼。

最後，北安王解決了這個難題。他道：「我還往馬廄那邊去，然兒如果不想去學堂，就跟著我吧。」

曹覓並不喜歡這個辦法，有些擔心地道：「馬廄人多，烈焰也還野性難馴。然兒還小……要是不小心被碰到了……」

但戚游卻不在意地擺擺手。「本王會照看好他的。」

曹覓知道自己勸不住了，只能同意。

上一次來這個學堂的時候，曹覓沒有進去，只在外面遠遠看了一眼便回去了。再來時，發現經過這一段時間，學堂的模樣又有了變化。

所有學生不再是都待在室內埋頭讀書，而是更像現代校園，一部分人在室外活動。

曹覓在外面看到的一群學生就圍成了一個大圈，中心的位置傳出一段嫋嫋的笛音。

她知道，這是自己上次提到的文藝課安排好了。

戚瑞和戚安在王府中長大，也是聽慣了絲竹的人，對那個並不感興趣。

他們眼珠子一轉，看到了一間空教室裡面的沙盤。

曹覓一個沒看住，戚安已經跑了進去。

他好奇地摸了摸盤中的沙子，轉頭問跟上來的曹覓道：「娘，這是什麼？」

曹覓解釋道：「沙盤。」

戚安撚了一小撮細沙，又問：「這個是用來做什麼的？」

這間空教室中，每一張席子上都擺著一盤沙盤，奇異的是，地上卻甚少有沙粒。

曹覓能看出沙盤的主人們對它們的愛護，於是握著戚安的小手，不讓他繼續胡鬧。「這是學生們用來習字的。」

「習字？」這話一出，身後的戚瑞也瞪大了眼睛。

「嗯。」她指了指旁邊的一根小樹枝，說道：「用樹枝可以在沙盤上畫下痕跡，這裡的孩子就用這種東西代替筆墨，習字唸書。」

經過她解釋後，兩個孩子終於明白了這東西的用法。

戚安用樹枝在一個沙盤上勾畫了兩筆，之後便興致缺缺地放下。「不好玩。」

他往四周環顧，再沒看到感興趣的東西，便又問：「為什麼不直接用筆墨，還要用這些麻煩的東西。」

曹覓嘆了口氣，揉了揉他的髮頂。「你以為這個世界上，所有人都跟你們一樣，用得起筆墨紙硯嗎？」

戚瑞和戚安同時朝她看來。

曹覓想到「何不食肉糜」這個典故，笑了笑。「還記得我曾經與你們講過的那個故事嗎？富人的孩子到窮苦人家去生活，卻覺得那戶貧苦的人家比他們生活得更好，能住在平原上，從河流中取水，用星光照明。但現實中，這樣的生活哪有說起來那樣美好？這裡的許多孩子跟你們一樣習字讀書，但他們其中大部人窮盡這一生，可能都買不起瑞兒房中的一塊徇硯。」

戚瑞和戚安對視一眼，安靜著沒有開口。

曹覓突然覺得這也許是一個好機會。這兩個孩子心氣都高，他們知道自己的身分，對著這時代的認知僅限於北安王府邸的範圍。也許趁著這機會，可以讓他們認識一些全新的東西。

另一邊的戚游也是這麼想的。

他費了一番功夫，終於穩穩地坐在了烈焰背上。

此時，烈焰身上還沒有馬具，不太適應背上坐著一個人，幾次三番想要將戚游掀下。

戚游安撫地摸了摸牠的耳朵，讓牠安靜了下來。

他轉身去看被侍衛抱在懷裡的戚然。「過來，爹爹帶你跑一圈。」

小胖墩把頭搖得跟個撥浪鼓一樣，驚恐道：「我不要！」

他方才被侍衛抱著，親眼目睹了一番戚游馴馬的英姿，看到戚游好幾次差點被烈焰直接摔下來，嚇得心驚肉跳。

戚游蹙眉，對自己這個膽小的孩子有些頭疼。

「不要怕，爹爹當然能確保你的安全，才讓你一起上來的。」

戚然癟著嘴。

其實他不同意也沒用，抱著他的侍衛已經按照戚游的吩咐，將他抱到了馬邊。

烈焰突然對著他噴了一口氣，狀若恐嚇，戚然原本伸出手等待著戚游將他抱過去，此時被馬嚇了一跳，又縮回去，緊緊揪住侍衛的衣領子。

戚游嘆了口氣，直接把他「扒」了下來。

戚然掙扎一陣，待到被放到馬背上，終於安靜了下來，扮起了鵪鶉。
「這樣膽小，長大了怎麼辦？」戚游在他頭頂唸叨了一聲。
戚然看著懸空的雙腳，帶著哭腔道：「娘、娘親說，我還小呢……」
戚游不理會他的辯解，一夾馬腹，驅使著烈焰小跑了起來。
他小時候也是被自己的父親這樣帶上馬，從害怕到興奮，至此愛上了馳騁的感覺。
他覺得戚然雖然看著性子膽小軟和，但必定也是同他一樣的。
所以跑了一圈之後，他將一臉呆愣的戚然抱下來時，驕傲地詢問道：「感覺如何？」
在戚游看來，兒子第一次體驗騎馬，騎的就是烈焰這樣當世難尋的寶駒，一定會萬分銘記這段珍貴的體驗。
但他想像中的橋段並沒發生，懷中的戚然身子一震，似乎終於反應過來，「哇」的一聲便當場哭了起來。
看得出來，他確實是受到了不小的驚嚇，不一會兒，整張小胖臉已經被淚水沾濕了。
戚游看著懷裡哭得上氣不接下氣的兒子，有些頭痛地揉了揉額角。
他嘗試著安慰道：「別哭了，已經下來了。」
戚然根本不理會他，繼續哭得起勁。
戚游只能妥協道：「別哭了。你想怎樣？我帶你去找你娘親？」
戚然抽抽噎噎地止住了哭聲，半晌，伸出圓手指了指前面波光粼粼的河流，道了句。
「我……我想吃魚。」

「想要吃到糧食，少不了一年的耕種。」這一頭，曹覓將兩個小桶交到戚瑞和戚安手上。

學堂中的菜地是孩子們在照顧的，一應的器具也都是孩童用的大小，此時兩兄弟用起來，倒是剛巧合適。

戚安一會兒看看地裡的青菜，一會兒看看曹覓，踟躕著不願意下地。

另一邊，戚瑞倒是沒有多想。他把這個當成是一個特殊體驗，直接動手，按照旁邊一個下人的指引，澆得有模有樣。

戚安見狀，終於也跟著動了起來。

很快，即使有人在旁邊護著，兩個孩子也累得直喘氣，衣服上還沾著星星點點的泥印。

也就是他們兩個成熟一點，如果換成戚然在這裡，指不定已經哭著跟曹覓撒嬌了。

但戚瑞和戚安硬是咬著牙，把曹覓劃出來的一小塊田地都澆完了。

曹覓將他們的行動看在眼中，到底也有些心疼，但還是抓著機會問道：「是不是很辛苦？」她又指了指那些在教室內用樹枝當筆練著字的孩子，說道：「這就是他們一天的生活。他們跟你們不一樣，每天讀完書之後，還要抽時間來照顧這些菜地。一株菜長成需要好幾個月的時間，期間遭遇任何一點意外，可能幾個月的收成就沒有了。」

「沒有了？」戚安瞪大了眼睛。

曹覓示意他回身。「看到那邊三株倒下的蔬菜沒有？那就是你剛才澆水的時候，不小心踩到的。」

戚安癟癟嘴，看著那三株菜，情緒明顯低落了些。

曹覓以為自己三言兩語間，他就已經明白了農耕的不易。沒想到戚安沮喪過後，說的卻是：「我是第一次做，當然會有疏忽。」他強調道：「不是我沒辦法做得比他們好！」

曹覓有些頭痛地看著他，不知道他怎麼又比較上了。

旁邊，戚瑞看著他，教訓了一句。「你也不需要同他們比。」

「不。」戚安難得反駁了一句。「別人能做好的，我也可以。我也可以用樹枝寫字，每天還給草澆水。」

他盯著曹覓，似乎在說自己並不服氣。

曹覓釐清了他的想法，有些頭疼地道：「用樹枝和沙盤倒是不用了……娘親最近養了一盆紅籠果，如果你願意的話，回府後我給你一盆，你幫我養著？」

戚安聞言點了點頭，道：「好！」

曹覓吁了一口氣，再也不敢讓他們留在這裡，帶上兩兄弟匆匆離開。

半路上，她遇到抱著戚然回來的戚游。

三個孩子衣服都髒得不成樣子，不一樣的是，戚瑞和戚安身上的是泥點，而戚然衣服上的黑漬看不出是什麼東西，但隱隱飄出來一股烤魚的鮮香。

曹覓和戚游對視一眼，默契地安靜趕路，將三個孩子送到院落中，交給婢女們帶去洗漱更衣。

送走了三個孩子，北安王和王妃在庭院中，齊齊鬆了一口氣。

戚游剛開口想說點什麼，突然被旁邊的一點動靜吸引去了。

他移步往聲響發出的地方走，曹覓想了想，也跟了上去。

原來，院落的一處小廂房中，有幾個泥瓦匠正在砌牆。

曹覓他們如今居住的這個院落是北寺帶著人新建起來的，作為北安王一家在山莊的落腳點，自然不能寒酸。

這天下午，見他們暫時出去了，泥瓦匠們就準備把廂房裡最後一點院牆建好。

沒想到，戚游和曹覓提前回來，恰巧趕上了他們幹活的時候。

幾個正在砌牆的工匠看到戚游和曹覓，紛紛放下手頭的活計朝他們行禮。

他們不知道戚游的身分，只一律將他們稱呼為「主家」。

知曉了此處的情況，曹覓以為戚游便會回去了，沒想到的是，戚游似乎起了興趣，提步繼續朝著工匠走去。

工匠們見他過來都有些不自在，戚游則擺擺手，示意他們繼續自己的事。

他在旁觀察著他們，對著跟上來的曹覓詢問道：「這就是妳弄出來的……那什麼水泥？」

他雖然不常在府中，但對曹覓做的大部分事情都了然。

曹覓點點頭。戚游於是敲了敲旁邊一塊已經乾透了的牆面，又問道：「它們乾透了之後，就是這般模樣？」
曹覓回答道：「是。」
見他有興趣，她乾脆指了一個自己眼熟的泥匠工，與戚游介紹起了水泥的特性以及使用辦法。
「倒是同糯米漿差不離。」戚游聽完，盯著牆面，若有所思道。
忽然，他又問：「這水泥，每斤作價幾何？」
曹覓有些驚訝地眨眨眼，不相信戚游竟然會對這種東西的價值感興趣。
但她依舊快速心算了一下，如實回道：「一袋水泥有近八十斤，一斤……十二個銅板左右。」
戚游點點頭，思考一陣，直接道：「妳準備一千斤的分量，再尋幾個會用水泥的工匠，我的人十六過來，接上他們往封平一趟。」
曹覓點點頭，記下了這個吩咐，詢問道：「送往封平做什麼？這些匠人各有所長，有的會造火炕，有的專門研究建房，王爺需要哪類工匠？」
戚游深深看她一眼，半晌道：「會修補城牆的。」
曹覓一愣，終於反應過來。「修補封平關的城牆？」
戚游點點頭。
曹覓突然有些興奮。沒想到自己的水泥工坊剛開張，就能遇到軍方的大單子。這可是跟朝廷合作，自己儼然成了半個皇商！

於是她忙不迭地答應道：「那就是需要砌牆修補一類的工匠了，我去吩咐劉格，必定給王爺挑些手藝最好的。」

戚游滿意地頷首。

但接下來的一句話，卻又讓曹覓有些摸不著頭腦。

「水泥與工匠的錢妳點清楚之後，直接跟管事那邊結帳。」戚游淡淡道。

曹覓愣了一瞬，有些困惑地跟戚游確認道：「修補城牆的活計，是……王爺出資嗎？」

戚游挑眉反問道：「不然呢？」

「嗯……」曹覓按著自己的理解，加上原身留給她的常識，回道：「這種事，不應該是朝廷那邊負責的嗎？為什麼是王爺……」

戚游嘴角挑起一個略帶嘲諷的弧度。他冷笑一聲，道：「此時已經入夏，眼看秋後戎族就要入關擾民，朝廷那邊依舊沒有動靜。即使我能上奏為封平要來資金，等那錢過來，不說要花個半年，就是路上層層剋扣，來到我這裡可能就只夠修個箭塔了。指望京城，還不如指望自己。」

他說著，目光幽深地看向了京城方向。

第三十章

儘管知道貪官污吏自古有之，曹覓還是忍不住有些傷感。

遼州的百姓一年年遭受戎族鐵騎迫害，為盛朝抵擋著來自草原的利刃，但被他們守護的人，並不在乎他們的死活。

她原本接到朝廷大單子的喜悅，已經完全消失。

「這些水泥和匠人，若是王爺要的，那半分錢都不要了。」曹覓深吸了口氣，做出了一個慷慨的決定。「王爺要多少水泥，派個人跟水泥廠中的人打個招呼便是。水泥廠的一應產出，都會優先供應給王爺這邊。」

戚游搖搖頭。「不需要，多少錢，妳照常算就是了。」

「王爺有所不知。」曹覓笑了笑。她其實真不是什麼聖母，也不是因著想要為國盡力，才決定不收錢的。「其實水泥的材料都是取自王爺封地內的石灰、黏土等物，就連工廠都蓋在了王爺的封地上。」

說起這個，她有些臉紅。

按說，一個人創業前期最主要的資金，大都是流向材料和用地，但她託了戚游的福，竟是半點都沒有在這種事情上費過心。

她占下了容廣山莊和水泥工廠那邊，心中其實一直記著戚游的情，總想著等她緩過來，有了錢財，就用自己的錢將這些地盤買下來。

如今戚游不過是需要一些水泥，她是不可能厚著臉皮跟戚游要錢的。

但其實，真的免費給出這批水泥，曹覓的財物狀況就要被逼到絕路了。

到時候，她其實還是得跟昨晚琢磨的那樣，開口跟戚游支取一些。但是那些都可以算作她借的，到時白紙黑字記下，總有償還的一天。

北安王在錢財方面似乎十分遲鈍，曹覓都說到這分兒上了，他依舊困惑地問：「那又怎樣？不是妳的人弄出來的嗎？」

曹覓有些頭疼，乾脆道：「是……反正就是不要錢！」

戚游也皺眉回視她。「妳的東西賣給了我，為什麼不要錢？」

曹覓一時有些噎住。

她發現，自己其實並不了解戚游。

昨晚，戚游示意她可以任意取用府中的金銀，她覺得對方的想法有點像個暖男：我的就是妳的，妳的也是我的。

但今天，聽到他這番關於水泥的爭辯，曹覓才發現，北安王的概念是這樣的：我的就是妳的，妳的還是妳的。

這到底是什麼絕世寵妻老幹部？

沒想到自己一番胡思亂想，最後居然得出這麼個結論，曹覓一時沒忍住，噗哧笑了出來。

北安王冷眼看著她，蹙著眉詢問道：「有什麼好笑的？」

曹覓自知失禮，連忙收斂了幾分。

她面上掛著未盡的笑意，又詢問道：「王爺昨晚說，王府的錢財任我支取，那為什麼我的東西，王爺不可以任意取用呢？」

戚游打量了她一眼，居然真的答覆。「我是妳的丈夫，予妳錢財本是天經地義，妳是妻子，只需管事育子。」他說著，轉過頭繼續解釋。「男子與女子分工不同，自古以來便是這樣。只有當丈夫的沒有出息，不能撐起家中上下，才需得靠妻子幫扶。」

曹覓消化了好一會兒，終於理清楚他的意思。

哦，原來並不是什麼寵妻老幹部，是封建社會下覺悟極高的大直男。

其實這種人的理論，乍聽之下是沒有問題的，但是細細品味，曹覓發現，他其實根本沒有把自己和他放在同一個位置。

妻子是附屬品，是他的責任，甚至連站在他身邊，給他提供援助的資格都沒有。

想到這裡，曹覓有些不自在，卻惱怒不起來。

畢竟在這個時代，這樣的想法就是主流。戚游已經算是這些人中，相對做得非常好的一個了。他雖然也懷抱著這樣的想法，但不會限制妻子的言行，甚至不會阻止妻子拋頭露面，在外做自己想做的事情。

想到這一點，曹覓不知該慶幸，還是該悲哀。

半晌後，她只道：「這並不是幫扶。」

戚游朝她看過來，曹覓抓緊時間解釋。「修建城牆的決定是你做的，整個北安王府受你庇佑，都要負擔起相應的擔子。我也是北安王府的一分子，若是現在我沒有水泥廠也就罷了，東西恰好就是我的，我當然可以順理成章出了這分力。這並不是我幫扶你的問題，而是我與你……」曹覓指了指自己，又指了指戚游。「共同承擔。」

戚游一時忘了回話。

他在琢磨「共同承擔」這個詞。畢竟自他懂事起，從來沒有人對他這麼說過。戰無不勝的北安王不需要「共同承擔」，只需要鋒利的武器和精銳的士兵。

一時間，他陷入困惑，對著身邊這個捉摸不透的妻子又多了幾分疑問。

但很快，他打消了自己的念頭。

面前的女子嬌小精緻，連個王府都打理不好，談什麼跟他「共同承擔」？

但曹覓趁著他沈默的這一陣功夫，已經自顧自將事情定了下來。「那就這麼說定了。我先給封平那邊準備一千斤的水泥和五個泥瓦匠，東西先放到容廣山莊吧，王爺到時派人直接到山莊來取，可以嗎？」

戚游回過神來，蹙著眉還想說些什麼，但張了張嘴，還是只「嗯」了一聲。「就按妳說的辦吧！」

曹覓略帶些得意地點點頭。「嗯，妾身記下了。」

這之後，一家人在山莊中住了一夜，第二天下午，戚游帶著曹覓和三個孩子回家。

臨走前，曹覓在山莊門口看到戚六。

他對著戚游和曹覓行完禮，便稟告道：「王爺，屬下按著您的吩咐，將軍中三匹駿馬牽了過來。」

戚游點點頭。「嗯，送到山莊裡吧，幾個大夫被我留在這裡，他們知道該怎麼辦。」

戚六躬身領命，牽著身後的幾匹駿馬入了山莊。

曹覓從對話中大概猜出了他們的意圖。

戚六牽來的幾匹高大漂亮的駿馬，都是母的。看來昨日戚游的人檢查完了之後，他就派人回去傳信，做了安排。

回到王府，幾人都有些乏了，用過晚膳之後，各自早早歇下。

這之後，北安王府又恢復了以往的寧靜。

這日，林以推門進來時，戚瑞正坐在書案前，凝神想著昨夜曹覓留下的一道題目。聽到開門聲，他抬首望去，有些詫異地喊了一聲。「老師？」

林以朝他點頭笑了笑。「今日無事，想著你大概到了，便提前過來了。」他邊說，邊靠近戚瑞。「在溫習〈君德〉篇了嗎？」

戚瑞愣了一瞬，隨即將面前的紙張收了起來。

但趁著這點時間，林以還是看清了紙上的內容——那不是他近來在跟戚瑞講的《君子書》，而是其他一些七扭八歪的符號。

他蹙眉，正待教訓兩句，卻聽戚瑞說道：「老師，〈君德〉篇我已經溫習過了。」

「哦？」林以笑了笑，乾脆轉口問道：「君子之游世……」

戚瑞從座上起身，流暢地接道：「君子之游世也以德，故不患乎無位。」

林以有些詫異地點點頭，又抽查了兩句。

原本以為耽於雜學的戚瑞，居然每一句都能接上，林以無法，只好將方才的不滿壓下，直接開始講學。

由於林以知道戚瑞已經將全篇都背下了，今日便將講學的節奏加快了些許。等他酣暢講完，才發現距離往日下課的時間，還有兩刻鐘。

他一邊收拾著東西，一邊對著戚瑞說道：「你學習能力極強，前段時間倒是我小瞧你了。」

戚瑞將書合上，乖巧道：「謝老師誇讚。」

林以想了想，還是道：「你有這樣的天分是極好的，但切記一定要把精力用在正途上，莫要沈迷於旁門左道。」

戚瑞聞言，有些困惑地抬起頭。

他知道林以這番話是在訓斥自己，但並不知道自己錯在何處，於是老實問道：「旁門左道？不知老師說的是什麼？」

林以笑了笑，朝戚瑞走了過來，指了指被戚瑞放到最底下的幾張紙，反問道：「方才我進來之前，你不就在看些旁門左道的東西嗎？」

「這些？」戚瑞將那幾張紙抽了出來。

那是曹覓教他的算術。

曹覓將一部分女夫子給容廣山莊那邊送去之後，留下來的都是些「精英」，便不再按照正常進度教學。她將大量的知識拷貝出來，讓周雪帶著人自學，偶爾只過去給她們解解惑。

這樣一來，像戚瑞這樣的孩子，就完全跟不上那邊的進度了。但見他有興趣，曹覓有空的時候，也會與他講講相關知識。

戚瑞朝林以解釋道：「這不是旁門左道，是娘親教的算術。」

「算術？」林以琢磨著這個有些陌生的詞彙，半晌便明白過來了。「我知道了，君子六藝中的『數』。」

戚瑞點點頭。

林以便告誡他道：「『六藝』自然是你需要涉獵的範疇，但是如今你正在啟蒙階段，將精力花在這些地方，得不償失。你只需按照我的安排，將入門的幾本書先讀懂就行了。」

曹覓是戚游的母親，林以無法置喙，要換作別人擅自安排自己入門弟子的課業，林以絕對要去理論的。

戚瑞抿了抿唇，嘗試爭取道：「老師教訓得是。但學習算術是學生興趣所在。學生看這些，並不耽誤老師布置的任務，老師教的內容，學生也都懂了。」

林以聞言，冷笑一聲。「你知道嗎？我有個同窗，學識好，能力也出眾。當年我與他一同求學時，人人都道他是我們這一批人中最優秀的，將來必能平步青雲。可是後來，他迷上了數算。自那之後，他將經書棄置一旁，每日裡就鼓搗些不知所謂的東西。如今年近而立，依舊一事無成，被人引為笑柄。」

悵悵講完同窗，林以又將話題轉回戚瑞身上。

「戚瑞，你是未來的北安王，該懂得如何取捨。經史才學才是你未來賴以立足的保障，而數算有什麼用呢？你是需要與人秤斤算兩，還是需要與人測量長短？如今，你將精力用在數算上，等你長大以後，可有精力和能力，可以用在保家衛國、光耀先祖上？」

他這些話已經說得非常重了，但戚瑞依舊皺著眉，沒有絲毫要認錯的模樣。

他看著林以，一字一頓地說：「老師，學生只是覺得若有餘力，未嘗不可鑽研其他東西。而且，娘親也同學生說過——」

「好了！」林以打斷他的話。

他此時看著戚瑞的眼神，有些恨鐵不成鋼的味道。

但他很快冷靜下來。他知曉母親在孩子心目中的分量，這瞬間，他陡然明白了過來——

問題不是出在戚瑞身上，而是出在那個引導他入了「歧途」的母親身上。

於是他轉身回到自己的書案前，提筆寫下了一封信。

由於心中怒火正盛，這一封信寫得又快又長。

末了，他檢查一遍，雖覺言辭間有些犀利，但並無半分需要刪改的地方。

於是，他靜靜等待墨跡晾乾，隨後將其裝入信封，回到戚瑞面前。

「你的想法，老師都知道了。」林以把信交給戚瑞，道：「你且將這封信交予王妃，之後此事必有定論。」

戚瑞定定地看著那封信，半晌後，終於還是接過，道了聲「好」。

林以這才滿意，布置了今日的溫習功課後，直接離開。

於是當日晚膳後，曹覓正與雙胞胎玩得開懷，卻發現戚瑞的興致不高。

她將戚安和戚然摟在懷中，關心地看著戚瑞問道：「瑞兒，怎麼了？」

戚瑞看了她一眼，斂下眼眸，搖搖頭。「無事。」

曹覓有些疑惑，又追問了幾句，但戚瑞一直沒有正面回應。

最終，曹覓放棄了，轉移開話題，又逗得雙胞胎笑起來。

深夜，戚瑞回到自己的院落，剛洗漱完畢，躺上床準備就寢時，突然聽到自己房中的婢女道：「公子，王妃來了。」

——未完，待續，請看文創風897《懦弱繼母養兒記》2

我寂寞，可我不放棄愛

Family Day 2020

11/9～11/23
（08：30）（23：59止）

與您一起攜手尋愛

嚴選新書75折＋紅利金10元

文創風 899 莫顏《莽夫求歡》【洞房不寧之一】全一冊
文創風 900-903 不歸客《何家好媳婦》全四冊

※ 買上述任1冊新書即贈 紅利金 10元，以此類推

文創風舊書區

【75折】文創風852-895
【7折】文創風805-851
【6折】文創風697-804

挖寶區 此區加蓋

【每本100元】文創風586-696
【每本50元】文創風001-585、花蝶/采花/橘子說全系列
（典心、樓雨晴除外）
【每本15元】PUPPY451-522
【每本10元】PUPPY001-450、小情書全系列

限時優惠——莫顏

溫故知新組合

《莽夫求歡》【洞房不寧之一】新書1本
＋文創風【重生系列】任1本 → 即贈 紅利金 20元

《禍害成夫君》【重生之一】《娘子招人愛》【重生之二】
《仙夫太矯情》【重生之三】《瑤娘犯桃花》【重生之四】

※以單筆訂單交易為主，新書紅利金的贈與已計算在其中，限下次購書時使用
※買一新書搭配一舊書是為一套組合，恕不重複累計
※限量組合優惠，售完為止

莫顏／天后執筆，高潮迭起

新系列【洞房不寧】開張！

我愛你，你愛我，然後我們結婚了——

不不不，月老牽的紅線，哪有這麼簡單？

這款冤家是天定良緣命，好事注定要多磨……

文創風 899 【洞房不寧之一】

《莽夫求歡》全一冊

宋心寧決定退出江湖，回家嫁人了！

雖說二十歲退出江湖太年輕，但論嫁人卻已是大齡剩女。

父親貪戀鄭家權勢，賣女求榮，將她嫁入狼窟，她不在乎；

公婆難搞、妯娌互鬥，親戚不好惹，她也不介意；

夫君花名在外、吃喝嫖賭，她更是無所謂，

她嫁人不是為了相夫教子，而是為了包吃包住，有人伺候。

提起鄭府，其他良家婦女簡直避之唯恐不及，可對她來說，

鄭府根本就是衣食無缺、遠離江湖是非、享受悠閒日子的神仙洞府！

可惜美中不足的是，那個嫌她老、嫌她不夠貌美、嫌她家世差的夫君，

突然要求她履行夫妻義務，拳打腳踢趕不走，用計使毒也不怕，

不但愈戰愈勇，還樂此不疲，簡直是惡鬼纏身！

「別以為我不敢殺你。」她陰惻惻地持刀威脅。

夫君滿臉是血，對她露出深情的笑，誠心建議——

「殺我太麻煩，會給宋家招禍，不如妳讓我上一次，我就不煩妳。」

宋心寧臉皮抽動，額冒青筋，她真的好想弄死這個神經病……

11/10、11/17強勢上市！

喜歡一個女子，便要讓她過上她想要的生活，
她喜歡待在後宅操持，他便盡量多待在家裡，吃她做的飯、穿她做的衣；
她喜歡做生意、有抱負，他便幫她出主意，給她一片天空讓她飛。
她不應該因著他的喜歡而改變自己，因為他喜歡的是她這個人，
只要是她，無論做什麼，他都喜歡……

不歸客／紅顏彈指老，剎那芳華留

文創風 900-903

《何家好媳婦》全四冊

投生在一個重男輕女的家庭中，黃四娘注定得不到爹娘的關愛，
她也知道自個兒爹不疼、娘不愛的，所以向來安分低調不惹事，
可即便這樣，親娘仍是生了將她以二十兩銀子賣掉的心思，
倘若真被賣至那煙花之地，她這輩子還有什麼盼頭？
正好，她聽見鄰居何家父母想為戰死的大兒娶媳，以求每年有人上墳祭拜，
明知嫁過去是守寡的，可眼下這是她逃出黃家的唯一機會了！
婚後，公婆待她極好，將她當親閨女般疼愛，也相當支持她創業自立，
短短幾年，她一手創立的芳華閣已遍布整個大越朝，
芳華出產的保養品炙手可熱，連皇宮裡的后妃娘娘們都愛用，
可她不滿足於此，她還想當上皇商，畢竟誰當靠山都不及皇帝大啊！
這日，她女扮男裝出遠門巡視分鋪之時，竟巧遇了她的亡夫，
原來這人當年根本沒死，還立下汗馬功勞，只是因著戰事而未能返家團聚，
她試探地跟他說，父母已為他娶妻，豈料他竟說返家後會給妻子一筆錢和離，
四娘聞言，簡直都要氣笑了，現在是在跟她談錢嗎？她最不缺的就是銀子！
要和離就來啊，反正她也不是會乖乖在家相夫教子的人，正好一拍兩散，哼！

嘉玲，我來了

我寂寞寂寞也好棒，謝謝！

咱們成雙成對永浴愛河吧！

抽獎辦法

只要在官網購書並成功付款，單筆交易就有一次抽獎機會。
11/9-11/14抽出單身快樂獎、11/18-11/23抽出雙人甜蜜獎，
不用特地戴口罩上廟宇求姻緣，在家爽爽等愛情來敲門！

得獎公佈

12/15(二)於狗屋官網公佈

獎項

單身快樂獎　紅利金 **100**元 ．．．．．．．．．．．．**6**名

雙人甜蜜獎　紅利金 **200**元 ．．．．．．．．．．．．**6**名

Family Day 購書注意事項：

1. 請於訂購後**三日內**完成付款，最後訂購於**2020/11/25前**完成付款才算有效訂單喔！
2. 購書滿千元(含)以上免郵資。未滿千元部分：
   郵資65元(2本以下郵資50元)／超商取貨70元(限7本以內)／宅配100元。
3. 特賣書籍因出書時間較久，雖經擦拭、整理，仍有褪色或整飾痕跡，故難免不如新書亮麗。
   除缺頁、倒裝外無法換書，因實在無書可換，但一定會優先提供書況較良好的書給大家。
   若有個人原因需要換書，需自付來回郵資。
4. 各書籍庫存不一，若遇缺書情形可選擇換書或退款。
5. 歡迎海外讀者參與(郵資另計)，請上網訂購
   或是mail至love小姐信箱(love@doghouse.com.tw)詢問相關訊息。

※狗屋有權修改優惠活動的實施權益及辦法。

文創風
896

懦弱繼母養兒記 1

國家圖書館出版品預行編目資料

懦弱繼母養兒記 / 雲朵泡芙著. --
初版. -- 臺北市 : 狗屋, 2020.11
冊 ; 公分. --（文創風）
ISBN 978-986-509-153-8（第1冊：平裝）. --

857.7　　109015070

著作者	雲朵泡芙
編輯	張蕙芸
校對	黃薇霓
發行所	狗屋出版社有限公司
地址	台北市104中山區龍江路71巷15號1樓
電話	02-2776-5889～0
發行字號	局版台業字845號
法律顧問	蕭雄淋律師
總經銷	知遠文化事業有限公司
電話	02-2664-8800
初版	2020年11月
國際書碼	ISBN-13　978-986-509-153-8

本著作物由北京晉江原創網絡科技有限公司授權出版

定價260元

狗屋劃撥帳號：19001626

網址：love.doghouse.com.tw　E-mail：love@doghouse.com.tw